Thorsten Fiedler

Nachspielzeit

Offenbach-Krimi

mainbook

ISBN 978-3-947612-52-9
Copyright © 2019 mainbook Verlag
Alle Rechte vorbehalten
Lektorat: Gerd Fischer
Covergestaltung: Together Concept, Stephan Striewisch
Bildrechte: Thorsten Fiedler

Auf der Verlagshomepage finden Sie weitere spannende Bücher:
www.mainbook.de

Das Buch

Die spannende Fortsetzung des ersten Offenbach/OFC-Krimis „Schlusspfiff":

Adi Hessberger versteht die Welt nicht mehr. Sina Fröhlich liegt schon so lange im Koma, dass die Ärzte nur noch wenig Hoffnung haben. Kollegen seiner Abteilung verschwinden spurlos, eine Demonstration auf dem Wilhelmsplatz wegen des Offenbacher Biers eskaliert, es gibt Tote und Verletzte. Das Polizeipräsidium Südosthessen taumelt führungslos von einem Schreckensszenario ins nächste. Stehen Offenbacher Polizisten auf der Abschussliste eines Wahnsinnigen?

Der Kriminalhauptkommissar steckt – genau wie sein Lieblingsverein Kickers Offenbach – in einer schweren Krise. Die Ereignisse in diesem ungleichen Kampf gegen einen Mörder, der scheinbar keinerlei Spuren hinterlässt, bringen die Polizei und auch die Offenbacher Bürger an ihre psychischen Belastungsgrenzen.

*

Der Tod war hier schon längst zu Hause, doch das konnten die Bewohner nicht wissen. So lebten sie arglos und unbeschwert, bis sich die Büchse der Pandora durch einen unglücklichen Zufall öffnete ...

*

EINS

Sonntag, 25.11.18, Pension in Friedberg

Es war ein Tag für dunkle Vorahnungen. Die alten Mauern der Friedberger Burg lagen in dichtem Nebel und es herrschte eine gespenstische Stille. Die Straßen waren menschenleer. Ein paar Gehminuten entfernt lag die kleine Pension der Witwe Walburga Steiner, die gerade dabei war, das Abendbrot für ihre Pensionsgäste vorzubereiten. Heute sollte es Frikadellen mit selbst gemachtem Kartoffelsalat geben. Nachdem alles hergerichtet war, deckte sie den Tisch. Die meisten Gäste nahmen am Abendessen teil, bis auf einen, der lieber allein blieb.

Die resolute Hausherrin hatte schon viele Pensionsgäste kommen und gehen sehen, ihr waren die unterschiedlichsten Marotten ihrer Gäste durchaus vertraut. Doch dieser Gast war anders. Geheimnisvoll, düster und unnahbar waren wohl die zutreffendsten Eigenschaften, mit denen man ihren Dauermieter beschreiben konnte. Als er vor einigen Monaten wie aus dem Nichts aufgetaucht war, hatte er gesundheitlich schwer angeschlagen gewirkt. Er war ein Eigenbrötler, der darauf bestand, seine Wäsche selbst zu waschen. Einmal hatte sie durch Zufall gesehen, dass er ein T-Shirt in die Waschtrommel steckte, das blutverschmiert aussah. Inzwischen wirkte ihr Gast deutlich gesünder, dennoch blieb er allen gemeinsamen Veranstaltungen fern und sie war nicht sicher, ob die anderen Gäste ihn überhaupt schon mal zu Gesicht bekommen hatten.

Doch jetzt hatte sie keine Zeit, ihre Gedanken den Gästen zu widmen. Sie musste noch ein Geschenk für ihre Lieblingsenkelin einpacken. Ein verklärtes Lächeln zog über das Gesicht der 60-jährigen Oma, als sie an die fünfjährige Sophie dachte. Das Mädchen war wirklich ihr Ein und Alles und über die wunderschöne Porzellanpuppe würde sie sich ganz bestimmt riesig freuen. Bevor sie sie in Geschenkpapier verpackte, wickelte sie die Puppe zum Schutz in eine alte Zeitung ein. Plötzlich stutzte sie, das Bild auf der schon einige Monate alten Titelseite kam ihr bekannt vor. Sie strich das Papier glatt und begann zu lesen. Dabei runzelte sie besorgt die Stirn. Und plötzlich fiel ihr ein, woran das Foto sie erinnerte. Sie ging zum Regal und holte sich den Schlüssel mit der Nummer sieben. Da sie genau wusste, dass der Mieter vor einer Stunde aus dem Haus gegangen war, nahm sie ihren ganzen Mut zusammen und schloss seine Zimmertür auf. Vorsichtig sah sie sich in dem Zimmer um. Der Hund lag friedlich auf seiner Decke und wedelte im Liegen mit dem Schwanz, ohne irgendwelche Anstalten zu machen, aufzustehen. Nachdem sie ihn mit einer Streicheleinheit versorgt hatte, schaute sie sich sein Halsband genauer an. „Oh mein Gott!", war das Einzige, was sie herausbrachte, als sie die Buchstaben las.

Trotz der aufsteigenden Panik wollte sie sich endgültige Gewissheit verschaffen und schaute sich weiter um. Alles wirkte aufgeräumt und akkurat. Die Hosen und Jacken hingen ordentlich auf Bügeln und das Bett war gemacht, vielleicht sogar noch besser, als wenn sie das erledigt hätte. In der einen Ecke des Raums stand eine Reisetasche. Sie war vollständig gepackt, als ob hier jemand mit einer spontanen Abreise rechnete. Doch besonders ins Auge fiel ihr das Schränkchen neben dem großen Bett. Wenn es einen Ort im Zimmer gab, an dem sie Geheimnisse vermutete, dann dort. Mit fieberhafter Anspannung zog sie die knarrende Nachttischschublade auf. Sie war so sehr auf das fixiert, was sie dort sah, dass sie nicht hörte, wie sich die Zimmertür leise öffnete. Plötzlich spürte sie eine Bewegung direkt hinter sich und die Angst schnürte ihr die Kehle zu.

ZWEI

Sonntag, 25.11.18, Sana-Klinikum, Offenbach

Seit mehr als sieben Monaten lag Sina Fröhlich nach dem Mordanschlag eines Serienmörders im Koma und die Ärzte hatten nur noch wenig Hoffnung, dass sie jemals wieder aufwachen würde. Kriminalhauptkommissar Adi Hessberger kam jeden Tag ins Sana-Klinikum und saß stundenlang an ihrem Bett, hielt ihre Hand und erzählte von dem, was ihm in seinem Alltag so begegnete.

„Weißt du, dass drei ehemalige Funktionäre unseres Vereins sich wegen Insolvenzverschleppung, Bankrott und Steuerhinterziehung vor dem Darmstädter Landgericht verantworten mussten? Am Ende haben sie Geld- und teilweise Bewährungsstrafen erhalten. Ich glaube, es hört niemals auf, dass wir Fans uns Sorgen um unseren OFC machen müssen. Und jetzt ist auch noch unser Präsident zurückgetreten und ich kann mir noch nicht vorstellen, wie wir einen geeigneten Nachfolger finden sollen. Wir bräuchten einen Finanzfachmann, der so viel Kleingeld oder besser Großgeld übrig hat, dass er es in unsere Mannschaft investieren kann. Im Polizeipräsidium gibt es auch Neuigkeiten, denn wir haben neue Kollegen bekommen. Ich bin echt gespannt, ob die ins Team passen."

Noch immer wachte Hessberger, von Albträumen geplagt, mitten in der Nacht auf, weil ihm die schrecklichen Bilder nicht aus dem Kopf gingen. Immer wieder sah er den Serienmörder vor sich, wie er den Sack mit der bewusstlosen Sina über die Brücke in den Main warf.

Selbst tagsüber beschäftigten ihn die schlimmen Geschehnisse. Es fiel ihm schwer, sich auf die Arbeit zu konzentrieren, und es war inzwischen so weit gekommen, dass Polizeirat Klaus Peter Thalbach darüber nachdachte, Hessberger in Kur zu schicken und im Anschluss eine Versetzung zum Innendienst zu arrangieren. Schon der übermäßige Alkoholkonsum des Kriminalhauptkommissars war Grund genug, drastische Maßnahmen zu ergreifen, aber Thalbach konnte die seelische Verfassung seines Mitarbeiters durchaus nachvollziehen. Die komplette SOKO Bieberer Berg litt noch unter den dramatischen Ereignissen und den schlimmen Dingen, die ihrer Kollegin zugestoßen waren.

Hessberger ging vom Krankenhaus zu seiner Wohnung zurück und dachte dabei über seine augenblickliche Situation nach. Nicht nur der Mordversuch an Sina machte ihm zu schaffen. Sie war viel mehr als eine Kollegin: Sie war die Frau, die er über alles liebte. Vor allem beschäftigte ihn, dass er es nicht fertiggebracht hatte, ihr seine Liebe zu gestehen. Und jetzt würde sie vielleicht nie wieder aufwachen. Dazu kamen die vielen Morde, die der Serienmörder begangen hatte. Eine solche Mordserie hatte es im beschaulichen Offenbach noch nie gegeben. Das Schlimmste daran war für ihn die Tatsache, dass sein Leben nie wieder so schön und unbeschwert sein würde wie vor der grauenhaften Zeit. Er war sich sicher, dass er keinesfalls weiterleben wollte, wenn Sina nicht mehr aufwachte. Sein einziger Halt in dieser schlimmen Phase war seine Liebe zum OFC. Zum Glück hatte er viele Freunde innerhalb der Fanszene, die alles versuchten, um ihn von seinen Ängsten und Depressionen abzulenken.

Die Offenbacher Kickers hatten es leider wieder nicht geschafft, sich aus den Fängen der Regionalliga zu befreien, und so dümpelten sie weiter in der vierten Liga. Auch in der neuen Saison schien der Zug schon abgefahren zu sein, denn Waldhof lag schier uneinholbar mit 11 Punkten Vorsprung auf dem ersten Platz. Und leider hatten ganz andere Vereine die Verfolgerrolle übernommen. Bei diesen vielen schlechten Nachrichten war es kein Wunder, dass Hessberger das eine oder andere Bier benötigte, um mit der unerfreulichen Realität klarzukommen.

DREI

Montag, 26.11.18, Polizeipräsidium Südosthessen, Geleitsstraße, Offenbach

Hessberger las die aktuellen Meldungen, aber es war nichts Spektakuläres dabei. Eine Schlägerei in der Karlstraße, ein Brand in einer Shisha-Bar, diverse Fahrzeugdiebstähle und ein festgenommener Drogendealer.

Dann wurde es doch noch interessant, denn der Inhaber der Marke „Offenbacher Bier" hatte eine Anzeige gegen unbekannt gestellt. Er war in der Nacht von zwei maskierten Schlägertypen bedroht worden und sollte sich „mitsamt seinem Offenbacher Bier verpissen", so lautete das Originalzitat, andernfalls könne er sich schon mal nach einem guten Unfallarzt umsehen.

Hessberger war bekennender Fan des Offenbacher Biers und konnte auch dessen Hersteller gut leiden. Schon vor dem Angriff war es knüppeldick für den Bierbrauer gekommen. Ein Mitbewerber hatte ihn angezeigt, woraufhin die Frankfurter Rundschau den folgenden Artikel veröffentlichte:

Es war ein Stück lokale Identität und schmeckte vielen Kennern des Gerstensafts seit April 2016. Nun hat ein missliebiger Wettbewerber erreicht, dass das „Offenbacher Bier" vorerst nicht mehr unter diesem Namen vertrieben werden darf. „Das gilt so lange, bis wir eine Brauerei in Offenbach errichtet haben", sagt Offenbacher-Bier-Macher Josip Budimir. Der aktuelle Lagerbestand, so betont er, dürfe noch verkauft werden. Bislang wurde das „Offenbacher Bier" mit seinem mit Eichel und Eichenblättern verzierten roten Etikett in der Arnsteiner Brauerei von Michelsbräu in Babenhausen abgefüllt. Wie Brauer Budimir weiter berichtet, wird es voraussichtlich ab November zunächst ein neues Etikett für den Offenbacher Gerstensaft geben. Gleichzeitig sucht er nach Räumlichkeiten in Offenbach, in denen er eine Brauerei betreiben kann. (mad)

Und jetzt auch noch die Drohungen. Hessberger war schockiert, denn auf sein liebgewonnenes Getränk wollte er keinesfalls verzichten. Schon allein aus diesem Grund freute er sich darauf, den Fall zu übernehmen.

Seligenstadt, Juli 1988

Das Ehepaar aus Seligenstadt konnte sein Glück kaum fassen. Nachdem schon mehrere Jahre ins Land gegangen waren, ohne dass sich ihr größter Wunsch, ein Kind zu adoptieren, erfüllt hatte, hielten sie nun das nur ein paar Wochen alte Baby im Arm.

Sie hatten wenig Kontakt zu ihren Nachbarn. Das lag teilweise daran, dass ihr Haus etwas abgelegen war. Um das Gebäude zog sich eine riesige Steinmauer, die von Efeu überzogen war. Im ersten Moment schien dieser Platz der geeignete Drehort zu sein, um Dornröschen neu zu verfilmen. Ein unheimlicher, aber zugleich magischer Ort. Die Seligenstädter gingen oft an dem Haus vorbei, aber kaum etwas verriet, dass dort jemand wohnte. Nur an manchen Abenden schien es, als fänden hier große Veranstaltungen statt, und dann waren alle Parkplätze im weiteren Umkreis belegt. Doch im Grunde lebten sie unbeobachtet von der Außenwelt und niemand bekam etwas davon mit, was in dem Haus vor sich ging.

VIER

Sonntag, 2.12.18, Bieberer Berg

Heute war ein wichtiger Tag für Adi Hessberger. Im letzten Heimspiel des Jahres traf sein geliebter OFC auf Astoria Walldorf und erstmals würde er nicht im Block 2 stehen, denn heute war aufgrund einer Einladung ein Sitzplatz inklusive VIP-Raum angesagt. Er schaute auf das Hinweisschild „Block 13 – 8 Süd 2", hier ging es zur Haupttribüne, ein ungewohnter Platz für ihn. Doch wichtiger schien die Tatsache, dass vorher noch eine Spender-Typisierung für einen schwerkranken, an Blutkrebs leidenden Jungen stattfand. Die gesamte Kickers-Mannschaft, viele Fans und auch Hessberger hatten sich bereiterklärt, diese tolle Aktion zu unterstützen. Er hoffte sehr, dass ein geeigneter Spender dabei sein würde. Nachdem er sich hatte registrieren lassen, ging er in den VIP-Bereich, aß eine Currywurst und trank zwei Pils dazu.

Innerhalb weniger Augenblicke war er umringt von einigen Bekannten, die sich freuten, dass Adi wieder dabei war. „Wie geht es Sina? Warum stehst du heute nicht in Block 2? Was geht da beim Offenbacher Bier ab?"

Geduldig beantwortete Adi ihre Fragen, bevor er sich auf den Weg zu seinem ungewohnten Sitzplatz machte. 0:1 nach 22 Minuten. Das durfte doch nicht wahr sein. „Jetzt reißt den Walldorfern endlich die Ärsche auf!", schrie er voller Entrüstung, bis er merkte, dass ein paar ältere Fans neben ihm vorwurfsvoll herüberschauten. Es war halt keine gute Idee, sich das Spiel auf der Sitztribüne anzusehen. Ihm fehlten die Bewegungsfreiheit, seine echten Kumpel und das gemeinsame Anfeuern. Nach kurzem Überlegen stand er auf und bahnte sich seinen Weg, leider fast um das ganze Stadion herum, auf die gegenüberliegende Seite zum Fanblock. Unterwegs holte er sich noch ein Bier und auf einmal bekam er wieder richtig

Luft und fühlte sich energiegeladen wie schon seit Monaten nicht mehr.

Nach 65 Minuten kam dann endlich die Erlösung in Form des Ausgleichs. Die Nummer 14 des OFC erzielte das 1:1. Jetzt waren die Fans nicht mehr zu halten. Alle sangen: „Jake Hirst is on fire." Diese nordirische EM-Fan-Hymne über Will Grigg wurde in Offenbach auf den neuen Publikumsliebling umgeschrieben. Der Stadionsprecher gab den Spielstand durch: „Offenbach eins, Walldorf null, danke – bitte!" Der Gegner hatte hier immer null Tore, egal, wie es wirklich stand. In der 70. Minute war dann das ganze Stadion aus dem Häuschen, weil Stürmer Florian Treske in seinem Abschiedsspiel den entscheidenden Treffer für den OFC schoss. 5.106 glückliche Zuschauer verließen das Stadion, um mit einem Kaltgetränk den knappen Sieg zu feiern.

Adi ging rüber in die Kultkneipe „Zum Bieberer Berg" und bekam von Elke direkt ein Schlappeseppel in die Hand gedrückt. Sie lobte ihn für den Sieg, als hätte er selbst eines der Tore erzielt. Trotz der Kälte standen die Menschen draußen im Garten des Lokals und ließen sich Bier und Glühwein schmecken. Irgendwann zählte er die Biere nicht mehr.

Beim Heimweg in den frühen Morgenstunden benötigte er die ganze Breite des Waldwegs. Kurz bevor der Wald in ein Wohngebiet mündete, sah er eine Parkbank, auf die setzte er sich einen Moment. Der Freudenschleier des Sieges zerriss und plötzlich traf ihn seine aktuelle Situation wie ein Vorschlaghammer. Er glaubte, keine Luft mehr zu kriegen, und verlor seine bis dahin mühsam aufrechterhaltene Selbstbeherrschung. Tränen flossen über seine geröteten Wangen. Er weinte so bitterlich, wie er seit seiner Kindheit nicht mehr geweint hatte.

Seligenstadt, Mai 2004

Der Sechzehnjährige wäre im Mittelalter ein guter Folter-
knecht gewesen. Weder bei seinen Klassenkameraden noch
bei den Nachbarn war er besonders beliebt. Schon seit frühes-
ter Jugend neigte er zu aggressivem Verhalten und drangsa-
lierte damit sein gesamtes Umfeld. Rücksichtslos war auch
seine Fahrweise mit dem Rennrad. Er war ein absoluter Fan
hoher Geschwindigkeiten. Natürlich hörte er immer wieder
von seinen Eltern, dass er einen Helm tragen solle, aber das
war ihm einfach zu uncool. So war er auch heute wieder ohne
Kopfschutz unterwegs und es machte ihm großen Spaß, den
Wind in seinen Haaren zu spüren. Selbst ohne Tacho konnte
man fühlen, dass die Geschwindigkeit locker 50 km/h betrug.
Er fuhr am Eis-Kaiser vorbei in Richtung Main und jagte um
die Kurve, als plötzlich ein Rentner mit seinem Rollator auftauchte. Geistesgegenwärtig riss er den Lenker herum und
prallte ungebremst gegen einen der an der Promenade stehenden Bäume. Im gleichen Augenblick verlor er das Bewusstsein. Der Rentner blieb wie erstarrt stehen, unfähig,
nach dem Jungen zu schauen. Ein Spaziergänger, der den
Vorfall beobachtet hatte, rief sofort den Rettungswagen und
lief dann zu dem bewusstlosen Radfahrer. Bei diesem Anblick
kam alles, was er die letzten Stunden gegessen hatte, wieder
ans Tageslicht.
   Die Arme des Jungen schienen verdreht zu sein, aber viel
schlimmer war die Tatsache, dass Wangenknochen, Kiefer
und Nase zerschmettert waren. Es war ein grauenvoller Anblick, als die formlose Masse, die kurz vorher ein Gesicht
gewesen war, versuchte, einige Laute von sich zu geben, während in der Ferne die näherkommende Sirene zu hören war.

FÜNF

Dienstag, 4.12.2018, Friedberg

Die Friedberger Polizei bittet die Bevölkerung um ihre Mithilfe. Seit dem 25. November 2018 gilt Walburga Steiner, die Inhaberin einer Friedberger Pension, als vermisst. Zum selben Zeitpunkt ist der Pensionsgast Dirk Maier verschwunden. Sachdienliche Hinweise bitte an die Polizei in Friedberg oder jede andere Polizeidienststelle.

Inzwischen waren einige Tage vergangen, aber noch immer gab es keine Spur von Walburga Steiner, trotz der Vermisstenanzeige, die in der Zeitung erschienen war. Niemand konnte sagen, warum die Pensionsinhaberin spurlos verschwunden war. Genauso dubios war die Tatsache, dass einer ihrer Pensionsgäste nicht mehr auffindbar war. Bei den Ermittlungen stellte sich heraus, dass die im Gästebuch hinterlegte Adresse nicht existierte. Die Friedberger Polizei befragte alle Pensionsgäste, aber die Aussagen waren so unterschiedlich, dass am Ende keine klare Personenbeschreibung herauskam. Nur in einem Punkt gab es Übereinstimmungen: Der Gesuchte hatte einen Hund gehabt, bei dem es sich allem Anschein nach um einen Golden Retriever handelte. Manch einer glaubte, dass Frau Steiner mit ihrem Gast durchgebrannt sei.

Die Polizeistation Friedberg, deren Betreuungsgebiet sich über Bad Nauheim bis nach Echzell erstreckte, war an diesem Montag krankheitsbedingt nicht voll besetzt. Kommissar Peter Nolte saß allein in seinem Büro, das er sich normalerweise mit zwei Kollegen teilte. Nolte verkörperte das, was man als eine Erscheinung bezeichnete, denn er konnte mit seinem Körper einen kompletten Raum verdunkeln. So mancher flüchtende Verdächtige war an ihm im wahrsten Sinne des Wortes abgeprallt. Die Meinungen seiner Kollegen über ihn waren ziemlich einhellig: vorbildlicher Beamter und Einzelgänger, der keinem Zwist aus dem Wege ging.

Der Kommissar blätterte in der Vermisstenakte. Dabei meldete sich sein untrügliches Bauchgefühl, das ihn veranlasste, sich die Pension noch einmal genauer anzusehen. Er konnte im Polizeibericht keinen Hinweis darauf finden, dass auch eine Durchsuchung des Gartengrundstücks stattgefunden hatte. Dies kam ihm merkwürdig vor. Der Familienvater holte sich den Schlüssel der Pension, zog seinen Parka über und machte sich auf den Weg. Er fuhr aus dem Grünen Weg über die Frankfurter Straße Richtung Agentur für Arbeit und weiter über die Kaiserstraße. In Höhe der Augustiner-Schule, die 1543 gegründet worden war und somit zu den ältesten Gymnasien Hessens gehörte, stockte der Verkehr bis zum Fünf-Finger-Platz. Über die Frage, wie dieser Platz zu seinem Namen gekommen sein könnte, kursierten verschiedene Gerüchte. Noltes eigene, leider noch unbestätigte Version lautete wie folgt: Am Gründonnerstag, dem 29. März 1945, begann in den Morgenstunden der Angriff der Amerikaner auf Friedberg und die anschließende Besetzung. Aus der anfänglichen Distanz der Bevölkerung zu den ungeliebten Amerikanern entwickelten sich im Lauf der Jahre deutsch-amerikanische Schmuggelaktivitäten. Es gab in Friedberg einen geeigneten Platz mit vielen Fluchtmöglichkeiten, an dem sich die Schmuggler trafen, um mit Kaffee, Zigaretten, Schokolade, Kaugummis und regionalen Wurstwaren Tauschhandel zu treiben. Am Ende eines solchen Austauschs stand immer eine freundschaftliche Verabschiedung. Das bei den Amis obligatorische „Give me five" führte dazu, dass die Amerikaner diesen Ort „give me five square" nannten. Später wurde dieser Begriff von den Friedbergern eingedeutscht zu „Fünf-Finger-Platz"! So oder auch ganz anders könnte es sich zugetragen haben. Doch egal, wie der Lauf der Geschichte wirklich gewesen war, Fakt war, dass Nolte normalerweise bis hierher höchstens zehn Minuten brauchte, aber heute schien jeder, der einen Führerschein hatte, auf der Straße zu sein. Doch dann hatte er plötzlich Glück und fand direkt bei der Pension einen Parkplatz.

Inzwischen gab es dort keine Gäste mehr, denn Walburga Steiner hatte ihr kleines Unternehmen allein geführt. Im Haus durchsuchte er akribisch die verschiedenen Zimmer, ohne etwas Auffälliges zu bemerken. Inzwischen waren schon einige Stunden vergangen und es war Zeit für einen Schluck Kaffee aus seiner mitgebrachten Thermoskanne. Dazu gab es eine selbstgedrehte Zigarette. Er ging in den Garten und genoss die Stille und die glasklare, kalte Luft. Der Garten war nicht besonders groß, aber sehr schön angelegt. Es gab einen eigenen Brunnen, große Steinskulpturen, eine kleine Sitzgruppe aus Holz und am Ende des Gartens stand die obligatorische Gartenhütte, die nie fehlen durfte. Alles war akkurat, fast schon spießig, doch die halb angelehnte Tür des Hüttchens passte nicht ins Bild.

Nolte rauchte noch zu Ende und ging dann auf die Tür zu. Es knarrte ein wenig, als er sie komplett öffnete. Bedingt durch seine Körpergröße musste er sich bücken, um hindurchzugehen. Zuerst sah er gar nichts, bis seine Augen sich an die Dunkelheit gewöhnten, doch dann wurde ihm schlagartig klar, dass ihn sein Bauchgefühl wieder einmal nicht getrogen hatte.

SECHS

Dienstag, 4.12.18, Polizeipräsidium

Seit Hessberger am Montagmorgen total unterkühlt auf einer Parkbank in der Nähe des Sana Sportparks aufgewacht war, fühlte er sich krank und arbeitsunfähig. Natürlich schämte er sich, dass er als Polizist mit Vorbildfunktion wie ein Penner auf einer Parkbank übernachtet hatte. Es war nur zu hoffen, dass ihn niemand gesehen beziehungsweise erkannt hatte. Aus diesem Grund meldete er sich für den Montag mit Migräne krank und blieb auch den ganzen Tag im Bett.

Am Dienstag war Hessberger wieder im Büro. Polizeirat Klaus Peter Thalbach kaufte ihm die Migränegeschichte, ausgerechnet an einem Montag, nicht ab. Dahinter konnte nur eines von Hessbergers sich häufenden Saufgelagen stecken. Obwohl Thalbach gute Miene zum bösen Spiel machte, wollte er Hessberger zumindest einen Denkzettel verpassen und beorderte ihn zu einer abendlichen Demonstration in der Offenbacher Innenstadt. Hessberger fügte sich in die vergleichsweise geringe Strafe.

Gemeinsam mit einem seiner neuen Kollegen, Kriminalkommissar Bilal Demirkan, machte er sich am späten Nachmittag auf den Weg Richtung Wilhelmsplatz.

Demirkan war der schönste Mann des gesamten Polizeireviers, zumindest sagte er das von sich selbst. Er brauchte jeden Morgen mindestens eine Stunde im Bad, um seine Haare und den Bart zu stylen. Was er von Hessbergers augenblicklichem Aussehen hielt, konnte man an dem geringschätzigen Blick des Südländers ablesen. Der Schwerenöter schleppte jedes Wochenende Mädchen ab, denen er den Himmel auf Erden versprach und dazu die ewige Liebe, zumindest für eine Nacht. Für ihn war es unvorstellbar, dass Hessberger jeden Tag am Bett einer aus seiner Sicht Fast-Toten saß, statt sich eine neue Frau anzulachen. „Du brauchst dringend eine andere Frisur, einen neuen Style und vor allem ein paar Tipps von einem, der sich mit den Weibern auskennt."

„Und wer soll das sein?", fragte Hessberger ironisch. Damit war der Redefluss seines Beifahrers fürs Erste gestoppt, doch lange würde es nicht dauern bis zur nächsten Litanei.

Hessberger konzentrierte sich auf den Verkehr und suchte einen Parkplatz möglichst nah am Demonstrationsverlauf. Diesmal war es keine Demo, die auf Krawall hindeutete, denn erstens war sie vorab genehmigt worden und zweitens ging es um Bier, um das Offenbacher Bier. Einige Hundert Einheimische hatten sich zusammengefunden, um gegen das Verbot ihres geliebten Gerstensafts zu demonstrieren. Und das, obwohl es noch nicht mal ein Verbot gegen das Bier selbst gab, nur gegen die Namensgebung. Auf einigen Transparenten konnte man Sprüche lesen wie:

Wir trinken hier
nur Offenbacher Bier

oder

Wir ham kein Strom, wir ham kein Geld, aber das geilste Bier der Welt

Ansonsten schien alles friedlich zu verlaufen und – so empfand es Hessberger – für das Offenbacher Bier konnte man schon mal demonstrieren.

Als die beiden Polizisten sich direkt in die Menschenmenge begaben, hatte Hessberger auf einmal das Gefühl, beobachtet zu werden. Das konnte natürlich daran liegen, dass er eine ganze Menge der Teilnehmer persönlich kannte, dennoch fühlte er, dass irgendetwas nicht stimmte.

Die Polizisten trennten sich, um ein breiteres Spektrum der Veranstaltung abzudecken. Der Wilhelmsplatz war inzwischen so überfüllt, dass die Situation immer unübersichtlicher wurde. Er versuchte, Demirkan auf dem Handy zu erreichen, aber sein türkischer Kollege ging nicht ans Telefon. Vielleicht war es doch keine so gute Idee gewesen, mit nur zwei Beamten vor Ort zu sein.

Es war mittlerweile so eng, dass die ersten Teilnehmer Platzangst bekamen. Hessberger hörte entsetzte Schreie und sah, wie die Masse sich unkontrolliert in Bewegung setzte. Eine Frau stürzte und andere fielen über die am Boden Liegende. Immer mehr Menschen gerieten in Panik, die Situation eskalierte. Er wäre fast über den Haufen gerannt worden bei dem Versuch, sich schützend vor einen Mann zu stellen, der blutend am Boden lag.

Überall wälzten sich Menschen auf dem Platz, während sich die Masse langsam in alle Himmelsrichtungen zerstreute. Der Anbau des Markthauses war verwüstet. Ein paar Tage vorher hatte Hessberger dort noch mit Freunden Glühwein getrunken. Das Offenbacher Denkmal Streichholzkarlche lag zertrümmert auf der Erde. Er konnte nicht fassen, warum auf einmal diese Panik entstanden war.

Die ersten Krankenwagen näherten sich dem verwüsteten Platz. Verzweifelt suchte er nach seinem Kollegen, doch Bilal Demirkan schien wie vom Erdboden verschwunden. Wahrscheinlich war er dabei, Erste Hilfe bei einem der vielen Verletzten zu leisten. Nach Hessbergers Schätzung gab es mindestens 15 bis 20 Verletzte und er hoffte inständig, dass keine Schwerverletzten dabei waren. Erschwerend kam hinzu, dass auch der über die Grenzen Offenbachs hinaus bekannte, an drei Tagen in der Woche stattfindende Wochenmarkt seine Spuren hinterlassen hatte. Die Müllcontainer mit den Überresten des Marktangebots lagen über den ganzen Platz verteilt, ihr Inhalt ergoss sich auf das Pflaster.

Hessbergers Blick fiel auf eine der umgestürzten Tonnen. Direkt dahinter, inmitten eines Bergs von Gemüse- und Obstresten, war ein herausschauender Arm nicht zu übersehen. Als er näher kam, erkannte er den protzigen Siegelring seines Kollegen.

SIEBEN

Dienstag, 4.12.18, Friedberg

Vorsichtig bewegte sich Kriminalkommissar Peter Nolte in der Gartenhütte auf die Umrisse eines Menschen zu. Der Schein seiner Taschenlampe spiegelte sich im Gesicht einer großen Porzellanpuppe wider. In einem Gartenstuhl saß die vermisste Frau Steiner und hielt die Puppe fast schützend in ihren Armen. Ein leichter Hauch von Verwesung lag in der Luft.

Innerhalb der nächsten halben Stunde wurde dieses fast schon friedlich wirkende Bild von dem eines hoch frequentierten Tatorts abgelöst. Es war nicht einfach, in der engen Hütte nach Spuren zu suchen, zumal es auf den ersten Blick keine ersichtliche Todesursache gab. Immerhin hatte man die Frau jetzt endlich gefunden, auch wenn Nolte sich natürlich gewünscht hätte, sie wäre noch am Leben. Warum sollte jemand diese sympathische Frau umbringen? Wie es aussah, fehlten noch nicht einmal Wertgegenstände, sogar die Kasse der Pension mit mehreren Hundert Euro Bargeld stand noch an ihrem angestammten Platz. Jetzt sollte erst einmal der Gerichtsmediziner die Todesursache feststellen, und vielleicht fanden seine Kollegen verwertbare Spuren oder Fingerabdrücke. Für Nolte war auf jeden Fall Feierabend und er freute sich schon auf eine heiße Dusche nach diesem langen Tag. Dem Mann, der ihn auf dem Heimweg beinahe angerempelt hätte, schenkte er keinerlei Beachtung.

*

In den folgenden Tagen befragten Nolte und sein Team alle Pensionsgäste und die umliegende Nachbarschaft. Bei den täglich stattfindenden Besprechungen wurden die aktuellen Ermittlungsergebnisse diskutiert. Die Polizisten vermuteten, dass der verschwundene Pensionsgast nicht nur eine imaginäre Adresse, sondern auch einen falschen Namen angegeben hatte.

Die meisten Pensionsgäste hatten diesen Gast nur selten oder überhaupt nicht zu Gesicht bekommen. Aus diesem Grund war das Phantombild nicht aussagekräftig. Bis jetzt ging die Polizei in Friedberg davon aus, dass auch der angebliche Dirk Maier Opfer eines Verbrechens wurde. Falls er unter einem falschen Namen logiert hatte, konnte das ein Indiz dafür sein, dass er sich aus nicht bekannten Gründen verstecken musste. Vielleicht war er ja das Ziel des Mordanschlags gewesen und die Pensionsinhaberin hatte etwas mitbekommen und wurde deshalb ermordet. Warum sollte ein Gast monatelang in der Pension wohnen und dann auf einmal die Inhaberin töten? Zumal auch keine Wertgegenstände und kein Bargeld fehlten. Diese Gründe veranlassten die Friedberger Beamten, auf einen Täter von außerhalb zu schließen.

Seligenstadt, 23.09.2004

Die Ärzte taten ihr Bestes, um den Jungen wieder zusammenzuflicken. Beide Arme waren mehrfach gebrochen und die Kreuzbänder des linken Knies gerissen, aber die schlimmsten Verletzungen hatte er im Gesicht erlitten. Nase, Jochbein, Wangenknochen und Schädel waren stark deformiert. Es schien, als wären nur noch die Augen intakt, obwohl sie teilweise zugeschwollen waren. Aufgrund der schweren Kopfverletzungen machte der Arzt den Eltern keine große Hoffnung, dass ihr Sohn die Nacht überleben würde.

Doch er war ein Kämpfer. Es schien, als würde er sich weigern zu sterben. Einige Tage später konnten die Ärzte den Eltern mitteilen, dass ihr Sohn über den Berg war. Ein endloser, schmerzhafter Heilungsprozess schloss sich an, geprägt von vielen plastischen Operationen, um sein Gesicht wenigstens einigermaßen wiederherzustellen.

Bisher hatte ihn der Verband vor den Blicken der Umwelt geschützt, doch nun sollte er abgenommen werden. Vorsichtig entfernte der Arzt die Bandagen. An manchen Stellen zwickte es gehörig, als die Klebestreifen gelöst wurden.

Er ging zusammen mit dem Arzt sehr zögerlich ins Bad, um sich das Ergebnis anzusehen. Als er in den Spiegel blickte, knickten ihm die Beine weg, und hätte ihn der Arzt nicht festgehalten, er wäre wohl ungebremst auf den Fliesenboden geknallt.

Erst Stunden später wagte er sich ohne Verband in das Treppenhaus des Krankenhauses. Seine Eltern kamen die Treppe hochgelaufen und gingen wortlos an ihm vorbei, weil sie ihren eigenen Sohn nicht erkannt hatten.

ACHT

Dienstag, 4.12.18, Wilhelmsplatz, Offenbach

Hessberger zog seinen Kollegen unter dem Abfallberg hervor. Er fühlte keinen Puls, denn es gab keinen mehr – Kriminalkommissar Bilal Demirkan würde nie wieder über Hessbergers Style lästern. Er war tot. Woran er gestorben war, konnte man auf den ersten Blick nicht erkennen, denn die Menge schien ihn förmlich überrannt zu haben. Es war kein schöner Anblick, und nur sein Siegelring war unbeschädigt geblieben. Auch wenn Hessberger noch nicht lange mit dem Kollegen zusammengearbeitet hatte, fühlte er sich unendlich traurig. Nicht nur wegen Bilals Tod, auch wegen der vielen Verletzten, die an einer ganz normalen Demonstration teilgenommen hatten. Warum war sie am Ende so aus dem Ruder gelaufen?

Sein Kollege, Kriminalkommissar Rüdiger Salzmann, legte ihm die Hand auf die Schulter. „Adi, das ist eine absolute Katastrophe. Wir haben inzwischen vier Tote und mindestens fünfzehn Verletzte abtransportiert und ein paar Menschen werden noch vermisst. Was ist hier bloß passiert?"

Hessberger schaute seinem Kollegen in die Augen. „Ich weiß es nicht. Es war eigentlich total friedlich, aber dann gab es irgendeinen Auslöser, der diese Panik verursacht hat. Wir müssen unbedingt anfangen, die Leute zu befragen, bevor sie sich in alle Winde zerstreut haben."

Während ein weiterer Verletzter an ihnen vorbeigetragen wurde, kam ein Streifenbeamter auf sie zu. „Wir haben mehrere Zeugen gefunden, die etwas Entscheidendes gesehen haben wollen. Wahrscheinlich möchten Sie die Leute selbst befragen? Alle Personalien habe ich schon aufgenommen."

Nachdem sie mit einer Reihe von Zeugen vor Ort gesprochen hatten, ergab sich folgendes Bild: Die Zeugen wollten aus der Ferne gesehen haben, wie ein Mann, dessen Gesicht unter einer grauen Kapuze nicht zu erkennen war, auf Kriminalkommissar

Demirkan eingestochen hatte. Die umstehenden Menschen, die den Mord aus nächster Nähe mit ansehen mussten, gerieten in Panik und rannten bei ihrer Flucht andere Teilnehmer um. Anscheinend wurde dabei geschrien, dass ein Mörder in der Menge sei, was noch mehr Leute dazu bewegte, panisch davonzurennen. Da immer mehr Menschen am Boden lagen und gleichzeitig viele in Richtung Innenstadt rannten, war das Chaos perfekt.

Hessberger, Salzmann und Thalbach saßen noch spät im Präsidium. An diesem Tag hatte keiner Lust, nach Hause zu gehen. Adis Sekretärin, Selina Djukovic, kurz Seli genannt, versorgte alle mit Kaffee und belegten Brötchen. Sie gingen mehrmals den Verlauf der Demonstration durch. Alle Informationen konnte man auf dem vor ihnen stehenden Flipchart ablesen. Sie fassten die bisherigen Ermittlungsergebnisse kurz zusammen. Ein Unbekannter hatte ihren Kollegen während einer Demonstration ermordet. Dabei kam es zu einer Massenpanik, die dazu führte, dass Menschen starben oder verletzt wurden. Nach dem Täter wurde gefahndet. Außer den Hinweisen, dass ein Vermummter auf ihn eingestochen hatte, fehlte jede Spur.

Jetzt mussten sie die Ergebnisse des gerichtsmedizinischen Instituts abwarten.

Hessberger schüttelte immer wieder den Kopf. „Warum sollte jemand auf einer Demo für ein verbotenes Bier einen Polizisten umbringen? Das passt doch vorne und hinten nicht, oder was meint ihr?" Schließlich warf er in die Runde: „Lasst uns morgen weitermachen!"

Nach und nach gingen im Polizeipräsidium Südosthessen die Lichter aus.

*

Eine Person mit einer tief ins Gesicht gezogenen Kapuze ging mit langsamen Schritten am Revier vorbei und es schien, als würde er sich jede Einzelheit einprägen. Die nach Hause eilenden Polizisten nahmen den Mann nicht wahr.

NEUN

Seligenstadt, Oktober 2004

In Seligenstadt ging wieder alles seinen gewohnten Gang. Das Ehepaar hatte den Jungen inzwischen aus dem Krankenhaus abgeholt, doch nur langsam gewöhnten sich die Eltern an das völlig veränderte Aussehen ihres Sohns. Er musste an diesem Abend in seinem Zimmer bleiben, denn heute war wieder „Gästetag". Noch nie hatten ihm seine Eltern gestattet, auch nur in die Nähe der Gäste zu kommen, die sich in den abgetrennten Kellerräumen aufhielten. Er platzte fast vor Neugier und wollte unbedingt erkunden, aus welchem Grund diese Leute zweimal in der Woche in großer Zahl in ihrem Haus auftauchten.

Normalerweise waren seine Eltern nicht besonders streng und im Prinzip konnte er tatsächlich machen, was er wollte, aber an diesen besonderen Abenden waren sie unnachgiebig. Einmal hatte er versucht, sich in die Kellerräume zu schleichen, aber sein Vater hatte ihn erwischt und so heftig geohrfeigt, dass es ihn durchs Zimmer schleuderte.

Als er diesmal die Autos vorfahren hörte, konnte er seine Neugier nicht mehr bezwingen. Leise schlich er die Treppen hinab und versteckte sich hinter der Garderobe. Nachdem der letzte Besucher Richtung Gewölbe gegangen war, wartete er noch eine Viertelstunde, bevor er vorsichtig hinterherschlich. Leise Musik war zu hören, als er die Kellertür öffnete. Langsam bewegte er sich die Treppe hinunter. Ein schwerer Samtvorhang schirmte den Durchgang ab, durch den dumpfe Geräusche an sein Ohr drangen.

Zentimeterweise schob er den Vorhang zur Seite, bis er freies Blickfeld hatte. Das, was er zu sehen bekam, war so unerwartet, krass und unbeschreiblich, dass ihm für einen Moment die Luft wegblieb. Er konnte es einfach nicht fassen, was sich hier vor seinen Augen abspielte.

Dienstag, 4.12.18, Friedhofstraße, Offenbach

Thalbach wohnte genau 1.975 Meter von seinem Arbeitsplatz entfernt, das hatte er mit seinem Schrittzähler errechnet. Es gab keinen Grund, die kurze Strecke bis zur Friedhofstraße mit dem Auto zu fahren. Während der dunklen Jahreszeit wünschte er sich manchmal ein paar zusätzliche Lichtquellen auf seinem Nachhauseweg. Auch heute war es arg dunkel. Irgendwie hatte er das Gefühl, dass sich noch jemand in die um diese Uhrzeit sehr verlassene Gegend verirrt hatte. Ihm wurde ein wenig unbehaglich zumute und er beschleunigte seine Schritte. Da war doch etwas! Abrupt blieb er stehen und drehte sich um, doch es war niemand zu sehen und kein Geräusch zu hören. Er schüttelte den Kopf und setzte seinen Weg fort. In diesem Moment sah er aus den Augenwinkeln einen Schatten auf sich zu stürzen, der wohl hinter einem parkenden Auto gelauert hatte. Noch bevor er reagieren konnte, spürte er ein Brennen im Rücken und die Umgebung verschwamm vor seinen Augen. Alles ging so schnell, dass er nicht einmal den harten Aufprall auf dem Steinboden spürte.

Mittwoch, 5.12.18, Präsidium

Hessberger und seine Kollegen waren etwas verwundert, dass Polizeirat Thalbach noch nicht an seinem Schreibtisch saß, aber da es am Vortag sehr spät geworden war, nahmen sie an, dass der Chef ausnahmsweise ein bisschen länger schlafen wollte. Gegen Mittag fingen sie an, sich Sorgen zu machen, denn Thalbach war sonst die Zuverlässigkeit in Person. Alle Versuche, ihn telefonisch zu erreichen, schlugen fehl und deshalb beschlossen Salzmann und Hessberger, bei ihrem Chef zu Hause nach dem Rechten zu sehen. Als auch nach mehrfachem Klingeln nicht aufgemacht wurde, überlegte

Hessberger, ob sie die Wohnungstür öffnen sollten, aber es kam ihnen unangemessen vor, wegen vager Vermutungen unerlaubt in die Wohnung ihres Vorgesetzten einzudringen. Sie gingen zu ihrem Auto zurück, das ein paar Hundert Meter entfernt geparkt war. Hessberger versuchte gefühlt zum hundertsten Mal, Thalbach auf dem Handy zu erreichen.

Plötzlich schubste Salzmann ihn an und fragte: „Hörst du das?" Und tatsächlich: Man konnte das leise Klingeln eines Telefons hören. Unter einem geparkten Fahrzeug lag das Handy ihres Chefs und da wussten die Kommissare, dass etwas Schlimmes passiert sein musste.

Sie forderten Verstärkung an und teilten sich auf, um die Nachbarn zu befragen, die letzten Handygespräche von Thalbach zu rekonstruieren und die Wohnung ihres Vorgesetzten auf Spuren zu untersuchen.

ZEHN

Donnerstag, 6.12.18, Präsidium

Der Nikolaustag im Offenbacher Polizeipräsidium fing gar nicht gut an. Es gab bisher keine verwertbare Spur von Polizeirat Thalbach, der Tod des Kollegen Demirkan war nach wie vor ungeklärt und es mussten noch viele Berichte geschrieben werden. Hessberger machte sich auf den Weg zum Markthaus, dem gemütlichen und urigen Restaurant am Wilhelmsplatz, um mit dem Wirt Eric Münch über die Ereignisse zu sprechen. Möglicherweise hatte der ja etwas mitbekommen. Und wenn er in sich rein horchte, wusste Hessberger, dass er einfach mal aus seinem Büro raus musste. Der Wunsch, etwas zu trinken, war fast übermächtig.

Als er ankam, rauchte sein Freund Eric gerade eine Zigarette. Sie standen vor den Überresten des angebauten Glühweinstands und unterhielten sich. Hessberger sagte nicht Nein, als er einen Glühwein angeboten bekam, und auch das zweite Glas lehnte er nicht ab. Noch nicht mal 12 Uhr und schon floss der Alkohol. Wenn er nicht aufpasste, würde er den Nachmittag nicht mehr erleben.

Eric Münch war immer noch stark betroffen. Viele der Verletzten kannte er persönlich, hinzu kam noch der Schaden an seinem Gebäude. Leider konnte er Hessberger nicht weiterhelfen. Er war erst durch die Schreie aufgeschreckt worden, hatte sofort den Rettungsdienst alarmiert und sich mit seinen Mitarbeitern um die Verletzten gekümmert.

Hessberger bedankte sich und lief dann den Wilhelmsplatz ab, in der Hoffnung auf eine zündende Idee. Über einem der zahllosen Gastronomiebetriebe schaute ein älterer Mann aus dem Fenster. Er hatte eine Decke auf der Fensterbank liegen, eindeutiges Zeichen, dass er regelmäßig am Fenster stand. Hessberger winkte dem Mann zu und erklärte ihm, dass er von der Polizei sei und ihm ein paar Fragen stellen wolle. Der Türsummer brummte und Hessberger ging hinein.

Das Haus hatte die besten Zeiten schon hinter sich. Es roch nach einem Gemisch aus Kohlsuppe, altem Holz und wochenlang nicht gelüftetem Treppenhaus. Im vierten Stock öffnete sich die Tür und Eberhard Grün bat Hessberger in seine Wohnung. Sie setzten sich auf eine hellgraue Samtcouch, über der eine Schutzdecke lag, seinerzeit von Grüns Frau Cordula gehäkelt, wie ihm der Rentner voller Stolz erzählte. Bereitwillig hörte sich Herr Grün die Fragen des Kommissars an und es stellte sich heraus, dass er auch zur fraglichen Zeit an seinem Fenster gestanden hatte.

Er hatte einen Mann in der Nähe der Müllcontainer gesehen, der mit einem anderen Mann zu kämpfen schien. Einer der beiden hatte einen Gegenstand in der Hand, den der Rentner aus der Entfernung nicht erkennen konnte. Aus demselben Grund war auch seine Beschreibung sehr vage. Der Gesuchte war ca. 1,80 bis 1,90 m groß, etwa 35 bis 40 Jahre alt und trug einen grauen Pullover mit Kapuze.

Hessberger war trotzdem dankbar, dass es jetzt den ersten vernünftigen Hinweis auf den Täter gab. Nachdem er alles notiert hatte, diskutierten die beiden noch eine ganze Weile über die ehemaligen Torhüter der Offenbacher Kickers. Fred Bockholt war der beste Torhüter, den der OFC jemals gehabt hatte, da ließ sich der Rentner nicht beirren. Doch Hessberger war ein ausgewiesener Fan von Oliver Reck und Bernd Helmschrot.

Nachdem sie noch eine Weile über die guten alten Zeiten philosophiert hatten, machte sich Hessberger wieder auf den Weg ins Präsidium. Als er schon unten vor der Eingangstür stand, hörte er Herrn Grün laut durchs Treppenhaus rufen: „Herr Hessberger, der Gesuchte hinkt, jetzt fällt es mir wieder ein. Er zieht das rechte Bein hinterher."

ELF

Donnerstag, 6.12.18, Sana-Klinikum

Sie hatte wahnsinnige Kopfschmerzen und ihr Mund war ausgetrocknet. Sie versuchte, etwas zu sagen, aber es kam nur ein kaum wahrnehmbares Krächzen über ihre Lippen. Der Raum verdunkelte sich plötzlich, weil mehrere Menschen sich über sie beugten. Ein Stimmenwirrwarr verstärkte das Brummen in ihrem Schädel und dann war wieder alles still.

Schwestern und Ärzte redeten wie wild durcheinander, voller Begeisterung, dass die Patientin nach endlosen Monaten im Koma ein Lebenszeichen von sich gegeben hatte.

Der Oberarzt, Dr. Voigt, bezeichnete das Aufwachen der Komapatientin als „fast schon ein Wunder. Die Patientin hat wirklich einen eisernen Überlebenswillen."

Jetzt stellte sich nur die Frage, ob Sina Fröhlich jemals wieder die Alte sein würde.

*

Als Hessberger an Sinas Bett stand, hatte er Tränen der Rührung in den Augen, weil es endlich wieder einen Hoffnungsschimmer gab. Doch obwohl er ein paar Stunden bei ihr blieb, zeigte Sina keinerlei Anzeichen eines erneuten Erwachens. Trotzdem hielt er die ganze Zeit ihre Hand und berichtete von den schlimmen Vorgängen rund um die Demonstration für das Offenbacher Bier. „Ich war komplett fassungslos, wie viele Menschen verletzt auf dem Wilhelmsplatz lagen. Dazu die vier Toten, drei Demonstranten und unser neuer Kollege Bilal Demirkan. Du hast ihn zwar nicht gekannt, aber ihr hättet euch bestimmt gut verstanden. Er war total verrückt, aber auf eine sehr liebenswerte Art. Die Frauen sind ihm scharenweise hinterhergelaufen, so ähnlich wie in dem Märchen ‚Der Rattenfänger von Hameln'. In der kurzen Zeit, in der er bei uns war, hat er mir von mehr als fünfzehn verschiedenen Frauen erzählt. Und jetzt ist er tot, weil irgendein Verrückter ihn mitten am Tag auf einem belebten Platz umgebracht hat. Aber das Krasseste habe ich dir noch gar nicht erzählt. Unser Chef, Polizeirat Thalbach, ist auf dem Nachhauseweg vom Präsidium spurlos verschwunden. Irgendwie glaube ich, dass diese Fälle in einem Zusammenhang stehen. Das Offenbacher Bier passt überhaupt nicht zu dem Ganzen. Vielleicht hat der Mörder einfach nur eine Plattform gesucht, um in die Medien zu kommen. Es arbeiten inzwischen viele Beamte aus Frankfurt, Friedberg und Offenbach zusammen an unserem Fall und die Suche nach Thalbach hat höchste Priorität. Du kannst dir überhaupt nicht vorstellen, wie dringend wir dich brauchen, und vor allem, wie dringend ich dich brauche."

Nachdem Hessberger noch lange über all die Dinge gesprochen hatte, die ihn bewegten, küsste er Sina auf die Stirn und verließ am späten Abend das Krankenhaus. Als die Nachtschwester nach Sina schaute, meinte sie ein leichtes Augenzucken zu erkennen, doch als sie näher an die Patientin herantrat, lag diese totengleich in ihrem Bett.

ZWÖLF

Donnerstag, 6.12.18, Kellergewölbe

Klaus Peter Thalbach lag fixiert auf einer Art Metallbett. Seine Erinnerung war verschwommen und immer, wenn er ein paar klare Momente hatte, spürte er, wie sich jemand an seiner Armbeuge zu schaffen machte. Ein kurzer Stich und er fiel wieder in einen tiefen Schlaf. Seine Augen waren mit etwas verklebt, doch da er weder Arme noch Hände bewegen konnte, war es ihm unmöglich zu ergründen, worum es sich handelte. Als er das erste Mal kurz erwacht war und nichts sehen konnte, hatte er eine Panikattacke bekommen. Er hatte geglaubt zu ersticken. Im normalen Leben war er keineswegs ängstlich, aber dieser Zustand des Ausgeliefertseins überstieg alles, was er je erlebt oder fantasiert hatte. So langsam fing die Feuchtigkeit, die ihn umgab, sehr unangenehm zu riechen an, denn er hatte sich eingenässt. Es war ihm unbegreiflich, warum er hier lag und wer ihn gefangen hielt. Immer wenn er Schritte hörte, versuchte er, die Person anzusprechen, doch es gab keinerlei Reaktion. Das Einzige, was ihn hoffen ließ, waren seine verbundenen Augen. Wenn der Täter oder die Täterin nicht erkannt werden wollte, bestand zumindest eine theoretische Chance auf Freilassung.

*

Viola Dembowski war so unscheinbar, dass man nicht hundertprozentig sicher sein konnte, ob sie einer Veranstaltung beigewohnt hatte oder nicht. Es war nicht so, dass sie unsympathisch wirkte, denn sie wirkte einfach überhaupt nicht. Mit ihrer schweigsamen Art, ihrem durchschnittlichen Aussehen und ihrer mittleren Größe hätte sie auch in einem Tarnumhang nicht unauffälliger wirken können.

Sie war Kommissaranwärterin und schwärmte schon seit einiger Zeit aus der Ferne für Adi Hessberger. Sie war aber nicht verliebt in ihn, sondern ein Fan von Adi und Sina. Sie hatte den Fall des Serienmörders in den Gazetten und natürlich in den Polizeiakten verfolgt und nahm großen Anteil am Schicksal der beiden. Als die Zeitungen über die Geschichte und deren tragisches Ende berichtet hatten, heulte sie stundenlang, ohne Adi und Sina jemals vorher gesehen zu haben. Deswegen war es ein großartiger Zufall, dass sie aufgrund des Personalmangels im Polizeipräsidium Südosthessen seinem Team zugeteilt worden war. Natürlich war ihr klar, dass sie als Anfängerin nicht unbedingt mit offenen Armen empfangen werden würde, aber das war ihr egal, solange sie in der Nähe ihrer Idole sein konnte. Wahrscheinlich hätte sie noch stundenlang auf einem Stuhl direkt vor Hessbergers Büro gewartet, wenn dieser sie nicht zufällig angesprochen hätte.

„Auf wen warten Sie denn?", fragte er freundlich.

„Ich soll mich hier melden, ich bin die neue Kollegin."

Obwohl Hessberger den Kopf mit anderen Dingen voll hatte, führte er die 23-Jährige durch die Abteilungen und stellte sie den Kollegen vor. Da Sina im Koma lag, Thalbach verschwunden und Demirkan tot war, fiel die Vorstellungsrunde sehr kurz aus. „Wir duzen uns hier im Revier und du kannst den Schreibtisch hinten am Fenster nehmen." Es war der Schreibtisch des toten Polizisten, aber das verschwieg ihr Adi vorerst. „Du wirst dich durch einen ganzen Berg Akten arbeiten müssen, denn unser Team ist chronisch unterbesetzt, und Feierabend wird in den nächsten Wochen ein Fremdwort für dich werden", sagte er mit einem bedauernden Schulterzucken. Doch Violas Augen glänzten bei seinen Worten und sie nahm sich vor, alle Mühen und Überstunden auf sich zu nehmen, um sich den Respekt der gesamten Abteilung, allen voran Adi Hessbergers, zu verdienen. Sie fing an, alle noch so kleinen, irrelevant erscheinenden Details aufzulisten und auf zwei große Flipcharts zu übertragen. Jetzt war sie in ihrem Element, denn in logischem Denken konnte ihr kaum jemand etwas vormachen.

DREIZEHN

Donnerstag, 3.01.19, Präsidium

Es war wie verhext: Polizeirat Thalbach blieb verschwunden, als hätte es ihn nie gegeben. Man hätte mit einer Lösegeldforderung gerechnet oder im schlimmsten Fall mit einem Leichenfund, doch inzwischen war es Anfang Januar und es gab noch immer keine entscheidende Spur. Alle Zeitungen und Fernsehsender berichteten über dieses spektakuläre Verschwinden, aber die Rückmeldungen aus der Bevölkerung hatten noch nicht dazu beigetragen, den Aufenthaltsort von Thalbach zu finden, obwohl schon einige verdächtige Gebäude durchsucht worden waren. Auch die Ermittlungen im Fall des ermordeten Polizisten gingen schleppend voran. Der hinkende Täter vom Wilhelmsplatz war der beste Anhaltspunkt, den sie vorweisen konnten. Aufgrund der Phantomzeichnung wurden Plakate gedruckt, mit dem Bild des mutmaßlichen Täters. Die Frankfurter Gerichtsmedizin, die auch für Offenbach zuständig war, arbeitete nur auf Sparflamme, seit Dr. Horst Pelzer am Knie operiert worden war. Pelzer hatte in der Halle mit den alten Herren Fußball gespielt und sich dabei das Kreuzband gerissen. Es würde noch etliche Wochen dauern, bis er wieder diensttauglich wäre. Hessberger hatte keinerlei Vertrauen in Pelzers Vertreter, der über die Tatsache hinaus, dass Demirkan an einer Stichwunde gestorben war, absolut nichts sagen konnte, und wartete begierig auf die Rückkehr des Gerichtsmediziners. Obwohl viele Beamte aus umliegenden Revieren die SOKO Bieberer Berg bei den Ermittlungen unterstützten, fehlte der Durchbruch. Es gab verschiedene Hinweise, denen die Beamten nachgingen. Die Untersuchung von Thalbachs Wohnung brachte keine zusätzlichen Erkenntnisse. Die Überprüfung seines Handys verlief ohne Ergebnis. Auf dem Handy von Thalbach gab es keine fremden Fingerabdrücke und auch im möglichen Umfeld des

Überfalls fand die Spurensicherung nur einen kleinen Blutfleck, der aber von Thalbach stammte.

*

Hessberger war alles andere als gut drauf. Seit ihrem kurzen Erwachen hatte Sina kein Lebenszeichen mehr von sich gegeben. Die Hoffnung in ihm schwand immer mehr. Das galt in einem gewissen Maß auch für seine Sorge um Thalbach. Hessberger glaubte inzwischen nicht mehr daran, ihn lebend finden zu können.

Es waren die traurigsten Weihnachtstage gewesen, die Hessberger bisher erlebt hatte. Er übernahm alle Dienste und wenn er mal frei hatte und nicht gerade bei Sina im Krankenhaus war, betrank er sich bis zum Umfallen.

Am 5. Januar 2019 überredeten ihn ein paar Freunde, zum Neujahrstrinken ins Kickers-Fan-Museum zu gehen. Das Team hatte alles sensationell hergerichtet, um gemeinsam mit Kalle, dem Koch, ein gelungenes Event zu veranstalten. Adi musste viele Hände schütteln und zahllose Glühweine wurden ihm ausgegeben. Eine ganze Weile saß er mit Lutz Kammermeier, dem genialen Comiczeichner, dessen Familie und dem Offenbacher Autor des Krimis „Schlusspfiff" zusammen. Sie unterhielten sich angeregt über den OFC, das Offenbacher Bier, das jetzt „verboten gut" hieß, und über die gesundheitlichen Aussichten von Sina Fröhlich. Selbst wenn die Stimmung dadurch ein wenig ins Melancholische abdriftete, war es eine Befreiung, mal wieder unter Leute zu kommen und nicht alleine trinken zu müssen.

*

Am Montagmorgen telefonierte Hessberger mit Horst Pelzer, der immer noch im Krankenhaus lag. „Mensch, Hotte, du fehlst uns total. Wie sollen wir Morde aufklären, wenn sich unser bester Mann im Krankenhaus verwöhnen lässt?"

„Ich vermisse dich auch, Adi, aber ehrlich gesagt fehlt mir am meisten Sinas ironische Art, wenn wir beide uns über Fußball streiten." Pelzer war Eintrachtfan und Kabbeleien zwischen ihm und Hessberger somit programmiert. Sina hatte sich gern darüber mokiert. Hessberger nickte traurig und kehrte dann zu dem bissigen Humor zurück, der zwischen den Freunden üblich war. „Mensch, Hotte, die Eintracht ist so was von gut, die ist echt auf dem Weg zum Olymp, und du weißt ja, dass Olymp in der griechischen Mythologie Berg oder auch Bersch heißt. Da kann doch eigentlich nur der Bieberer Berg gemeint sein. Die Eintracht will also dahin, wo wir schon lange sind."

Pelzer konterte, bevor er unvermittelt auflegte, nicht ungeschickt: „Seid ihr mal froh, wenn ihr finanziell über den Berg kommt statt unter die Erde. Noch eine weitere Insolvenz und der OFC kickt in der Kreisliga C."

Horst Pelzer hatte nicht ganz unrecht, denn die Finanzsituation der Offenbacher Kickers war nicht gerade rosig. Allerdings hatte er außer Acht gelassen, dass es hier die besten Fans weltweit gab.

In diesem Moment kam die neue Mitarbeiterin Viola Dembowski mit zwei Bechern Kaffee um die Ecke. „Adi, hast du mal einen Moment für mich? Ich frage mich schon die ganze Zeit, wie unsere aktuellen Fälle zusammenhängen, und da hatte ich eine Idee. Was ist denn, wenn das Verschwinden von Polizeirat Thalbach und der Mord an Kriminalkommissar Demirkan in einem Zusammenhang stehen?"

Jetzt hatte sie Hessbergers ungeteilte Aufmerksamkeit. „Wie meinst du das?"

„In beiden Fällen handelt es sich um Polizeibeamte. Was ist, wenn es jemand darauf abgesehen hat, Polizisten zu schaden oder sie umzubringen? Irgendjemand, der sich an der Polizei rächen will. Vielleicht ein Täter, den wir ins Gefängnis gesteckt haben?"

Hessberger schüttelte den Kopf. „Bei Thalbach wissen wir nichts über den Hintergrund seines Verschwindens. Demirkan wurde während einer öffentlichen Demonstration mitten in der Stadt ermordet. Könnte ein eifersüchtiger Ehemann, Freund oder Verlobter von einer seiner vielen Frauenbekanntschaften gewesen sein. Da er es mit seiner Auswahl nicht so genau genommen hat, könnte hier vielleicht das Motiv liegen. Einen Zusammenhang zwischen beiden sehe ich nicht."

Viola war ein wenig beschämt, dass sie an das Naheliegendste nicht gedacht hatte. Sie murmelte im Hinausgehen: „War halt nur so ne Idee." Das hatte sie ja gründlich vermasselt, dabei wollte sie doch so gerne mal glänzen. Wo ist nur mein Verstand geblieben?, fragte sie sich. Bei all dieser Bewunderung für Adi Hessberger ging ihre Logik flöten, auf die sie sich sonst hundertprozentig verlassen konnte.

*

Hessberger wollte dennoch jedem Hinweis nachgehen und so wurden erneut die ehemaligen Gespielinnen ihres toten Kollegen befragt. Bei der ersten Befragung spielten Emotionen und Eifersucht eine große Rolle, dennoch war am Ende keine dieser Damen verdächtig. Bei einigen Frauen stellte sich heraus, dass sie während ihrer Zeit mit Demirkan einen festen Partner hatten. Das Team Hessberger ermittelte auch in diese Richtung. Hier war natürlich die große Unterstützung anderer Polizeidienststellen von Vorteil, denn ohne deren Hilfe wären die umfangreichen Befragungen nicht möglich gewesen.

Doch die Ermittlungen verliefen zunächst im Sand. So etwas hatte Hessberger noch nie erlebt. Hier war ein Täter am Werk, der keine Spuren hinterließ. Als ob er sich mit einem Tarnumhang umgab.

Montag, 7.01.19, Kellergewölbe

Er schaute auf den gefesselten Polizeirat Thalbach und ein sadistisches Lächeln überzog sein Gesicht. So langsam rückte sein Ziel näher und am besten gefiel ihm die Tatsache, dass niemand – einschließlich der Polizei – eine Ahnung hatte, worum es eigentlich ging. Dieser Umstand verschaffte ihm höchste Befriedigung. Als ein Zeichen von maximaler Ironie machte er sich eine Flasche Offenbacher Bier auf und prostete dem vor ihm Liegenden zu. Der Mann hatte Angst, das konnte man riechen, aber wahrscheinlich hoffte er immer noch, diesen Raum lebendig zu verlassen. Zu welchen Trugschlüssen die Menschen sich auch immer wieder hinreißen ließen. Jetzt wollen wir ihm mal einen Teil seiner Hoffnung nehmen, dachte er. Vorsichtig bewegten sich seine Hände zu Thalbachs Augen. Dessen Schrei hallte durch das ganze Gemäuer, während sein Körper wild zuckte.

VIERZEHN

Mittwoch, 6.02.19, Präsidium

Mittlerweile waren einige Wochen vergangen und die Anzahl der eingebundenen Kollegen schien jeden Tag anzusteigen. Die Befragungen von Anwohnern, Demonstrationsteilnehmern, Freunden und Bekannten der Opfer und Aufrufe in den Zeitungen wurden akribisch ausgewertet. Ein Zeuge hatte beobachtet, dass der Täter sich vom Wilhelmsplatz zu Fuß in Richtung Innenstadt entfernt hatte. Das konnte ein Indiz für seinen Aufenthaltsort sein. Deshalb wurden in diesem Bereich vermehrt Personenüberprüfungen durchgeführt. Leider war das eigentliche Team von Hessberger immer noch stark dezimiert. Sina lag weiterhin im Koma und Viola Dembowski war seit drei Wochen wegen einer schweren Grippe krankgeschrieben. Für den ermordeten Bilal Demirkan gab es keinen Ersatz und für Polizeirat Thalbach bestand zwei Monate nach seinem Verschwinden kaum Hoffnung. Zu allem Überfluss war Rüdiger Salzmann auf einer langfristig geplanten, verpflichtenden Fortbildung zum Thema: „Rhetorik im Medienkontakt". Salzmann hatte in dieser Situation partout nicht an einer Fortbildung teilnehmen wollen, aber der kommissarische Gesamtleiter, Dr. Henning, hatte ihn förmlich fortgeschickt. Auch Hessberger sollte ein paar Tage dem Revier fernbleiben, denn Henning war der schlechte Zustand des Kriminalhauptkommissars nicht verborgen geblieben. Er begründete seine Anweisung damit, dass mittlerweile städteübergreifend Hunderte Beamte mit diesem Fall beschäftigt seien. Doch bis jetzt hatte sich Adi Hessberger diesem Zwangsurlaub widersetzen können.

Natürlich hatte Dr. Henning recht damit, dass sich genug Beamte um diesen Fall kümmerten, doch für Hessberger war es halt fremde Hilfe. Die Einzige aus seinem eigenen Team, die ihn unterstützte, war seine Sekretärin Seli. Sie erledigte viele Telefonate für ihn und schaffte es, ein wenig Struktur in seinen chaotischen Schreibtisch zu bringen. Leider musste sie heute früher weg, da sie sich mit einer Gruppe von Freunden in Seligenstadt treffen wollte. Als er beiläufig fragte, was denn auf dem Programm stehe, wurde sie knallrot. Wahrscheinlich gab es da doch einen Kerl in ihrem Leben und es war ihr peinlich, darüber zu reden. Als Selina Djukovic ein paar Stunden später an ihrem Ziel ankam, hatte Hessberger dieses Detail längst vergessen.

*

Das abgelegene Haus strahlte in den Abendstunden etwas Geheimnisvolles und Düsteres aus. Auf den ersten Blick blieb die kleine Pforte im hinteren Bereich der Mauer dem Auge des Betrachters verborgen, aber Seli ging hindurch und dann weiter zur Eingangstür. Sie drückte auf die Klingel der Sprechanlage und was sie sagte, klang wie ein Codewort. Die Tür öffnete sich. Sie stieg die Treppe hinab, bis sie zu einem Gewölbe kam. Hinter einem dichten Samtvorhang hörte sie ein Gemisch von seltsamen Geräuschen. In diesem Moment spürte sie, wie zwei starke Arme sie von hinten festhielten.

FÜNFZEHN

Donnerstag, 7.02.19, Friedberg

Peter Nolte arbeitete immer noch an dem Fall der ermordeten Pensionsbetreiberin Walburga Steiner. Die Ermittlungen hatten ergeben, dass die Witwe durch eine Stichwunde gestorben war. Was bisher noch nicht recherchiert werden konnte, waren Täter und Motiv. Der damals mit ihr verschwundene Pensionsgast hatte bisher, trotz der Phantomzeichnungen und vieler persönlicher Befragungen der anderen Gäste, nicht identifiziert werden können. Wahrscheinlich zum hundertsten Mal blätterte Nolte in der Akte, um einen Hinweis zu finden, den er vorher vielleicht übersehen hatte. Bei der Sichtung der Unterlagen merkte er, wie sehr ihn dieser Fall beschäftigte, und so entschloss er sich, seinem Bauchgefühl zu folgen und auf dem Weg nach Hause kurz bei der Pension vorbeizufahren. So konnte er im Nachgang auch legitimieren, warum er so zeitig Feierabend gemacht hatte.

In der Pension angekommen, schaute er sich noch mal in den Räumen um. Dann ging er in den Garten, der an diesem Wintertag düster und fast ein wenig unheimlich wirkte. Er griff nach seinem Handy, um jetzt doch die Kollegen über seinen momentanen Standort zu informieren, merkte aber, dass er es im Auto vergessen hatte. Als er es holen wollte, hörte er ein Geräusch im hinteren Teil des Gartens. Vorsichtshalber griff er nach seiner Dienstwaffe und entsicherte sie. Es hörte sich nach einem leichten Knarren an, als würde Holz an Holz reiben. Das Geräusch, das immer lauter wurde, kam eindeutig aus der Gartenhütte, wo er Wochen zuvor die tote Frau Steiner gefunden hatte. Das kam ihm merkwürdig vor. Aber er wurde von dem Geräusch magisch angezogen. Als er die Tür öffnete, konnte er auch diesmal kaum die Hand vor Augen sehen. Jetzt wäre die Taschenlampenfunktion seines Handys hilfreich gewesen. Nur langsam waren erste Umrisse zu erkennen. Der Schaukelstuhl, in dem die ermordete Pensionsinhaberin gefunden worden war, schien sich zu bewegen. Tatsächlich schaukelte der Stuhl und die Silhouette eines zusammengekauerten Menschen oder einer großen Puppe war darauf zu erkennen. Er ging langsam näher an den Stuhl heran. Es schien tatsächlich ein menschliches Wesen zu sein, das sich da im Rhythmus des Schaukelstuhls hin- und herbewegte. Aber der Körper gab kein Lebenszeichen von sich.

Vor lauter Anspannung hielt Kriminalkommissar Peter Nolte die Luft an und tastete sich langsam vorwärts, auf die Gestalt zu, um ihren Puls zu fühlen. In diesem Moment traf ihn etwas mit einer unheimlichen Schnelligkeit und der Schmerz durchflutete seinen ganzen Körper.

SECHZEHN

Freitag, 8.02.19, Polizeipräsidium

Hessberger war kurz davor auszuflippen. Das Büro war an diesem Morgen komplett verwaist, zumindest, was sein Team betraf. Selbst die ansonsten so zuverlässige Seli war nicht erschienen. Sie hatte noch nicht einmal angerufen, dass sie später kommen würde. Er konnte sich nicht erinnern, dass es jemals so krass danebengelaufen war. So konnte es nicht weitergehen! Er nahm sein Telefon und versuchte, Seli zu erreichen, aber sie ging nicht ran. In diesem Moment trafen glücklicherweise die angeforderten Beamten ein und damit war der Fortgang der Ermittlungen gesichert. Hessberger teilte die neuen Kollegen nach einer Einweisung in drei Gruppen ein. Die erste Gruppe musste die telefonischen und schriftlichen Hinweise aus der Bevölkerung und den Befragungen sichten und gegebenenfalls überprüfen. Die zweite Gruppe sollte noch mal die Beteiligten der Demonstration am Wilhelmsplatz zu den Vorgängen befragen und die letzte Gruppe würde einmal komplett die Strecke zu Polizeirat Thalbach ablaufen und auf dem Weg zwischen Wohnung und Revier Passanten befragen.

Danach hielt es Hessberger nicht mehr aus und stahl sich aus dem Büro, um Sina zu besuchen. Leider gab es immer noch keine Veränderung ihres Zustands. Er setzte sich neben sie aufs Bett und fing an zu erzählen. Von seinen Sorgen um Thalbach und dass er keinerlei Hoffnung mehr hatte, den Polizeirat lebend zu finden. Er sprach über die vielen schlimmen Dinge, die sich ereignet hatten, und seine Probleme mit dem übermäßigen Alkoholgenuss. „Sina, ich werde mir eine kleine Auszeit nehmen müssen und ein paar Tage dem Wahnsinn entfliehen. Natürlich will ich nicht ausgerechnet bei laufenden Ermittlungen und einem Berg von Arbeit die Kollegen im Stich lassen, doch Dr. Henning lässt mir keine Wahl.

Entweder ich gehe freiwillig oder er suspendiert mich. Aber in einer Woche bin ich wieder zurück bei dir." Er küsste sie und strich ihr eine Locke aus dem Gesicht. Dann ging er zum Schwesternzimmer und hinterließ dort seine Handynummer sowie die Nummer des Präsidiums für den Fall, dass sich an Sinas Zustand etwas änderte. Er fuhr wieder zurück ins Präsidium, wo eine gute und eine schlechte Nachricht auf ihn warteten. Die gute war die Tatsache, dass Rüdiger Salzmann schon früher von der Fortbildung zurückgekommen war. Die schlechte kam vom Polizeirevier in Friedberg: Alle Polizeistationen im Umkreis wurden informiert, dass Kriminalkommissar Peter Nolte als vermisst gemeldet worden war. Er hatte die Dienststelle am Vortag nachmittags verlassen und war nicht wieder aufgetaucht. Da er auch am nächsten Tag nicht zum Dienst erschienen war, hatten seine Kollegen Ausschau nach seinem Fahrzeug gehalten und es zufällig in der Nähe der Friedberger Burg gefunden. Das Auto war verschlossen und Noltes Handy lag gut sichtbar auf dem Beifahrersitz. Die Gegend rund um die Burg war erfolglos abgesucht worden.

Hessberger und Salzmann diskutierten über das erneute Verschwinden eines Polizeibeamten und die Frage, ob die Fälle möglicherweise etwas miteinander zu tun hatten, kamen aber zu keinem schlüssigen Ergebnis.

Während Hessberger im Krankenhaus Sina besuchte, meldete sich Seli wieder zurück. Sie wirkte ziemlich zerknirscht, als er ins Präsidium zurückkam. „Sorry, Adi, tut mir echt leid, aber ich habe wohl ein wenig zu viel gefeiert und bin erst gegen Mittag wieder wach geworden."

Hessberger schaute sie durchdringend an. „Mit wem hast du denn gefeiert?"

Sie wirkte ziemlich nervös. „Ich habe einen neuen Freund", stammelte sie. „Es ist alles noch ganz frisch." Schnell verschwand sie wieder.

Das erklärte einiges, dachte Hessberger. Frisch Verliebte benehmen sich halt komisch. Aber das hätte sie ihm doch sagen können. Im Revier wunderten sich alle, warum diese hübsche Frau nie etwas über einen Mann in ihrem Leben erzählte.

Natürlich konnte er jetzt, da ein weiterer Polizist verschwunden war, auf gar keinen Fall mehr abgezogen werden. Doch er hatte nicht damit gerechnet, dass Dr. Henning so stur sein konnte. Er kam in sein Büro und hielt sich nicht lange mit Freundlichkeiten auf. „Mit Thalbach konnten Sie vielleicht diskutieren, aber nicht mit mir, Herr Hessberger. Ihre Akte schreit nach einer Suspendierung und nur weil Sie ein ausgezeichneter Polizist sind, werde ich davon absehen. Bitte lassen Sie Ihre Dienstwaffe und ihr Diensthandy im Präsidium und dann will ich Sie vor Ablauf einer Woche hier nicht mehr sehen. Wenn Sie die Ermittlungen erfolgreich leiten wollen, dann kriegen Sie Ihre Probleme in den Griff und hören Sie auf mit der Trinkerei, sonst kann ich für nichts garantieren." Und schon rauschte er davon.

Jetzt musste Hessberger zuerst mal den Laden so organisieren, dass er sich tatsächlich für eine Woche freischaufeln konnte. Die Tatsache, dass Rüdiger und Seli wieder an Bord waren, erleichterte sein Vorhaben ungemein.

Samstag, 9.02.19, Oberstaufen

Nach etwas mehr als 400 Kilometern Fahrt über die A3 und die A7 war Adi endlich in Oberstaufen angekommen. Er schäumte immer noch vor Wut. Wie konnte Hennings ihn zwingen, sein Team im Stich zu lassen? So jedenfalls sah es Adi. Vielleicht konnte er von hier aus die Ermittlungen unterstützen? Doch damit würde er nicht nur seinem Team schaden, sondern auch sich selbst. Er beschloss, sich in das Unvermeidliche zu fügen, buchte gleich ein paar Massagen und meldete sich für die spezielle Ernährung nach der Montignac-

Methode an. Wenn er schon eine kleine Auszeit nahm, konnte es nicht schaden, auch noch ein paar Gramm Gewicht zu verlieren. Er wog unglaubliche 105,5 Kilogramm und wenn er sich die Schnürsenkel zuband, fürchtete er, keine Luft mehr zu bekommen, weil ihm sein Bauch im Weg war. Wenn es so weiterging, würde man ihn mit Nachnamen „Positas" rufen. Auch nicht schlecht: Adi Positas.

Für den frühen Abend wollte er sich mit seinem Freund Peter Melchin, einem Fitnesstrainer aus Oberstaufen, verabreden. Dadurch konnte er gleich zwei Fliegen mit einer Klappe schlagen: Wiedersehen feiern und ein wenig Sport treiben, um sein Leben wieder in den Griff zu bekommen.

Doch jetzt gab es erst einmal Mittagessen und er war gespannt, was hinter dem Namen Montignac steckte. Einiges hatte er schon über diese Art, sich zu ernähren, gelesen, wie zum Beispiel, dass es auf den glykämischen Index der Nahrungsmittel ankam und keine Kalorien gezählt wurden. Es gab mexikanisches Rührei, was schon mal sehr lecker war, und man durfte sich so viel davon nehmen, wie man wollte. Aber es gab kein Brot dazu. Ja, davon hieß es erst einmal Abschied nehmen. Sein Arzt hatte ihm schon vor längerer Zeit eine einwöchige Entspannungskur ans Herz gelegt. Dazu gehörte: kein Alkohol, keine Süßigkeiten, kein Handy und vor allem viel Sport.

Sein Handy hatte er gleich ausgeschaltet und sich vorgenommen, einfach mal nicht erreichbar zu sein. Im Präsidium konnte er sich auf Salzmann verlassen, bei Sina tat sich seit Ewigkeiten nichts mehr und bei seinem geliebten OFC dauerte es noch zwei Wochen bis zum ersten Spiel in diesem Jahr.

Wieder im Zimmer angekommen, machte Hessberger erst mal einen langen Mittagsschlaf. Er erwachte, als es heftig an seiner Zimmertür klopfte. Peter Melchin stand draußen und die Freunde begrüßten sich herzlich.

„Lass uns einen kleinen Lauf durch Oberstaufen machen und nachher gemeinsam ein Wasser trinken", schlug Peter vor. Da hörte man sofort den Fitnesscoach heraus, und der zeigte sich in der nächsten Stunde unerbittlich.

*

Die Klinik, in der Sina Fröhlich lag, versuchte verzweifelt, Adi Hessberger zu erreichen, aber sein Telefon war offenbar abgeschaltet. Nachdem die Schwester vom Dienst es mehrfach versucht hatte, hinterließ sie eine Nachricht im Polizeipräsidium Südosthessen. Der Aushilfsbeamte wusste nicht so recht, wem er diese Nachricht weiterleiten sollte. Am Ende entschied er sich für Dr. Matthias Weiß, den Polizeipsychologen. Der machte sich auf den Weg ins Krankenhaus, um mit dem diensthabenden Arzt zu sprechen. Wie durch ein Wunder war Sina Fröhlich am Samstag aus dem Koma erwacht. Und laut Aussage des Arztes würde dieser Zustand auch anhalten. Natürlich war sie noch schwach und wie es schien, hatte sie einen starken Gedächtnisverlust erlitten. Dr. Weiß erklärte dem Arzt, dass er vonseiten des Präsidiums beauftragt war, sich um Sina Fröhlich zu kümmern. Aus psychologischer Sicht sei es das Beste, die Patientin in ihrem normalen, privaten Umfeld wohnen zu lassen, damit sie sich so schnell wie möglich an Dinge aus der Vergangenheit erinnerte. Für Betreuungspersonal würde er persönlich sorgen. „Das ist wahrscheinlich die beste Lösung für Frau Fröhlich, zumal es ja auch keine Verwandten gibt, die sich um sie kümmern könnten", stimmte der Arzt zu. „Ich möchte sie aber noch ein paar Tage hierbehalten, bis sie sich wieder ein wenig in der realen Welt eingefunden hat. Glücklicherweise hat sie sehr gut auf die Physiotherapie während des Komas angesprochen, die wir Komapatienten standardmäßig zukommen lassen. Für die lange Zeit, die sie im Bett verbracht hat, ist sie in einem außergewöhnlich guten Zustand, es grenzt fast schon an ein Wunder."

„Ich werde Sie in den nächsten Tagen noch einmal kontaktieren, um abzuklären, wann genau ich Frau Fröhlich mit nach Hause nehmen kann", erwiderte der Psychologe. Bei diesen Worten funkelten seine Augen voller Vorfreude.

*

Hessberger verbrachte die Tage sehr sportlich und zog auch die vernünftige Ernährung mit dem Verzicht auf Alkohol konsequent durch. Die Abende waren erfüllt von interessanten Geschichten seines Freundes. Peter hatte innerhalb von acht Monaten die Alpen überquert und darüber sogar ein Buch geschrieben. Hessberger fand es spannend zu hören, welche Belastungen und Entbehrungen ein Mensch ertragen kann. Er hätte stundenlang zuhören können. Auch wenn Peter über sein Engagement gegen „Noma" berichtete. Auf der Homepage der gemeinnützigen Hilfsorganisation „Gegen Noma Parmed e.V." konnte man folgende Erklärung dazu lesen: „Noma ist eine bakterielle Krankheit, nicht ansteckend, aber in 80 % der Fälle tödlich. Sie trifft 100.000 Kinder pro Jahr in Afrika. Innerhalb von zwei Wochen zerfrisst sie das Gesicht der Kinder. Mit Prävention kann vermieden werden, dass Noma überhaupt entsteht! Für ein paar Euro kann die Krankheit im Frühstadium innerhalb von 48 Stunden geheilt werden – einfache Antibiotika reichen aus." Dafür lebte Peter Melchin, sammelte Gelder und leistete Hilfe vor Ort, zum Beispiel in Burkina Faso. Hessberger war vom Einsatz seines Freundes begeistert und nahm sich vor, auch einen Beitrag zu diesem Projekt zu leisten.

Die Zeit in Oberstaufen verging wie im Flug. Erst kurz vor seiner Abreise schaltete er das Handy an. Es gab mehrere Anrufe in Abwesenheit. Er hörte die Mailbox ab und schon bei der ersten Nachricht stockte ihm der Atem.

Samstag, 16.02.19, Patientenzimmer von Sina Fröhlich

Dr. Matthias Weiß packte Sinas Sachen. „Weißt du noch, wie schön es mit uns war?", fragte er, wobei er das Wort ‚uns' besonders betonte. „Keine Angst, ich werde dir unsere schönen gemeinsamen Tage und auch Nächte wieder in Erinnerung bringen."

Sina fühlte sich unsicher in seiner Gegenwart und versuchte krampfhaft, an Vergangenes zu denken, doch die letzten Jahre waren wie ausgelöscht. Matthias sagte, er wäre ihr Freund, ihr Liebhaber, und doch war er ihr fremd. Vielleicht würde sich das legen, wenn sie erst wieder ein paar Tage zusammenleben würden. Er hatte vorgeschlagen, dass sie, wegen des möglichen Trubels und weil sie sich noch nicht selbst versorgen konnte, erst einmal in seinem Haus wohnen sollte. Das hörte sich für sie sehr vernünftig an. Mit dem Rollstuhl schob er sie durch die Klinikgänge bis zu seinem Wagen.

Am Abend war sie so schwach, dass Matthias sie auf dem Weg zur Dusche stützen musste. Sie setzte sich auf den heruntergeklappten Toilettendeckel und sagte ihm, dass sie ab jetzt alleine zurechtkommen würde. „Nein, liebe Sina, ich möchte nicht, dass du stürzt oder dich überanstrengst. Ich helfe dir beim Duschen und dann ins Bett zurück."

Tausende Gedanken gingen Sina durch den Kopf. Im Prinzip wollte sie sich nicht vor ihm ausziehen, aber andererseits hatte er sie wahrscheinlich schon viele Male nackt gesehen. Du musst wieder in der Realität ankommen, sagte sie sich, und diese Situation war nun mal ein Teil davon, deshalb schüttelte sie die unangenehmen Gedanken ab.

*

Als sie vor ihm in der Dusche saß, konnte sich Weiß nur mühsam beherrschen, aber er dachte an den Spaß, den ihm dieser Körper noch verschaffen würde, und genoss einfach den tollen Anblick. Trotz des Tattoos, das ihr der Serienmörder vor vielen Monaten verpasst hatte, war sie eine Augenweide. Sie war ausgerastet, als sie sich das erste Mal im Spiegel betrachtet hatte, und er musste ihr mehrfach beschreiben, wie es dazu gekommen war. Vom Nabel bis zur linken Brust verlief der Schriftzug „Letzte Warnung!", das Ausrufezeichen war in ihre linke Brust eintätowiert. Weiß fand, dass dieser Makel dem Körper noch einen zusätzlichen Kick gab. Als er sie aus der Dusche hob, berührte er mit den Händen sanft ihre Brüste, fuhr mit den Fingern über die Tätowierung und flüsterte ihr ins Ohr: „Wir haben noch viel Zeit, um uns wieder anzunähern."

„Kannst du mir meinen Schlafanzug bringen?", fragte sie.

„Du hast bisher immer ohne geschlafen", erwiderte er.

SIEBZEHN

Sonntag, 17.02.19, Kellergewölbe

Der Schmerz war unbeschreiblich. Der Entführer hatte ihm mit einem Ruck die Klebestreifen von seinen Augen gerissen. Es fühlte sich an, als ob er keine Wimpern und Augenbrauen mehr hätte. Doch am schlimmsten traf ihn die Erkenntnis, dass damit sein Todesurteil gefällt war. Aus diesem Grund weigerte er sich, die Augen auch nur einen Spalt aufzumachen.

Er wusste nicht, wie lange er schon in der Gewalt seines Entführers war. Das Zeitgefühl war ihm durch die Betäubungsmittel, die er immer wieder erhalten hatte, vollständig abhandengekommen. Er war an verschiedene Schläuche angeschlossen, die ihn mit allem zu versorgen schienen, was er zum Überleben brauchte. Dass es seinem Team gelingen würde, ihn zu finden, bezweifelte er inzwischen, es war einfach zu viel Zeit vergangen.

Als er sicher war, dass der Entführer den Raum verlassen hatte, wagte er, die Augen vorsichtig zu öffnen. Er lag in einem großen Kellerraum ohne Fenster oder Lichtschächte. Über der Tür flackerte eine Neonröhre und es gab ein Waschbecken mit einem tropfenden Wasserhahn. Im hinteren Bereich des Kellers stand ein Metallbett wie das, auf dem er lag, und auch dort schien jemand zu liegen. Leise versuchte er, auf sich aufmerksam zu machen. „Hallo, können Sie mich hören?" Niemand antwortete.

Montag, 18.02.19, Polizeipräsidium

Hessberger war am Sonntag spät abends wieder aus Oberstaufen zurückgekommen und total durch den Wind. Eine Krankenschwester hatte versucht, ihn zu kontaktieren, um ihn darüber zu informieren, dass Sina Fröhlich wieder aus dem Koma erwacht war – diesmal endgültig. Leider konnte er im Krankenhaus um diese Uhrzeit nicht mehr anrufen und Sina ging auch nicht an ihr Handy. Wahrscheinlich war ihr Vertrag während der Zeit im Koma abgelaufen oder sie war noch nicht in der Lage zu telefonieren. Er war total verzweifelt. Gleich nach seinem Dienst wollte er ins Krankenhaus fahren, um mit dem zuständigen Arzt zu sprechen.

*

Rüdiger Salzmann war erleichtert, dass Hessberger wieder zurück war. Aktuell gab es so viele ungeklärte Dinge und die Ermittlungen drehten sich immer wieder im Kreis, ohne auch nur ein kleines Stück voranzukommen. „Und die Presse schreibt auch nicht gerade schmeichelhafte Dinge über uns", seufzte er, nachdem er Hessberger den Stand der Dinge berichtet hatte.

„Ja, wir brauchen unbedingt Hinweise zum Verschwinden von Thalbach und dem Friedberger Kollegen. Und auch die Motive des Mordes an unserem Kollegen während der Demonstration liegen im Dunkeln", erwiderte Hessberger. „Aber bevor wir die Fälle komplett durchgehen – wie geht es Sina und wo zum Teufel ist sie?"

Salzmann fühlte sich unbehaglich und rutschte auf seinem Stuhl hin und her. „Das Krankenhaus hatte mehrfach versucht, dich zu erreichen, und als du nicht zurückgerufen hast, haben sie die Nummer im Revier angerufen, die du für Notfälle hinterlegt hattest. Da ich gerade unterwegs war, hat einer der Aushilfskollegen das Gespräch angenommen. Er dachte, es wäre die beste Idee, unseren Polizeipsychologen zu informieren. Danach war die Angelegenheit für den Beamten erledigt und daraus kann man ihm auch keinen Vorwurf machen. Also langer Rede kurzer Sinn: Sina wohnt zurzeit im Haus von Dr. Matthias Weiß, damit sie ein wenig abgeschirmt ist und unter psychologischer Betreuung versuchen kann, ihre Amnesie zu überwinden."

Hessberger war leichenblass geworden. „Sie ist bei diesem Psychofuzzi, der schon die ganze Zeit versucht hat, sie ins Bett zu kriegen?" Die Freude, dass seine geliebte Sina aus dem Koma erwacht war, wurde komplett von seiner impulsiven Eifersucht überschattet.

„Mensch, Adi, jetzt beruhigst du dich erst mal und dann denken wir gemeinsam nach, was wir tun können. Lass uns jetzt unseren Job machen und nach Feierabend fährst du hin und sprichst mit ihr."

*

Gemeinsam mit Viola Dembowski analysierten sie daraufhin im Besprechungsraum alle Fakten zu den vorliegenden Fällen. Nachdem die Kommissaranwärterin längere Zeit krankheitsbedingt ausgefallen war, brannte sie nun darauf, die Zusammenhänge zu entschlüsseln. Sie fasste die Geschehnisse kurz zusammen: „Zuerst gibt es die Drohungen gegen den Betreiber des Offenbacher Biers, danach findet die Demonstration für die Erhaltung des Namens des Kultgetränks statt. Während dieser Veranstaltung wird unser Kollege Bilal Demirkan ermordet. Kurze Zeit später verschwindet Polizeirat Thalbach spurlos. Wieder einige Zeit später erhalten wir die Vermisstenmeldung eines Friedberger Kollegen, nämlich Kriminalkommissar Peter Nolte. Von beiden Beamten gibt es bislang keine Spur. Bisher haben wir nur einen verlässlichen Zeugen, und zwar den Rentner Eberhard Grün. Der hat den Mord an Bilal beobachtet und uns eine vage Beschreibung des Täters gegeben. Wir wissen, dass der Täter hinkt. Die anderen Zeugenaussagen waren sehr widersprüchlich und niemand hatte wirklich etwas Genaues gesehen. Je mehr man nachfragte, um so unsicherer und vager wurden die Aussagen. Leider wissen wir nicht, ob die Fälle in irgendeiner Weise zusammenhängen oder ob die Tatsache, dass Polizisten im Fokus stehen, eine entscheidende Rolle spielt. Vielleicht hängt wirklich alles mit dem Offenbacher Bier zusammen, denn hier scheint mir der Auslöser zu liegen."

Hessberger schaute seine Kollegin an und schüttelte nachdenklich den Kopf. „Was ist, wenn wir auf der total falschen Fährte sind? Wir sollten uns damit beschäftigen, welche Fälle unser Friedberger Kollege zuletzt bearbeitet hat, und genauso verfahren wir mit Thalbach und Demirkan. Vielleicht kommen wir auf diesem Weg an weitere Hinweise. Das übernimmst du, Viola! Rüdiger, du kümmerst dich um den Fall rund um das Offenbacher Bier. Ich werde mal nachhören, ob Dr. Pelzer wieder im Dienst ist, dann kann er unseren toten Kollegen noch mal untersuchen. Dafür müssen wir ihn leider exhumieren. Ich habe schon mit dem Staatsanwalt diskutiert, der sieht es kritisch, aber am Ende konnte ich ihn dazu bewegen, noch einmal intensiv darüber nachzudenken. Schließlich hat er die Verantwortung für den Fall und wenn durch diese Maßnahme auch nur eine kleine Chance besteht, die Aufklärungsarbeit bei einem Polizistenmord voranzutreiben, dann kann er gar nicht anders. Zumal der Leichnam unsere beste Spur ist. Zum Glück hat Demirkan keine Angehörigen, die auf eine Verbrennung bestanden haben. Sobald wir einen richterlichen Beschluss haben, kann sich Hotte an die Arbeit machen. So – dann mal los! Es wäre doch gelacht, wenn wir nicht endlich auf verwertbare Spuren stoßen."

ACHTZEHN

Montag, 18.02.19, im Haus von Dr. Weiß

Am Anfang war es für Sina sehr ungewohnt, mit Matthias zusammenzuleben. Vor allem die Tatsache, dass sie mit ihm in einem Bett schlief, war sehr befremdlich. Allerdings zwang sie sich dazu, die alten Gewohnheiten wieder aufzunehmen, denn dadurch sollte sich die Erinnerung deutlich schneller wieder einstellen.

Matthias Weiß hatte sich ein paar Tage Urlaub genommen, um, wie er sagte, Sina besser betreuen zu können. Jeden Tag kam eine Physiotherapeutin für zwei Stunden ins Haus. Zusätzlich trainierte Weiß mehrere Stunden am Tag mit ihr und versuchte, ihrem Gedächtnis auf die Sprünge zu helfen, aber die letzten paar Jahre lagen wie im Nebel. Er erklärte ihr diesen Umstand damit, dass ihre Psyche sich weigerte, an die schlimmen Dinge, die ihr der Täter angetan hatte, erinnert zu werden. „Du musst dir vorstellen, dass dein Körper dich schützen möchte, und es wird noch eine ganze Weile dauern, bis wir die ersten Erfolge erzielen. Wichtig ist auf jeden Fall, dass du wieder in dein bisheriges Leben zurückkehrst und die Dinge tust, die du vor deinem Koma getan hast."

Sie wusste im Innern genau, was er wirklich meinte, denn die Blicke, mit denen er sie ansah, konnte man kaum falsch deuten. Es war ihr selbst unerklärlich, dass sie sich so zögerlich benahm. Es war doch das Natürlichste der Welt, mit seinem Partner Sex zu haben, und doch regte sich in ihr ein entschiedener Widerstand, den sie nicht zu deuten wusste. Doch eines war ihr mehr als klar: Lange würde sie ihn nicht mehr hinhalten können und sie wusste auch nicht, ob sie das noch länger wollte. Vielleicht würde es ihre Erinnerung tatsächlich in irgendeiner Weise beflügeln. Plötzlich war sie wild entschlossen, es jetzt endlich hinter sich zu bringen. Deshalb sagte sie: „Hilfst du mir bitte beim Duschen?"

Da sie noch zu schwach war, um allein ins Bad zu gehen, bot er ihr sofort seine Hilfe an. Er setzte sich auf den Toilettendeckel und schaute ihr zu.

Als sie sich abgetrocknet und eingecremt hatte, wollte sie sich anziehen, aber er sagte nur: „Die nächsten Stunden wirst du deine Anziehsachen nicht brauchen."

Er trug sie zum Schlafzimmer, dort drückte er ihren Körper sanft auf das große Bett. Dann fing er an, sich auszuziehen, und als sie an seinem Körper hinabschaute und gleichzeitig seine fast fiebrigen Blicke sah, wusste sie sofort, was er von ihr erwartete. Nur bei ihr wollte sich kein gutes Gefühl einstellen. Aber das war egal. Sie hatte sich dafür entschieden, jetzt und hier mit ihm zu schlafen. Auch wenn sie noch so schwach war, sollte er ruhig seinen Spaß haben. Er beugte sich über sie und begann, sie am ganzen Körper leidenschaftlich zu küssen.

*

Zwei Stunden vorher war Adi Hessberger in der Frankfurter Gerichtsmedizin eingetroffen. Zu seiner großen Freude war Horst Pelzer wieder an der Arbeit. Er trug noch eine Schiene über dem operierten Knie, war aber voller Energie und bereit, an der Auflösung der liegengebliebenen Fälle mitzuwirken.

„Schön, dass es dir wieder besser geht", begrüßte ihn Hessberger. „Ich hätte nie gedacht, dass ich dich mal vermissen würde."

Nachdem sie eine Weile über Sina gesprochen hatten, diskutierten sie die Obduktion von Bilal Demirkan. „Was erhoffst du dir von einer erneuten Untersuchung? Nach dem, was ich mitbekommen habe, wurde Demirkan von meinem Vertreter schon untersucht."

„Das mag sein, aber ganz ehrlich, ich traue keinem anderen Urteil. Du bist für mich einfach der Beste unter den ganzen Leichenfledderern. Doch im Ernst, ich glaube, in diesem speziellen Fall vertraut der Staatsanwalt auch auf mein Bauchgefühl, vor allem seit es sich herumgesprochen hat, dass ich hessenweit die höchste Aufklärungsrate bei Mordfällen habe. Außerdem war während der damaligen Untersuchung das gerichtsmedizinische Institut komplett überlastet und unterbesetzt. Also wann kann ich denn mit einem ersten Ergebnis rechnen?"

„Na ja, wir müssen schon erst eine Anordnung nach § 87 Absatz 4 Satz 1 der StPo in der Hand haben, bevor ich anfange, den Kollegen wieder ausgraben zu lassen."

*

Während der Fahrt überlegte Adi, wie er das Gespräch mit Sina am besten anfangen sollte. Das Schwierige an der Situation war der Umstand, dass sie sich an die gemeinsame Zeit wahrscheinlich gar nicht erinnerte. Wäre er doch nur nie nach Oberstaufen gefahren, dann hätte er Sina selbst aus dem Krankenhaus abholen können.

Eine gute halbe Stunde später parkte er seinen Wagen vor dem Haus von Dr. Weiß, aber ihm fehlte der Mut, einfach auszusteigen und zu klingeln. „Was bist du bloß für ein Feigling!", sagte er zu sich selbst. „Los jetzt!"

Prompt stieg er aus, ging die paar Schritte zur Eingangstür und klingelte. Niemand öffnete. Doch er wollte nicht unverrichteter Dinge abziehen, deshalb drückte er den Knopf weiter, bis er von drinnen Geräusche hörte.

*

Matthias Weiß lief vor Wut rot an. Gerade als er Sina endlich so weit hatte, mit ihm zu schlafen, und das auch noch freiwillig, hörte irgendein Idiot nicht auf, die Türklingel zu drücken. Er löste sich von Sina und schaute an sich herunter. „Kannst du mal mit dem Rollstuhl an die Tür fahren, ich kann leider so nicht aufmachen."

Er sah, wie Sina sich einen Bademantel überwarf, die Sicherungskette vorlegte und durch den Spalt schaute.

*

„Sina, wie schön, dich wach zu sehen. Ich bin's, Adi. Erkennst du mich denn nicht, deinen Kollegen und Freund?"

Keine Reaktion. Vielleicht wusste Sina noch nicht einmal, dass er ihr Chef und Kollege bei der Kriminalpolizei war. Doch dann registrierte er, dass sie die Tür öffnete. Als Adi sie vor sich sah, nur mit einem Bademantel bekleidet und mit zerzausten Haaren, wollte er sich gar nicht ausmalen, was sich noch vor ein paar Minuten ereignet hatte. „Sina, wir wollten zusammen sein und dann kam der Mordversuch, als dieser Denk dich im Main ertränken wollte. Ich bin dir hinterher gesprungen und habe dich gerettet. Du musst dich doch erinnern."

„Nein, kann sie nicht", vernahm Adi plötzlich eine Stimme aus dem Hintergrund. Dort stand Dr. Weiß, auch nur mit einem Bademantel bekleidet. „Sina wird sich nach und nach an alles erinnern und wenn Sie jetzt mit Teilwahrheiten anfangen, wird es auf keinen Fall zu ihrer schnellen Genesung beitragen. Vielleicht kommen Sie einfach mal vorbei, wenn es besser passt, denn leider kommen Sie gerade in einem sehr unpassenden Moment. Stimmt's, Sina?" Er küsste sie auf den Mund. Gleichzeitig fiel die Tür vor Hessbergers Nase ins Schloss und er stand davor wie ein begossener Pudel.

Montag, 18.02.19, Haus von Dr. Weiß

Als Dr. Weiß sie direkt vor Hessbergers Augen küsste und ihm anschließend die Tür vor der Nase zuschlug, war Sina keinesfalls begeistert. Sie schaute Weiß ungläubig an. „Das kannst du doch nicht bringen. Selbst wenn er gelogen hat oder sich einbildet, er wäre mit mir zusammen gewesen, ist Adi Hessberger mein Vorgesetzter. Wie kommst du also dazu, mich derart bloßzustellen?" Sina war kaum noch zu bremsen. „Ich packe meine Sachen und werde jetzt selbst anfangen zu recherchieren, dann bin ich nicht mehr davon abhängig, alles zu glauben, was du mir erzählst."

Matthias Weiß legte besänftigend seine Hand auf ihre Schulter. „Sina, Sina, Sina, du musst dich erst einmal beruhigen. Ich bin doch auf deiner Seite und wenn du möchtest, fahre ich dich überall hin, wo du Antworten finden kannst. Jetzt setz dich erst mal und ich hol dir einen Tee. Wenn du den getrunken hast, ziehen wir uns an und dann suchen wir zusammen nach deiner Vergangenheit."

Langsam kam Sina wieder etwas runter. „Vielleicht hast du ja recht. Und eine Tasse Tee kann wirklich nicht schaden."

Weiß machte sich auf den Weg in die Küche und kam nach kurzer Zeit mit einer Tasse zurück.

Nachdem sie ein paar Schlucke getrunken hatte, fühlte sie sich auf einmal ganz komisch und die Konturen des Zimmers verschwammen. Dann wurde alles um sie herum schwarz.

„Du hast es ja nicht anders gewollt, mein Schatz. Ab heute gelten neue Regeln und diese Regeln, die mache ich, nur ich!"

NEUNZEHN

Montag, 18.02.19, Mitternacht, Hessbergers Wohnung

Adi Hessberger war rasend vor Wut und Eifersucht. Dieser elendige Psycho-Widerling hatte ihm mit seiner absolut miesen Masche die schlimmsten Momente seines Lebens bereitet. Monatelang hatte er am Bett von Sina gesessen, hatte ihr Geschichten aus der Vergangenheit und Gegenwart erzählt, stundenlang ihre Hand gehalten und im Prinzip waren sie ein Paar. Und jetzt ...

Hessberger war sofort klar, wie alles gelaufen sein musste. Dr. Weiß hatte den Gedächtnisverlust seiner Geliebten ausgenutzt und ihr eine Geschichte vorgegaukelt, die Sina notgedrungen geglaubt hatte. Hessberger war keinesfalls gewillt, Sina auch nur einen Augenblick länger diesem Dreckskerl zu überlassen. Aus einem Wandtresor holte er eine nicht registrierte Waffe und einen Schalldämpfer. Er steckte beide in seine Manteltaschen. Nachdem er seine Schlüssel gefunden hatte, nahm er noch die kleine Werkzeugbox für besondere Fälle mit.

Draußen war es stockdunkel und kaum noch jemand unterwegs. Er fuhr direkt zum Haus von Dr. Weiß. Vorsichtig kletterte er über die Gartentür. Dann blieb er stehen, um auf verdächtige Geräusche zu hören. Im Haus war es sehr still, obgleich in mehreren Zimmern das Licht brannte.

Hessberger bearbeitete mit seinem Dietrich das Schloss der Eingangstür und nach wenigen Sekunden hatte er sie geöffnet. Er schraubte den Schalldämpfer auf die Waffe, während er langsam durch den Flur schlich. In diesem Moment kam Dr. Weiß aus der Toilette im Erdgeschoss und erstarrte vor Schreck, als er in den Lauf der Waffe schaute.

„Mensch, Hessberger, machen Sie keinen Scheiß", stammelte er. „Wir können doch über alles reden."

Doch Hessberger schaute ihn nur eiskalt an, zielte auf die Brust des Psychologen und drückte dreimal ab. Man hörte jeweils nur ein leises „Plöb", dann lag Dr. Weiß am Boden.

In diesem Moment tauchte Sina vor Hessberger auf. Sie drückte sich aus dem Rollstuhl hoch und fiel gegen ihn. Dabei löste sich ein Schuss.

Sina sank in sich zusammen. Er hielt sie in seinen Armen und rief mit tränenerstickter Stimme: „Das hab ich nicht gewollt. Ich liebe dich, aber du konntest dich nicht mehr an die Dinge, die uns verbunden haben, erinnern. Dr. Weiß hat dich benutzt und belogen und deshalb wollte ich ihn umbringen, aber dir sollte doch nichts geschehen!"

Doch Sinas Blick wurde immer leerer und dann erschlaffte ihr Körper.

Adi Hessberger konnte die Tränen nicht mehr zurückhalten und murmelte wirre Wortfetzen vor sich hin, aber Sina konnte ihn nicht mehr hören.

ZWANZIG

Dienstag, 19.02.19, Wohnung von Adi Hessberger

Hessberger wachte schweißgebadet und mit einem pelzigen Geschmack im Mund auf. Das Zimmer drehte sich um ihn und er war nicht in der Lage, einen klaren Gedanken zu fassen. Als er sich umdrehte, spürte er etwas Hartes, Kaltes in seinem Rücken. Auf dem Bett lag seine Waffe für besondere Fälle. Verzweifelt versuchte er, sich zu erinnern, was geschehen war. Das Einzige, was ihm einfiel, war der Umstand, dass er im Markthaus Bier getrunken hatte. Dann kamen die Bilder von Sina, wie sie verblutete. Hatte er tatsächlich Dr. Weiß erschossen? Und Sina, was war mit Sina geschehen?

Dienstag, 19.02.19, Seligenstadt

Selina Djukovic konnte kaum noch an etwas anderes denken. Immer wieder durchlebte sie in Gedanken die Situation. Nachdem sie das Haus betreten hatte, hatten zwei Arme sie von hinten umfasst und sie hatte heißen Atem am Hals gespürt. Dann wurde sie plötzlich weggestoßen und als sie sich umdrehte, war niemand mehr zu sehen. Sie hatte schon länger damit gerechnet, dass etwas Ähnliches irgendwann einmal passieren würde, doch das hielt sie nicht davon ab, heute wieder hierher zurückzukehren. Im Prinzip war auch nicht wirklich etwas passiert. Irgendeine Art Magie sorgte dafür, dass sie immer wieder von diesem Ort angezogen wurde. Sie nahm sich einen der bereitgestellten Drinks von der Bar und ließ sich von der Atmosphäre gefangen nehmen, bevor sie sich endgültig ins Zentrum des Geschehens begab.

Dienstag, 19.02.19, Seligenstadt

Im Polizeipräsidium Südosthessen ging ein anonymer telefonischer Hinweis ein, dass in einem Haus in Seligenstadt seltsame Dinge vor sich gehen würden. Zuerst wollte Rüdiger Salzmann das Thema an die Kollegen vor Ort abgeben, aber dann entschloss er sich, einer Eingebung folgend, selbst vorbeizufahren. Da niemand anderer greifbar war auch Adi fehlte unentschuldigt, verzichtete er auf die vorgeschriebene Begleitung durch einen Kollegen. Um diese Uhrzeit entschied er sich für die A3, statt über den Bieberer Berg zu fahren. Das hätte Hessberger sicherlich getan, aber der war den ganzen Tag nicht erreichbar gewesen. So langsam musste echt etwas passieren, denn so konnte es keinesfalls weitergehen. Kollegen starben, verschwanden oder meldeten sich einfach nicht mehr. So etwas hatte er in seiner ganzen Dienstzeit noch nicht erlebt.

Nach knapp dreißig Minuten kam er an seinem Ziel an. Komisch, dachte er, hier gab es nur ein Haus, aber viele hochwertige Automobile standen davor, sodass er keinen vernünftigen Parkplatz fand. Deshalb stellte er das Fahrzeug mitten vor die Einfahrt. Eine hohe Steinmauer umgab das Haus. Das Tor war nur angelehnt, sodass er problemlos bis zur Eingangstür gelangte. Er klingelte und sagte aus einem Instinkt heraus nur seinen Namen. Der Türsummer war leise zu vernehmen. Die dumpfe Geräuschkulisse wies ihm den Weg in den Keller, über eine Treppe bis hin zu einem schweren Samtvorhang.

Kriminalkommissar Rüdiger Salzmann hatte schon viel erlebt, aber das, was er vor sich sah, sprengte alle Grenzen. Der ganze Raum war in Dämmerlicht getaucht. Links befand sich eine Art Bar, die mit einer Vielzahl von Getränken bestückt war. Ansonsten war die komplette Fläche mit kleinen Trennwänden abgeteilt, die aber viel Einblick gewährten. Seine Augen wanderten hin und her, er wusste nicht, wo er zuerst hinschauen sollte. Nach seiner Schätzung befanden sich etwa siebzig Menschen in diesem Raum und keiner von ihnen hatte etwas an. Naja, zumindest nichts, das irgendeinen Körperteil verhüllt hätte. Überall vergnügten sich Pärchen oder Gruppen, die offenbar keine Tabus kannten, ohne sich daran zu stören, dass Leute danebenstanden und zusahen. Sein Blick fiel auf eine Frau mit einer tollen Figur, die gleichzeitig mehrere Männer bediente. Die Situation war vollkommen surreal. Die nackte Schönheit faszinierte Salzmann, doch ihr Gesicht war von seiner Position aus leider nicht zu sehen, außerdem trugen die Frauen kleine Gesichtsmasken, ähnlich wie beim Karneval. Er schaute gebannt auf das Treiben vor seinen Augen und wusste nicht, was er tun sollte. Da es sich hier um einen privaten Club zu handeln schien und die Leute den Eindruck vermittelten, dass alles auf freiwilliger Basis ablief, gab es keinen Handlungsbedarf.

In diesem Moment kam ein Mann im Bademantel auf ihn zu. „Kann ich Ihnen vielleicht irgendwie helfen?"

„Wer sind Sie?"

„Mein Name ist Nilsen."

Salzmann stellte sich kurz vor und sagte, dass er aufgrund eines anonymen Hinweises hier sei. „Ich wüsste nicht, was es hier aufzudecken gäbe, Herr Kommissar, denn wie Sie sehen, ist schon alles aufgedeckt." Er schmunzelte über sein eigenes Wortspiel. „Es ist meine private Feier. Wenn Sie möchten, können Sie sich gerne unters Volk mischen und ein wenig mitfeiern. Allerdings müsste ich Sie dann bitten, die Bekleidungsvorschriften einzuhalten und den Unkostenbeitrag zu entrichten."

Salzmann entschuldigte sich für die Störung und wandte sich zum Gehen. Dabei folgten ihm die Blicke der Frau, die er eine Weile gemustert hatte.

EINUNDZWANZIG

Mittwoch, 22.02.19, Hessbergers Wohnung

Hessberger griff nach seiner Waffe. Er sah sofort, dass aus ihr nicht geschossen worden war, die Munition war noch vollständig vorhanden. Große Erleichterung erfüllte ihn, als er sich wieder aufs Bett zurücksinken ließ. Es war nur ein Traum gewesen! Ein absolut realistischer Traum. Er hatte für einen Moment tatsächlich geglaubt, dass er Dr. Weiß und Sina getötet hatte. Das kam dabei heraus, wenn man seine Probleme nicht in den Griff bekam.

Er musste jetzt einfach loslassen und sich der Wahrheit stellen. Wie es aussah, hatte Weiß gewonnen und seine große Liebe, Sina Fröhlich, war für ihn verloren. Natürlich war ihm klar, dass er sich jetzt nicht jeden Abend bis zum Delirium besaufen konnte, schließlich hatte er auch noch einen Job zu erledigen. Außerdem lief da draußen ein Mörder frei herum.

*

Die nächsten Tage plätscherten dahin. Jeden Tag wurden die Hinweise aus der Bevölkerung und der Telefonhotline ausgewertet. Deren Zahl hatte sich deutlich erhöht, seit eine Belohnung in Höhe von 50.000 € auf die Ergreifung des Täters ausgesetzt worden war.

Ein Lichtblick für Hessberger in dieser Zeit war das kommende Auswärtsspiel. Er machte an diesem Freitag ein paar Stunden früher Schluss, um mit dem Fan-Bus nach Hoffenheim zu fahren. Die Stimmung während der Fahrt war gigantisch und der Alkohol floss in Strömen. Leider gab es einige Staus und so landeten sie erst kurz vor Spielbeginn, um 19.15 Uhr, am Stadionparkplatz. Von hier aus war es noch ein tüchtiger Fußmarsch, teilweise steil bergauf.

Es war, als wollte der OFC seine Anhänger für alle Ungemach auf einmal entschädigen, denn die Mannschaft brannte ein wahres Feuerwerk ab. In der 90. Minute beendete Maik Vetter ein aus OFC-Sicht großartiges Spiel mit einem Traumtor.

Die tollen Tore wurden während der Rückfahrt immer schöner und kurz vor Offenbach waren alle Getränkevorräte aufgebraucht.

Am Bieberer Berg verließ Adi den Bus und machte sich auf dem kurzen Heimweg in die Goerdeler Straße noch einmal Gedanken über diesen vertrackten Fall, der so gar keine Enden hatte, die irgendwie zusammenpassten. Seine große Hoffnung war die für Mitte März angesetzte Exhumierung seines Kollegen und dessen erneute Untersuchung durch den wiedergenesenen Gerichtsmediziner. Vielleicht würde Horst Pelzer neue Erkenntnisse gewinnen, die Rückschlüsse auf den Mörder zuließen.

Montag, 11.03.19, Polizeipräsidium

Manchmal gab es kleine Hoffnungsschimmer im tristen Büroalltag, die Adis Team von der Trauer ablenkten. Das Polizeipräsidium verfügte über einen Aufenthaltsraum für die Pausenzeiten der Mitarbeiter. Auf dessen Tür klebte ein überdimensionales OFC-Emblem. Und vor der Tür gab es ein kleines Hindernis, eine Stufe, die man hinabsteigen musste. Das funktionierte nur, wenn man den Kopf nach vorne beugte, um sich nicht anzustoßen. Hessberger liebte diesen Raum aus folgendem Grund: Etliche Mitarbeiter gehörten zu den Fußballfans der anderen Mainseite und auch die mussten sich, um den Raum zu betreten, erst einmal vor dem OFC-Emblem verbeugen. Ein Bild für Götter – Eintracht-Fans verneigen sich vor dem OFC! Wie oft stand Adi ein paar Minuten in der

Nähe, um dieses Schauspiel nicht zu verpassen. Vor allem jetzt, da viele Aushilfspolizisten vor Ort waren, die nicht gerade Kickers-Fans waren.

Mittwoch, 13.03.19, FSV gegen OFC

War es ein schlechtes Omen? Ungefähr ein Jahr zuvor, beim letzten Auswärtsspiel gegen den FSV Frankfurt, war nach dem Spiel Schiedsrichter Gimanic spurlos verschwunden. Erst nach einer endlos scheinenden Suche konnte der Entführte mehr tot als lebendig durch einen Zufall gefunden werden. Der Anblick des von Ratten angefressenen Körpers verursachte bei Hessberger noch immer Schlafstörungen und Albträume. Zusätzlich war heute auch noch der Dreizehnte. Er hatte ein ungutes Gefühl. Natürlich gab es auch heute wieder den obligatorischen Marsch vom MTW über den Main zum FSV-Stadion. Im MTW fanden Musikveranstaltungen und Feiern statt. Diese Location am Nordring wurde schon seit vielen Jahren als Treffpunkt auserkoren. Einer von Hessbergers Kumpeln, Till, ein total verrückter Kickers-Fan, hatte extra seinen Skiurlaub in Sankt Michael in Österreich unterbrochen, um bei diesem Spiel dabei zu sein. Morgens ins Auto, dann 650 Kilometer runtergeschrubbt, um das Spiel zu sehen, und am nächsten Tag wieder nach Österreich zurück. Kickers-Liebe war für viele Außenstehende einfach unverständlich, aber so waren sie halt, die echten Fans.

Um 19.30 Uhr ging es endlich los. Bei strömendem Regen war Hessberger mit etwa tausend OFC-Fans im Stadion. Das Wasser lief ihm in den Kragen hinein und aus dem Hosenbein wieder heraus. Trotzdem war die Stimmung geil, denn alle waren voller Vorfreude, zumal das Hinspiel mit sieben zu null gewonnen worden war. Es wurde tüchtig über den Gastgeber geschimpft, weil mutmaßliche FSV-Fans eine Sachbeschädigung an einem Wahrzeichen der Nachbarstadt begangen hatten. Ein Blickfang der Innenstadt mit einem Hauch Hollywood, die großen, weißen Buchstaben der „Offenbach Hills", waren mit blauschwarzer Farbe besprüht worden, zufälligerweise die Vereinsfarben des heutigen Gegners. Und dann war das Ganze auch noch am Tag des Spiels passiert. Das führte dazu, dass nicht jede Strophe des Offenbacher Fangesangs den Geschmack der Bornheimer Zuschauer traf. Leider war das Spiel noch schlechter als das schon grauselige Wetter und so kam es, dass der FSV praktisch aus dem Nichts die Führung erzielte. Im Anschluss drückte der OFC auf den Ausgleich, doch selbst ein Elfmeter wurde kurz vor Schluss von Serkan Firat in den Abendhimmel geschossen. Das zwei zu null war dann der endgültige Tiefpunkt dieses Abends.

Hessberger war komplett bedient, dennoch wollte er mit den Fans wieder zum MTW zurücklaufen. Da klingelte plötzlich sein Handy. „Hallo Adi, hier ist Rüdiger. Wo kann ich dich am besten abholen? Wir müssen dringend zu einem Tatort." Mehr wollte der Kollege am Telefon nicht sagen, also teilte ihm Hessberger seinen aktuellen Standort mit und wurde fünfzehn Minuten später abgeholt.

Sie fuhren direkt nach Offenbach zum Bauplatz des neuen Polizeipräsidiums. Die Baustelle war wirklich riesig. Um das ganze Gelände zu Fuß zu umrunden, hätte es mehr als nur eine Mittagspause gebraucht. Allein fünf Kräne standen auf dem beleuchteten Bauplatz, der zu einem großen Teil direkt am stark befahrenen Spessartring lag. Sie gingen durch die Absperrungen hindurch und Hessberger war froh, dass er sowieso schon nass und schmutzig war, als sie das schlammige Gelände durchquerten. Durch den aufkommenden Nebel wirkte die diffuse Beleuchtung gespenstisch. Direkt vor ihnen öffnete sich eine große Baugrube und in deren Mitte lag ein Mensch in einer unnatürlichen Haltung. Besonders makaber war, dass um den Toten ein Kreis von Bierflaschen zu sehen war. Bei näherem Betrachten erkannte er, dass es sich um

Offenbacher Bier handelte. Der Leichnam hatte den rechten Arm angewinkelt und es wirkte, als würde er im Tod noch salutieren. Daneben stand der Frankfurter Gerichtsmediziner Horst Pelzer. Adi sprach ihn in seiner saloppen Art an: „Hallo Hotte, hast du schon irgendwelche Hinweise, wer der Tote ist und was ihm zugestoßen sein könnte?"

„Haltet euch fest, Männer, der Tote ist ein Kollege von euch. Kriminalkommissar Peter Nolte, ihr wisst schon, der Beamte aus Friedberg, der schon eine Weile als vermisst gilt. Die Spurensicherung hat ihn anhand seines Dienstausweises identifiziert. Außerdem hat jemand, wahrscheinlich der Täter, die Fingerspitzen des Opfers an seinem Kopf festgeklebt, als wolle er, dass die Leiche salutiert."

Hessberger schaute den Gerichtsmediziner perplex an. „Das kann doch nicht wahr sein, dass wir jetzt schon zwei tote Kollegen haben! Und unser Chef wird immer noch vermisst. Was hat das alles mit unserem Offenbacher Bier zu tun? Wir müssen unbedingt noch mal mit dem Bierbrauer sprechen. Das passt alles nicht zusammen, die Demonstration mit den vielen Opfern, das Verschwinden von Thalbach und die toten Kollegen." Aber irgendwie musste es zusammengehören. Jetzt konnte keiner mehr sagen, dass die verschiedenen Fälle nichts miteinander zu tun hatten. Deutlicher als in dieser makabren Inszenierung hätte der Zusammenhang nicht sein können. Hessberger ließ seinen Blick über die Baustelle schweifen und meinte, einen Schatten zu sehen, der sich im Dunkeln bewegte. „Rüdiger, ich glaub, da oben auf der anderen Seite steht jemand. Vielleicht hat er etwas gesehen!" Doch jetzt war niemand mehr zu sehen. Sie machten sich auf den Weg zur anderen Seite. Dort befand sich eine Art Plattform, die einen perfekten Überblick über das ganze Gelände ermöglichte. Leider gab es weit und breit keine Spur von einem Zeugen. Salzmann stieß mit dem Fuß gegen einen Gegenstand, der am Boden lag. Es war eine Flasche und beide wussten sofort, um welche Marke es sich handelte.

ZWEIUNDZWANZIG

Freitag, 15.03.19, Frankfurt

Das gerichtsmedizinische Institut in Frankfurt war um diese Uhrzeit wie leergefegt. Kein Wunder, das Wochenende stand bevor und da hatten es alle ziemlich eilig, nach Hause zu kommen. Nur Dr. Pelzer und sein Kollege, Dr. Jürgen Kramer, waren noch da. Vor ihnen lagen die Leichen von Kommissar Demirkan, der endlich zur erneuten Obduktion freigegeben war, und Kommissar Nolte. Den beiden Gerichtsmedizinern war es durchaus recht, dass sie hier in Ruhe arbeiten konnten. Es war totenstill im Raum, nur unterbrochen vom Klappern der Instrumente und den Geräuschen der Knochensäge. Auf einmal stieß Kramer seinen Kollegen an. „Hast du das gehört? Es klang, als ob irgendwo eine Fensterscheibe zerbrochen wäre."

Pelzer hasste Unterbrechungen und machte einfach weiter, als sei nichts gewesen. „Schau mal, wie interessant", sagte er, „da wird sich Adi aber freuen. Diese Stichwunden kommen mir sehr bekannt vor und ich fresse einen Besen, wenn es sich bei dem Mörder nicht um einen alten Bekannten handelt."

Kramer dagegen ließ das Gehörte keine Ruhe. Er ging in den spärlich beleuchteten Flur, um die Ursache für das Geräusch zu ergründen. Als er um die Ecke bog, sah er, dass ein großes Fenster im Erdgeschoss zersplittert war. Gerade als er sich umdrehen wollte, um nach seinem Kollegen zu rufen, stürzte sich jemand auf ihn und rammte ihm einen Gegenstand in die Brust. Er sackte in sich zusammen, landete auf dem kalten Linoleumboden und rang nach Luft. Er wollte seinen Schmerz herausschreien, brachte aber keinen einzigen Ton hervor. Der Angreifer warf noch einen letzten Blick auf sein Opfer und machte sich dann auf den Weg, um seine weiteren Aufgaben zu erledigen.

Samstag, 16.03.19, gerichtsmedizinisches Institut, Frankfurt

Als Hessberger sein Auto abstellte, wimmelte es schon überall von Kollegen. Der Einsatzleiter informierte ihn, dass in die gerichtsmedizinische Abteilung eingebrochen worden war und dass dabei ein Mediziner getötet und der andere wahrscheinlich entführt worden war. Hessberger rannte, so schnell er konnte, zum Arbeitsplatz von Dr. Horst Pelzer. Dort wartete schon Rüdiger Salzmann auf ihn. „Hallo Adi. Was für ein beschissener Tag! Der oder die Täter haben Dr. Kramer ermordet und Hotte ist nicht auffindbar. Wir vermuten, dass er entführt wurde. Und jetzt kommt das Krasseste: Unsere beiden Kollegen, die obduziert werden sollten, sind auch verschwunden."

Hessberger schüttelte verzweifelt den Kopf. „Das ist eine riesige Nummer, die hier abgezogen wird, wahrscheinlich sogar noch größer als die mit unserem letzten Serienmörder. Wir müssen alle verfügbaren Kräfte einsetzen, um dieses Schwein endlich dingfest zu machen! Für Montag, 11 Uhr, setzen wir eine Besprechung an und vor allem brauchen wir schnellstens einen neuen Gerichtsmediziner."

DREIUNDZWANZIG

Sonntag, 17.03.19, Offenbach

Hessberger hatte etwas länger geschlafen und jetzt freute er sich auf frische Brötchen aus seiner Stammbäckerei Kress. Es war unglaublich, wie viele Leute zur gleichen Zeit auf die Idee kamen, hier einzukaufen. Doch keiner murrte wegen der langen Schlange, die schon auf der Straße anfing. Das lag zum großen Teil an den freundlichen Verkäuferinnen, die viele Kunden mit Namen ansprachen. Hessberger hatte es zumeist mit Monika Domogalla, Roswitha Ruggeri oder Tanja Petzsch zu tun. Irgendwie gehörten die drei zum Einkaufserlebnis dazu. Immer ein Lächeln auf den Lippen oder einen lockeren Spruch auf Lager – und das war genau sein Ding. Drei Dinkelbrötchen und zwei Schrippen landeten wie immer automatisch in der Tüte. Diesmal ließ er es krachen und bestellte zusätzlich zwei große Stücke „Offenbacher Kranz". Den richtigen Namen für dieses erlesene Gebäck hätte er als Offenbacher nur ungern ausgesprochen. Als er den Kuchen entgegennehmen wollte, drangen laute Geräusche an sein Ohr. Er meinte, das Wort „Polizei" gehört zu haben, deshalb erklärte er den Bäckereimädels kurz, dass er seinen Einkauf gleich holen würde, und lief vor die Tür, um zu sehen, was passiert war. Mehrere Menschen standen um einen Hund herum und diskutierten lauthals. Hessberger trat in den Kreis und sah einen Golden Retriever, der an einem Fahrradständer angebunden war. Eine Frau rief immer wieder: „Das ist Herodes, der Hund von dem toten Schiedsrichter!" Ferdinand Bruch war das erste Opfer des Serienmörders gewesen, der sich auf Schiedsrichter spezialisiert hatte. Bei dem Mord im letzten Jahr verschwand auch der Hund des Opfers. Hessberger stellte sich kurz vor und befragte die aufgeregte Dame.
„Sie kennen den Hund?"

„Aber natürlich! Ich wohne in Tempelsee und bin eine direkte Nachbarin der Familie Bruch. Wir waren damals alle tief betroffen von Ferdinands Tod, und dass auch noch Herodes verschwunden war, machte das Ganze noch viel schlimmer."

Er beugte sich über den Hund und griff nach dem Halsband. In einen Metallanhänger waren der Name Bruch und eine Telefonnummer eingraviert. Kein Zweifel, dieser Hund gehörte dem ermordeten Schiedsrichter Ferdinand Bruch.

Hessberger überlegte nicht lange und nahm Herodes mit zu sich nach Hause, nachdem er seinen Einkauf aus dem Laden geholt hatte. Zu Hause legte er die Brötchen ab, verstaute den Offenbacher Kranz im Kühlschrank und machte sich mit Herodes auf den Weg zur Spurensicherung. Vielleicht würden seine Kollegen ja am Fell von Herodes Hinweise darauf finden, wo er sich in den letzten Monaten aufgehalten hatte.

Nachdem sie den armen Hund über eine Stunde malträtiert und ihm etliche Fellproben abgeschnitten hatten, brachte er ihn nach Tempelsee.

Als er bei Frau Bruch klingelte, hätte die Verwandlung nicht größer sein können. Das traurige Gesicht, als sie die Tür öffnete, und die Freudenschreie, als sie Herodes sah – das war auch für den erfahrenen Kripobeamten ein emotionaler Moment. Unauffällig wischte er sich ein paar Tränen aus den Augenwinkeln.

Frau Bruch wollte Herodes gar nicht mehr loslassen. Schließlich wandte sie sich wieder Hessberger zu. „Wo haben Sie Herodes gefunden? Er war über ein Jahr verschwunden! Wie ist er jetzt plötzlich wieder aufgetaucht?"

Hessberger berichtete, was sich an diesem Morgen ereignet hatte, und dass es bisher weder eine Erklärung für das Verschwinden noch für das plötzliche Wiederauftauchen des Hundes gab. Tief in sich drinnen fühlte er, dass die Rückkehr von Herodes ein Zeichen war. Aber wenn er so richtig nachdachte, dann doch eher kein gutes.

Montag, 18.03.19, Polizeipräsidium

Sie trafen sich in Hessbergers Büro. Rüdiger Salzmann, Viola Dembowski und Adi Hessberger. Die Stimmung war zwar locker, doch die Anspannung, die im Raum herrschte, ließ sich nicht leugnen.

Viola hatte mehrere Flipcharts aufgestellt und begann zu schreiben. „Lasst uns den ersten Chart nehmen, um unsere Opfer und die entführten Kollegen aufzulisten. Danach widmen wir uns den Fundorten und zuletzt sollten wir noch einmal die möglichen Verbindungen untereinander und die zeitliche Abfolge prüfen. Dann kombinieren wir sie mit allen bisherigen Erkenntnissen." Da die zwei Kommissare sie nur erwartungsvoll ansahen, setzte sie ihre Ausführungen fort.

„Opfer: Kriminalkommissar Bilal Demirkan, Kriminalkommissar Peter Nolte, Gerichtsmediziner Dr. Jürgen Kramer und dazu noch vier Demonstranten. Diese kamen aber eher zufällig ums Leben, während beide Polizisten und der Gerichtsmediziner ermordet wurden."

Hessberger warf ein, dass auch die in Friedberg ermordete Walburga Steiner dazugehören könnte, da ihr Tod mit dem von Kommissar Nolte in irgendeinem Zusammenhang zu stehen schien. Viola nickte und nahm die Tote mit in ihre Liste auf.

„Entführt: Polizeirat Klaus Peter Thalbach, Gerichtsmediziner Dr. Horst Pelzer und Peter Nolte, der zuerst entführt und anschließend ermordet wurde. Das heißt, Nolte gehört zu beiden Gruppen: zu den Mord- und den Entführungsopfern. Zuletzt beleuchten wir noch die Tat- bzw. die Fundorte: Walburga Steiner wurde in Friedberg ermordet und in ihrer eigenen Gartenhütte gefunden. Peter Nolte wurde zuletzt in Friedberg gesehen und auf dem Bauplatz des neuen Offenbacher Polizeipräsidiums tot aufgefunden. Bilal Demirkan wurde auf dem Wilhelmsplatz in Offenbach ermordet. Dann haben wir noch den Gerichtsmediziner Dr. Kramer, der in

Frankfurt in der Gerichtsmedizin erstochen wurde. Hier ermitteln übrigens auch unsere Frankfurter Kollegen auf Hochtouren. Gleichzeitig wurde der Gerichtsmediziner Dr. Horst Pelzer am selben Ort entführt und die beiden zu obduzierenden Leichen von Demirkan und Nolte wurden bei dieser Gelegenheit auch dort entwendet. Unser Chef, Polizeirat Thalbach, wurde höchstwahrscheinlich im Umfeld seiner Wohnung entführt. Das heißt, wir haben drei Orte, auf die sich die Taten fokussieren: Friedberg, Offenbach und Frankfurt. Und jetzt gibt es noch einige offene Fragen, zu denen uns die Antworten fehlen. Wo befinden sich Polizeirat Thalbach und Dr. Horst Pelzer? Sind die beiden noch am Leben? Wo wurde Peter Nolte umgebracht? Warum wurde Bilal Demirkan während der Demonstration ermordet? Warum hat es jemand auf unsere Kollegen abgesehen?"

„Vielen Dank, Viola, das hast du sehr gut zusammengefasst. Für mich stellen sich noch weitere Fragen im Zusammenhang mit unserem Mörder: Was haben die Hinweise auf das Offenbacher Bier mit unserem Fall zu tun? Und warum taucht ausgerechnet jetzt Herodes, der Hund des Schiedsrichters aus Tempelsee, der vor einem Jahr von Dr. Denk ermordet wurde, wieder auf? Warum bricht jemand in die Gerichtsmedizin ein, um Leichen zu stehlen? Hatte der Mörder vielleicht Angst, dass er Spuren hinterlassen hat? Übrigens haben wir auf dem Halsband, den Fellproben und der Plakette von Herodes leider keine verwertbaren Spuren gefunden."

Hessberger machte eine längere Kunstpause, bevor er leise vor sich hinsagte: „Vor allem frage ich mich: Aus welchem Grund ist der Täter so gut über uns informiert? Woher wusste er, dass wir Demirkan exhumiert haben und dass seine Leiche zusammen mit Nolte in der Gerichtsmedizin war? Die beiden Toten hat er ja wohl kaum spontan mitgenommen, das muss er sorgfältig geplant haben.

Beobachtet er uns oder gibt es einen Maulwurf?"

Die Folge war betretenes Schweigen. Keiner konnte sich vorstellen, dass es einen Verräter innerhalb des Präsidiums gab, der mit einem derart perfiden Mörder zusammenarbeitete.

*

Als das darauffolgende Wochenende begann, hatten sie etwa hundert Personen befragt, zahllose Akten gesichtet, endlose Telefonate geführt, waren verschiedenen Hinweisen der Friedberger Kollegen nachgegangen und Adi hatte mehrere erfolglose Anträge gestellt, um noch mehr Personal zu bekommen. An diesem Samstag nahmen sich die Beamten endlich mal wieder frei. Adi nutzte diese Zeit, um mit dem OFC nach Saarbrücken zu fahren. Da ahnte er freilich noch nicht, was sich während seiner Abwesenheit ereignen würde.

Samstag, 23.03.19, Seligenstadt

Selina Djukovic hatte endlich mal wieder die Möglichkeit, einen Abend in dem für sie so reizvollen Rahmen zu verleben. Die letzten Wochen waren so stressig gewesen, dass sie kaum noch dazu kam, sich so richtig zu entspannen.

Genau das wollte sie heute tun.

Als sie die Stufen hinabging und den Samtvorhang beiseiteschob, hatte sie ein Glitzern in den Augen und ihre Wangen fingen an, sich leicht zu röten. Heute wollte sie richtig Gas geben. Schon auf dem Weg hierher hatte sie sich genau ausgemalt, was so alles passieren sollte. Die Vorfreude zauberte ihr ein Lächeln ins Gesicht und mit diesem Lächeln steuerte sie auf die Gruppe zu, die in der Nähe der Bar stand.

*

Einige Stunden später stieg eine sichtlich erschöpfte Seli die Treppen hinauf. Es gab wohl keine Stelle an ihrem Körper, die ihr nicht wehtat. Heute hatte sie Dinge getan, die so unglaublich krass waren, dass sie fast ein wenig Angst vor sich selbst bekam. Sie war gottfroh, dass niemand in ihrem Umfeld wusste, welche Neigungen sie hatte, und das musste auch so bleiben. Fast hätte Rüdiger sie bei seinem überraschenden Auftauchen im Club entdeckt. Ein furchtbarer Gedanke. Und Hessberger glaubte, seine Assistentin würde ein braves, biederes Leben führen. Adi würde die Krise kriegen, wenn er mitbekommen hätte, was heute Abend alles passiert war - und vor allem, was sie außerdem noch Schreckliches getan hatte. Als sie um die Ecke bog, hörte sie schnelle Schritte hinter sich und bevor sie sich umdrehen konnte, wurde sie von zwei Armen brutal festgehalten. Eine Hand hielt ihr den Mund zu, mit der anderen wurde sie in einer Art Polizeigriff weggeschleppt. Sie hatte furchtbare Angst und versuchte dennoch, ruhig zu bleiben. Wenn ihr Angreifer sie vergewaltigen wollte, würde sie sich nicht wehren.

Er schleppte sie eine Weile hinter sich her und hielt ihr dabei ein Messer an den Hals. Dann öffnete er eine Tür, zerrte sie in den Raum und schloss hinter sich ab. Er warf sie auf ein Bett, das mit einer Plastikfolie abgedeckt war, dort fesselte er sie mit Händen und Füßen an die Bettpfosten. Doch was er dann mit ihr veranstaltete, darauf war selbst sie nicht vorbereitet. Der Typ war komplett von Sinnen! Erst nach einer halben Stunde ließ er von ihr ab. Wälzte sich von ihr, um zu Atem zu kommen. Er schwitzte wie ein Schwein. Ihr schenkte er keine Aufmerksamkeit mehr, während er sich erholte. Das nutzte sie aus und schaffte es, die Fesseln an den Händen zu lösen. Sie ergriff die Nachttischlampe neben dem Bett und schmetterte sie mit voller Wucht auf seinen Hinterkopf. Bewusstlos lag er am Boden. Es dauerte eine Ewigkeit, bis sie auch die Fesseln an den Füßen lösen konnte. Er bewegte sich immer noch nicht und ihre Hoffnung wuchs, dieses Zimmer lebend verlassen zu können. Sie stieg vorsichtig über ihn und griff nach dem Türknauf.

In diesem Moment packte er sie am Bein, zog sie zu sich herunter und dann legten sich seine Hände wie Schraubzwingen um ihren Hals.

VIERUNDZWANZIG

Sonntag, 24.03.19, Hessbergers Wohnung

Das Klingeln hörte einfach nicht auf. Hessberger tastete auf dem Nachttisch nach seinem Handy. Gestern hatte das Auswärtsspiel in Saarbrücken stattgefunden. Beide Mannschaften lagen in der Tabelle dicht beieinander, sodass es noch geringe Aufstiegsmöglichkeiten gab. Es hatte sich ein munteres Spiel entwickelt und tatsächlich ging der OFC mit 1:0 in Führung. Moritz Reinhard, der zweite Goalgetter des OFC, der aus den Niederungen der Liga kam und doch gleich wusste, wo das Tor steht, war der Torschütze. Leider schafften es die Kickers nicht, den Vorsprung über die letzten paar Minuten zu bringen. So trennte man sich friedlich 1:1 mit der Gewissheit, sich gegenseitig die nötigen Punkte abgenommen zu haben. Der Nutznießer war eindeutig der amtierende Tabellenführer aus Mannheim. Im Anschluss an das Spiel war es wieder mal spät oder besser gesagt früh geworden und Hessberger empfand das unaufhörliche Klingeln als sehr nervig.

Als er endlich ranging, war Rüdiger Salzmann am Telefon, der am Wochenende die Bereitschaft übernommen hatte. Seine Stimme klang seltsam dumpf. „Adi, du musst sofort kommen, es ist etwas Furchtbares passiert. Die Kollegen aus Seligenstadt haben direkt neben der Mainfähre eine weibliche Leiche gefunden."

Hessberger versprach Salzmann, sich zu beeilen. Er hielt seinen Kopf für ein paar Sekunden unter eiskaltes Wasser, putzte sich die Zähne und zog sich schnell die Klamotten an, die vom Vortag noch auf dem Boden lagen. Dann lief er zu seinem Wagen und erreichte nach 25 Minuten Fahrzeit das Zentrum von Seligenstadt. Er liebte die Altstadt mit den Fachwerkhäusern, die gemütlichen Lokale und die Fahrradwege am Main. Heute hatte er allerdings keinen Blick für die schönen Seiten des Städtchens. Er parkte sein Fahrzeug direkt neben dem Anlegeplatz für die Fähre. Ein begrünter Hang fiel dort zum Wasser ab. Majestätisch schwamm ein Schwan durch das trübe Mainwasser. Die Idylle wurde durch den mit einem Tuch bedeckten Körper jäh zerstört. Es wimmelte von Kollegen und Schaulustigen. Hessberger konnte schon aus einigen Metern Entfernung sehen, dass Rüdiger Salzmann komplett verstört wirkte. Auch er selbst kannte dieses furchtbare Gefühl, wenn wieder irgendwo eine Leiche gefunden wurde. Egal wie lange man den Job machte, man wurde dadurch nicht emotionslos oder abgebrüht. Doch so fertig wie heute hatte Salzmann selten ausgesehen.

Adi begrüßte seinen Kollegen mit einem Klaps auf die Schulter und den Worten: „Ist es so schlimm?"

Rüdiger liefen die Tränen über die Wangen und er sagte mit brüchiger Stimme: „Es ist Seli und sie sieht grauenvoll aus."

Die Worte drangen irgendwie nicht ganz zu Adi durch. Was faselte sein Kollege? Seli?

Irritiert ging er auf die Leiche zu und hob mit einem Ruck das Tuch an. Der Schock traf ihn wie eine geballte Faust. Vor ihm lag der geschundene Körper seiner Assistentin Selina Djukovic.

Diese Tatsache war so furchtbar, dass er keinen klaren Gedanken mehr fassen konnte. Selis Köper war unbekleidet und von Hämatomen und Blutergüssen bedeckt. Um den Hals gab es eine starke, ringförmige Rötung, die auf Erwürgen als mögliche Todesursache hindeutete.

Fast zärtlich deckte Hessberger seine tote Kollegin wieder zu. Er und Salzmann schauten sich wortlos in die Augen. Es war ähnlich wie damals, vor einem Jahr, als der Serienmörder versucht hatte, Sina umzubringen. Der Unterschied war nur, dass Sina noch lebte.

„Scheiße, scheiße, scheiße!", brüllte Hessberger. „Da erklären einem die Polizeipsychologen, dass man solche Dinge nicht an sich ranlassen darf. Kannst du mir erklären, wie wir das hinkriegen sollen? Sina wurde fast umgebracht und lag anschließend im Koma, Thalbach und Pelzer wurden entführt, Kollege Demirkan ist tot und jetzt auch noch Seli. Sie war viel mehr als nur eine Kollegin, eine echte Freundin! Der gute Geist des ganzen Reviers. Und ich soll das nicht persönlich nehmen? Glaubt denn wirklich irgendjemand diesen Bullshit? Ich nehme das Ganze hier verdammt persönlich und wenn ich das Schwein kriege, wird es nie wieder etwas anderes als Zellenluft atmen."

Danach fuhren die Beamten ins Präsidium, um die Kollegen, die sie inzwischen zusammengerufen hatten, über das traurige Ereignis zu informieren. Die Stimmungslage war katastrophal. Die laute Geräuschkulisse normaler Tage war einer gespenstischen Stille gewichen. Ab und zu hörte man ein unterdrücktes Schluchzen und sah Kollegen, die sich gegenseitig trösteten.

Hessberger und Salzmann saßen bei der völlig aufgelösten Viola Dembowski und überlegten, wie sie mit diesem persönlichen Unglücksfall umgehen sollten. „Es hilft alles nichts, wir müssen den Fall noch mal ganz von vorne aufrollen, denn wenn es so weitergeht, kann es jeden von uns erwischen", sagte Adi.

Viola hob ruckartig den Kopf. „Das ist vielleicht genau die Lösung", sagte sie. „Jemand möchte das Polizeipräsidium Südosthessen und dessen Mitarbeiter eliminieren. Wir haben es nicht mit Erpressung, Offenbacher Bier oder Entführung zu tun, sondern mit einem Täter, der es auf Polizisten abgesehen hat. Schaut mal, es kann doch kein Zufall sein, dass es mit Demirkan und Thalbach zwei Beamte und mit Dr. Pelzer und Seli zwei aus unserem Umfeld erwischt hat. Vielleicht gibt es ja Erkenntnisse durch den neuen Gerichtsmediziner, der ab Montag für uns zuständig ist."

„Wahrscheinlich ist da sogar etwas dran", ermunterte Hessberger seine Kollegin und stand auf. „Was haltet ihr davon, wenn wir eine kurze Pause machen? Wir fahren nach Mühlheim ins Schanz und essen einen Happen." Viola und Rüdiger nickten zustimmend und so zog die Trauergemeinde los.

Hessberger kannte einen Teil der Schanz-Mannschaft. Zum einen von den vielen Veranstaltungen, die dort stattfanden, zum anderen durch die gemeinsame Liebe zum OFC. Sowohl Tobi, der ihnen eine Auswahl an Pizza, Pasta und Hessentapas zauberte, als auch Jan und Michael, die dafür sorgten, dass ihnen die Getränke nicht ausgingen, waren an Spieltagen auch im Block 2 zu finden.

Die Trauer, die sie empfanden, war gemeinsam viel leichter zu tragen und beim Essen diskutierten sie die weitere Vorgehensweise. Im Anschluss fuhren sie ins Präsidium zurück und keiner von ihnen dachte auch nur ansatzweise an Feierabend. Bis tief in die Nacht hinein war das Klappern der Tastaturen zu hören.

FÜNFUNDZWANZIG

Montag, 25.03.19, Frankfurt

Rüdiger und Adi waren auf dem Weg zur Gerichtsmedizin. Adi ärgerte sich, denn sie kamen nicht so richtig vorwärts, da selbst um diese Uhrzeit viel zu viele Fahrzeuge unterwegs waren. Sie stellten den Wagen im Halteverbot ab und machten sich auf den Weg zu den Arbeitsräumen ihres verschwundenen Kollegen Pelzer. Salzmann schob noch einen kurzen Abstecher in die Kantine des gerichtsmedizinischen Trakts ein, denn dort gab es einen sensationell starken Kaffee, der – ein in diesem Gebäude gern wiederholtes Bonmot - sogar Tote aufwecken konnte. Während seine Bestellung bearbeitet wurde, schaute er sich die große Essensauswahl in der Auslage an.

Hessberger war schon sehr gespannt, was für ein Typ der neue Gerichtsmediziner war. Eine Frau mit einem Pferdeschwanz, Jeans und einem kurzen, weißen Kittel kam auf ihn zu und streckte ihm die Hand entgegen. „Clarissa Wegner. Und Sie müssen Adi Hessberger sein."

Adi gefiel die Art der Assistentin des neuen Gerichtsmediziners, aber wo steckte dieser nur? „Es freut mich auch, Sie kennenzulernen, aber wann kommt denn endlich Ihr Chef?"

Ein leichtes Grinsen überzog ihr Gesicht. „Der steht schon vor Ihnen, ich bin Frau Dr. Clarissa Wegner, Ihre neue Gerichtsmedizinerin."

Hessberger musterte die Blondine und schätzte sie auf Anfang dreißig. Sie hatte blaue Augen und eine sehr sportliche Figur. „Und, enttäuscht?", fragte sie mit einem bezaubernden Lächeln.

In diesem Moment kam Salzmann mit zwei Bechern Kaffee um die Ecke. „Na Adi, unterhältst du dich wieder mit netten Damen, statt nach unserem neuen Gerichtsmediziner zu suchen?"

Adi zeigte auf Clarissa Wegner. „Darf ich vorstellen: Frau Dr. Wegner, und das hier ist mein Kollege, Kriminalkommissar Rüdiger Salzmann."

Die beiden schüttelten sich kurz die Hand und Salzmann beäugte die Neue mit kritischem Blick.

Sie suchte den Augenkontakt mit beiden. „Tut mir sehr leid, was Ihrer Kollegin widerfahren ist. Gern würde ich sagen, dass sie nicht gelitten hat, aber das wäre gelogen und dem Fall nicht dienlich. Was mich total erstaunt hat, ist die Tatsache, dass sie nicht nur brutal vergewaltigt wurde, sondern dass ich auf und an ihrem Körper Spermarückstände von mindestens drei oder vier Männern gefunden habe. Doch wie kamen die da hin? Die Todesursache ist eindeutig: Sie wurde erwürgt. Sie hat zusätzliche Verletzungen an den Füßen, woraus ich folgere, dass sie gefesselt wurde. Ich habe ihr Blut auf Rückstände einer betäubenden Substanz untersucht, aber ich konnte bisher nichts nachweisen. Auf die Dinge, die der Täter mit ihr veranstaltet hat, würde ich lieber nicht detailliert eingehen, wenn Ihnen das recht ist. Sie können das später in meinem Bericht nachlesen. Dennoch sieht es beinahe so aus, als ob ein Teil dieser sexuellen Akte mit ihrer Einwilligung geschehen ist und die Vergewaltigung mit dem anschließenden Erwürgen erst zu einem späteren Zeitpunkt stattfand."

Hessberger sah sie erstaunt an. „Sie glauben, Selina Djukovic hat sich gleichzeitig oder nacheinander mit mehreren Männern vergnügt? Ich kann mir das nicht vorstellen, denn seit wir sie kennen, gab es keinerlei Gerüchte über Affären, Freunde oder Liebhaber und jetzt soll sie so eine Art Nymphomanin sein?"

Frau Dr. Wegner schaute ihn verständnisvoll an. „Ich kann Ihnen leider nur meine Ergebnisse vorlegen. Ihre Kollegin scheint wohl auch eine dunkle Seite gehabt zu haben und nicht immer gefällt es uns, wenn die Wahrheit ans Licht kommt."

Adi nickte und sagte: „Sicher haben Sie nicht Unrecht, aber es ist total schwer zu glauben, dass unsere Seli, mit der wir jeden Tag gearbeitet, gelacht und auch getrauert haben, ein solches Doppelleben geführt haben soll. Ich bitte Sie um Ihre persönliche Einschätzung, wie es zu den vielen Spermaspuren kommen konnte, auch wenn sie noch nicht wissenschaftlich untermauert ist."

„Für mich gibt es nur eine wirklich sinnhafte Erklärung. Wahrscheinlich hat Frau Djukovic einen Swinger-Club besucht und dort freiwillig mit mehreren Männern gleichzeitig Sex gehabt. Ob der Täter auch aus diesem Bereich kommt oder ihr einfach nur aufgelauert hat, werden auch meine weiteren Untersuchungen nicht zutage bringen. Vielleicht findet sich aber die eine oder andere DNA in unserer Datenbank, dann hätten wir schon mal einen Ansatzpunkt. Ihnen würde ich raten, die Swinger-Clubs in der Umgebung des Leichenfundorts abzuklappern. Vielleicht hat sie dort irgendjemand gesehen."

„Vielen Dank, Frau Dr. Wegner, für Ihre wirklich große Unterstützung, bitte melden Sie sich bei uns, sobald Ihnen weitere Ergebnisse vorliegen. Hier ist meine Karte, unter der Nummer können Sie mich immer erreichen."

Clarissa Wegner kramte in ihrer Handtasche und holte ebenfalls eine Visitenkarte heraus, nahm einen Kugelschreiber und schrieb ihre Handynummer auf die Rückseite. „Unter der Nummer können Sie sich gerne bei mir melden."

Auf dem Rückweg diskutierten die beiden Beamten über diese Neuigkeiten, die so gar nicht zu ihrer Kollegin passten. Hessberger schüttelte den Kopf und meinte: „Wie um alles in der Welt sollen wir jetzt den Swinger-Club finden, in dem Seli möglicherweise den Abend verbracht hat? Ehrlich gesagt, ich persönlich kenne gar keinen solchen Club."

„Aber ich." Salzmann wurde ein wenig rot. „Vor etwa vier Wochen gab es eine anonyme Anzeige, dass in einer Villa in Seligenstadt komische Dinge vor sich gehen. Ich bin dort hingefahren und habe nach dem Rechten gesehen. Dabei bin ich auf diesen Club gestoßen. Du glaubst nicht, was dort alles vor sich geht. Am Ende bin ich total fassungslos wieder rausgegangen. Sollen wir gleich hinfahren?"

Hessberger überlegte kurz und schüttelte dann den Kopf. „Wir sollten warten, bis auch Leute vor Ort sind, die wir befragen können. Um diese Uhrzeit wird dort nichts los sein. Lass uns zuerst zu Selis Wohnung fahren, vielleicht finden wir dort etwas Brauchbares."

Selina Djukovic hatte im siebten Stock eines Hochhauses am Buchrainweg gewohnt, nahe der Autobahn. Adi fühlte sofort die Anonymität, die das große Gebäude ausstrahlte. Es war ein eigenartiges Gefühl, die Wohnung ihrer toten Kollegin zu durchsuchen, er empfand es wie einen Vertrauensbruch.

Nach einer oberflächlichen Begehung entschieden sich die beiden, dass jeder sich einen Teil der Zimmer vornehmen und eine minutiöse Durchsuchung durchführen sollte.

Adi wunderte sich über den Mangel an privaten Bildern. Ein Foto vom letzten Polizeifest hing an der Wand. Adi, Sina und Seli lächelten in die Kamera. Aus und vorbei. Nie wieder würden sie ihre Kollegin und Freundin lächeln sehen.

Rüdiger rief laut nach seinem Kollegen. „Das musst du dir ansehen, was ich in einem Versteck gefunden habe. Einfach unfassbar. Sie wurde erpresst." Auf dem Schreibtisch lag eindeutiges Bildmaterial von Seli. Ihre Kollegin vergnügte sich darauf mit mehreren Kerlen und schien dabei viel Spaß zu haben. Es gab auch eine DVD, die sie sich auf dem DVD-Player im Wohnzimmer anschauten. Im Prinzip war es ein krasser Pornofilm, der so wirkte, als ob er von einiger Entfernung aufgenommen worden sei.

Hessberger wollte das Ganze weder zu Ende sehen noch wahrhaben und drückte auf Stopp. Dann fanden sie den Brief. Er war auf einem Computer geschrieben, das war auf den ersten Blick zu erkennen.

Dieses Bildmaterial wird an alle Menschen verteilt werden, die vielleicht jetzt noch glauben, dass Sie ein nettes Mädchen sind. Vor allem freue ich mich schon auf das Gesicht Ihrer Kollegen bei der Polizei. Herr Hessberger werden die Bilder sicher gut gefallen. Wenn Sie das verhindern möchten, müssten Sie mir einen kleinen Gefallen tun. In dem beigefügten Beutel befinden sich drei Minisender. Bringen Sie diese versteckt im Besprechungsraum, Hessbergers Büro und in der Nähe der Telefonzentrale an, dann bleiben Sie für alle Zeit ein braves Mädchen.

„Mein Gott, Seli hat unser Präsidium verwanzt. Und ich habe mich schon die ganze Zeit gefragt, wer der Maulwurf ist. Nur so konnte der Täter wissen, was wir als Nächstes vorhaben. Dadurch hat er auch erfahren, dass wir die Leichen von Demirkan und Nolte eingehend untersuchen wollten. Jetzt sollten wir schnellstmöglich ins Präsidium fahren und die Techniker beauftragen, die Wanzen zu entfernen. Vielleicht kann man über diese Sender den Standort des Täters finden oder eingrenzen." Hessberger war tief bestürzt. Das hätte er seiner Kollegin niemals zugetraut. Bedenkenlos hätte er seine Hand für sie ins Feuer gelegt. Doch unter welchem Druck musste sie gestanden haben. Warum war sie nicht zu ihm gekommen?

Als hätte Rüdiger seine Gedanken erraten, sagte er: „Sie muss sich unglaublich geschämt haben und wollte keinesfalls, dass du schlecht über sie denkst, denn sie hat dich sehr gern gehabt."

*

Im Präsidium machten sich die Techniker sofort an die Arbeit. Bei den aufgefundenen Geräten handelte es sich um Mini-Wanzen, die per Handy-GSM-Netz funktionierten, auch GSM-Wanzen genannt. Sie waren sehr unauffällig und kaum zu orten.

Montag, 25.03.19, Seligenstadt

Abends begaben sich die Kommissare auf die dunkle Seite. Als sie vor dem ominösen Haus ankamen, waren die Parkmöglichkeiten wieder einmal erschöpft. Sie stellten ihr Fahrzeug, wie vorher Salzmann, direkt vor der Einfahrt ab und liefen durch das offene Tor zum Eingang. Über die Sprechanlage meldeten sich die Beamten an und die Tür wurde geöffnet.

Salzmann flüsterte seinem Kollegen zu: „Jetzt wirst du gleich Bauklötze staunen."

Hessberger war tatsächlich überrascht, was hier abging. Wie sollte man diese Leute identifizieren, zumal es nicht so schien, als ob auch nur einer seine Papiere dabei hätte? Wo auch?

Sie gingen an der Bar vorbei und schauten sich das Massenpaarungsverhalten aus der Nähe an. Hier sollte Seli ihre Erfüllung gefunden haben?

In diesem Moment kam der Inhaber auf sie zu. „Was kann ich für Sie tun?"

„Hessberger, Kriminalpolizei, wir benötigen Ihre Hilfe. Haben Sie diese Frau hier schon einmal gesehen?" Dabei zeigte Hessberger ihm ein Foto von Selina Djukovic.

„Diese Dame gehört zu den Stammkundinnen und besucht unseren Club regelmäßig, mindestens alle zwei Wochen. Soweit ich es mitbekommen habe, kommt sie immer ohne Begleitung, bleibt aber dann nicht lange alleine."

„Können Sie mir bitte einen der Männer zeigen, mit denen sie näheren Kontakt hatte, na ja, Sie wissen schon, was ich meine", sagte Hessberger, dem die ganze Atmosphäre ein wenig peinlich war.

„Das ist relativ einfach, denn sie hatte mit jedem der Männer näheren Kontakt, wenn Sie verstehen, was ich meine", antwortete der Inhaber mit einem süffisanten Lächeln. „Sie war sehr beliebt bei meinen männlichen Gästen, denn sie hat alles mitgemacht. Je mehr Männer, umso besser. Dabei hat sie eher brav ausgesehen, aber genau das ist bei den Kerlen so gut angekommen."

„Könnten Sie vielleicht unauffällig mal einen der Männer herholen, damit wir ein bis zwei Fragen stellen können?"

Nach etwa fünf Minuten kam er in Begleitung eines Mannes und zweier Frauen zurück. Der Mann hatte sich ein Handtuch umgebunden, während die Frauen sich ohne jegliche Klamotten ganz ungezwungen vor die Kommissare stellten.

Der Mann schaute sich das Foto an und meinte: „Ja, mit ihr hatte ich schon öfter das Vergnügen. Ihren Namen kenne ich leider nicht, aber Sie werden verstehen, dass Namen hier bei uns eine untergeordnete Rolle spielen. Wenn jemand seinen Namen preisgibt, dann ist es sicher ein falscher."

Hessberger konnte sich kaum konzentrieren, weil er überhaupt nicht mehr wusste, wo er hinschauen sollte. Die beiden Mädels legten es voll drauf an, die Kommissare anzumachen. Eine von ihnen lehnte sich an Salzmann, die andere an Hessberger.

„Entspannt euch doch einfach ein bisschen, wir können uns da hinten auf die Matte legen und schauen, was passiert", sagte die Brünette.

Hessberger schob die beiden zur Seite und widmete sich wieder dem Zeugen. „Waren Sie letzten Samstag hier im Club und haben Sie die Frau auf dem Foto hier getroffen?"

„Ich war hier bis um 23 Uhr und ja, die Dame war auch da und wir hatten mehrfach Sex an diesem Abend. Aber warum fragen Sie das alles?"

„Wir ermitteln in einem Mordfall. Dazu müssen Ihre Personalien überprüft werden. Bitte kommen Sie morgen um 11.00 Uhr zu uns aufs Präsidium, dort werden wir mit allen hier anwesenden Männern einen DNA-Test durchführen, auch mit Ihnen."

Salzmann begleitete ihn zu den Umkleidekabinen, um die Personalien aufzunehmen. Hessberger unterhielt sich noch kurz mit dem Inhaber und informierte ihn darüber, dass keiner der Gäste den Club verlassen durfte. Inzwischen war schon Verstärkung unterwegs, um von allen Anwesenden die Personalien aufzunehmen.

Während des Gesprächs wurde er von seinen neuen Freundinnen nicht aus den Augen gelassen. Die beiden sahen wirklich gut aus und für einen Augenblick war er tatsächlich versucht, diese sich ihm bietende Möglichkeit näher ins Auge zu fassen, aber mitten in seine Überlegungen platzte Salzmann mit den Worten: „Ich bin dann so weit, wollen wir starten?"

SECHSUNDZWANZIG

Dienstag, 26.03.19, Kellergewölbe

Dr. Horst Pelzer fühlte sich so schlecht wie lange nicht mehr. Er hatte einen furchtbaren Geschmack im Mund und vor allem hatte er Todesangst. Krampfhaft überlegte er, warum er Opfer einer Entführung geworden war. Am Ende war es derselbe Täter, der auch Thalbach entführt hatte. Er war auf einer Art Bahre fixiert und nicht in der Lage, viel mehr als den Kopf zu bewegen. Es war dunkel und mehr als ein paar Meter weit konnte er nicht sehen, obwohl es sich um einen sehr großen Raum zu handeln schien. Ab und zu hörte er Geräusche, als ob sich noch andere Personen in dem Keller befänden. Jäh blendete ihn das grelle Licht einer Taschenlampe, die ihm mitten ins Gesicht leuchtete.

„Na, Herr Dr. Pelzer, wie geht es Ihnen heute? Ich hoffe doch sehr, dass Sie sich freuen, mich zu sehen. Wahrscheinlich kennen Sie mich nur von Fotos, aber ich kann Ihnen versichern, dass ich Sie schon einige Male live beobachtet habe. Sie haben auch geglaubt, dass mich die Fische schon längst gefressen hätten, aber falsch gedacht. Ich bin wieder zurück und natürlich möchte ich mich bei allen bedanken, die für meinen aktuellen Gesundheitszustand verantwortlich sind. Vielleicht lasse ich Sie heute schon meine Dankbarkeit spüren, vielleicht auch erst morgen, aber ganz im Vertrauen, Herr Kollege, viel Zeit bleibt Ihnen nicht mehr."

Bisher lief alles nach Plan, nur schade, dass seine beste Informationsquelle so plötzlich versiegt war ...

Mittwoch, 27.03.19, Polizeipräsidium

Hessberger, Rüdiger Salzmann und Viola Dembowski saßen im Besprechungsraum und diskutierten über die Erkenntnisse, die sie bei der Gerichtsmedizinerin und in dem Nachtclub gewonnen hatten. Viola konnte kaum glauben, was sie zu hören bekam. Am meisten erschütterte sie die Tatsache, dass eine von ihnen dem Täter Informationen in die Hände gespielt hatte. „Eines wird auf jeden Fall immer deutlicher", sagte sie dann nachdenklich. „Ihr müsst das doch auch sehen, alle Opfer sind Polizisten oder kommen aus dem Dunstkreis unseres Teams."

„Und wie passt die Pensionsinhaberin Walburga Steiner in dieses Konstrukt?", fragte Adi.

„Vielleicht hat sie irgendetwas beobachtet und musste deshalb aus dem Weg geräumt werden. Oder vielleicht hat der Täter sogar bei ihr gewohnt. Da ist doch damals mit der Witwe ein Pensionsgast verschwunden, der nicht identifiziert werden konnte. Vielleicht sollten wir da noch mal ansetzen?

„Ich glaube, Viola ist auf dem richtigen Weg", stimmte Adi zu.

*

In den nächsten beiden Tagen befragten die Beamten mithilfe ihrer Friedberger Kollegen erneut die damaligen Bewohner der Pension Steiner, aber der Durchbruch wollte einfach nicht gelingen.

Irgendwie musste bei den Ermittlungen ein wichtiges Detail untergegangen sein, dachte Hessberger – und schlug sich plötzlich gegen die Stirn. „Mensch, wir sind wirklich begriffsstutzig. Es gab doch eine Beschreibung seines Hundes. Wenn dieser Hund nun Herodes war?" Plötzlich lag eine knisternde Spannung im Raum. Alle dachten angestrengt über diese Möglichkeit nach.

„Aber wie soll Herodes in den Besitz unseres unbekannten Pensionsgasts gelangt sein? Ob er ihm zugelaufen ist?" Salzmann fragte das ein wenig zweifelnd.

Alle hatten einen bestimmten Gedanken im Kopf, aber keiner traute sich, ihn auszusprechen, bis Viola rausplatzte: „Und wenn es sich bei unserem Gesuchten um Dr. Olaf Denk handelt? Bisher wurde seine Leiche nicht gefunden."

Hessberger war nicht ihrer Meinung. „Ich habe ihn damals mindestens zweimal getroffen und wenn er nicht durch die Schüsse gestorben ist, dann an den Folgen des unkontrollierten Sturzes oder durch Ertrinken. Wir können uns nicht einfach ohne handfeste Beweise eine Geschichte zusammenreimen. Wie sollen wir denn da gegenüber den Medien argumentieren?"

Die Beamten arbeiteten sich systematisch durch die inzwischen immer größer werdenden Aktenberge. Irgendwo musste es doch einen Anknüpfungspunkt geben, den sie bisher übersehen hatten. Gegen 21.30 Uhr fielen ihnen die Augen förmlich zu und sie beschlossen, es gut sein zu lassen.

Hessberger überlegte, ob er direkt nach Hause fahren oder vielleicht doch noch einen Versuch starten sollte, mit Sina zu reden. Dann kamen ihm aber wieder die Bilder von ihr und Dr. Weiß, nur mit Bademänteln bekleidet, in den Kopf. Der Moment, als Weiß sie küsste und ihm die Tür vor der Nase zuschlug, gehörte zu den schlimmsten Augenblicken, die er erlebt hatte. Also entschied er sich dafür, noch ein paar Einkäufe im REWE-Markt in der Buchhügelallee zu erledigen und dann nach Hause zu gehen. Auf dem Rückweg lief er am Seerosenweiher vorbei. Hier wurde ein ehemaliges Altenheim durch umfangreiche Sanierungen zu Luxuswohnungen umgebaut. Schon der Name klang nach Wellness und Erholung – Seerosenweiher. Adi hatte mal überschlagen, dass er mit seinen Ersparnissen etwa 16 Quadratmeter kaufen könnte. Als er zu Hause ankam, stellte er die Wurst und den Sechserpack Bier in den Kühlschrank, ging ins Wohnzimmer und stutzte.

Auf dem Tisch stand eine volle Flasche Offenbacher Bier, an der ein gelber Zettel mit einem Smiley klebte.

Hessberger schaute sich in der ganzen Wohnung um, konnte aber nichts Auffälliges entdecken. Er nahm seinen Schlüssel, zog die Tür hinter sich zu und klingelte beim Hausmeister. Als dieser öffnete, sagte er gleich: „Hallo Herr Hessberger, haben Sie sich über die kleine Überraschung Ihres Kollegen gefreut? Ich habe gerade im Garten gearbeitet, da kam er und sagte, er würde gern etwas in Ihre Wohnung stellen. Als ich sagte, dass ich niemand Fremdes hereinlassen würde, gab er mir 10 Euro dafür, dass ich die Flasche auf Ihren Wohnzimmertisch stelle. Ich hoffe, das war so in Ordnung?"

„Wie sah er denn aus, mein Kollege?"

„Na ja, er war ungefähr so groß wie Sie und hatte einen Kapuzenpulli an. Deshalb konnte ich nicht viel erkennen. Nur eins ist mir aufgefallen, als er wegging: Er zieht ein Bein hinterher."

Hessberger bedankte sich für die Auskunft und ging zurück in seine Wohnung. Dort zog er Handschuhe an und packte die Flasche in eine der Tüten, die für die Beweissicherung verwendet wurden. Dann ging er in die Küche, schnitt sich eine Scheibe Brot ab, belegte sie mit ungarischer Salami und holte sich ein Bier aus dem Kühlschrank. Er setzte sich in seinen Lieblingssessel und nahm einen großen Schluck. Doch so ruhig er hier saß, seine Gedanken überschlugen sich. Allmählich drohte ihm alles zu entgleiten. Seine große Liebe konnte er sich abschminken, die Kollegen konnten jederzeit zu Opfern werden und jemand spielte ein morbides Spiel mit ihm und seinem ganzen Revier. Seine enge Vertraute und Assistentin, Selina Djukovic, hatte ein Doppelleben geführt und war grausam ermordet worden. Sein Chef und sein Freund und Kollege Hotte waren entführt worden. Jetzt hatte ihm auch noch ein Durchgeknallter eine Flasche Offenbacher Bier in die Wohnung gestellt beziehungsweise stellen lassen. Wenn er daran dachte, dass man die gleichen Flaschen neben einer Leiche gefunden hatte, bedeutete das sicher nichts Gutes.

In diesem Moment hantierte jemand an seiner Wohnungstür.

SIEBENUNDZWANZIG

Freitag, 29.03.19, Kellergewölbe

Dr. Horst Pelzer war klar, dass ihm nur noch wenige Tage, vielleicht sogar nur ein paar Stunden blieben. Seine verzweifelten Versuche, sich zu befreien, waren bisher nicht von Erfolg gekrönt. Schon seit mehreren Stunden zog und zerrte er an seinen Fesseln. Doch jetzt hatte er auf einmal das Gefühl, dass sich der Knoten an seiner linken Hand etwas gelockert hatte. Die Angst vor seinem bevorstehenden Tod verlieh ihm übermenschliche Kräfte und auf einmal hatte er eine Hand befreit. Dadurch konnte er seinen Körper aufrichten und sich auf die Seite drehen. Nach einigen Minuten war auch seine zweite Hand frei und er begann, die Fußfesseln zu lösen. Als es ihm gelungen war, brauchte er ein paar Minuten, bis er in der Lage war, sich hinzustellen, ohne umzufallen. Seine Beine fühlten sich nach diesem endlosen Liegen bei völliger Bewegungsunfähigkeit wie Pudding an. Seine Gedanken rasten. Wieso war Denk noch am Leben? Wo zur Hölle befand sich dieses Kellergewölbe? Würde er diesen Albtraum überleben? Er fing an, sich in dem Gewölbe umzusehen, und entdeckte auf den Regalen und Tischen medizinisches Gerät. Nachdem er ein paar Schritte gegangen war, kam er zu einem zweiten Keller. Dort gab es ein ähnliches Feldbett wie das, auf dem er bis eben noch gelegen hatte. Vorsichtig näherte er sich und konnte schließlich trotz der Dunkelheit erkennen, dass ein Mensch darauf festgebunden war. Als er sich über den Gefesselten beugte, konnte er einen Schrei nicht unterdrücken. Vor ihm lag Polizeirat Klaus Peter Thalbach. Pelzer löste behutsam die Fesseln des Polizeichefs und tastete nach dessen Puls.

In diesem Moment vernahm er ein leises Atmen und ein Luftzug streifte ihn. Steif, wie er immer noch war, konnte er nicht schnell genug reagieren. Der Schmerz war unbeschreiblich, als der Täter zustach.

*

Hessberger ging leise zu seiner Wohnungstür, drückte langsam die Klinke herunter und riss die Tür mit einem Ruck auf.
Vor ihm stand die völlig verdutzte Gerichtsmedizinerin Clarissa Wegner.

„Begrüßen Sie Ihre Gäste immer so?", fragte sie, schob sich
an dem erstaunten Hessberger vorbei und ging wie selbstverständlich in die Wohnung.

Hessberger fand seine Sprache wieder. „Was kann ich denn
um diese Zeit noch für Sie tun? Und warum standen Sie vor
der Tür und haben nicht geklingelt?"

„Also erstens könnten wir dieses unpersönliche Sie lassen,
ich heiße Clarissa. Und zweitens wollte ich meinen Lippenstift
nachziehen und meine Haare richten, bevor ich dich das erste
Mal küsse. Ja, du hast mir schon gefallen, als wir uns in der
Gerichtsmedizin getroffen haben. Dann habe ich mich er-
kundigt, ob du eine Freundin hast, aber das scheint nicht der
Fall zu sein."

Hessberger bewunderte diese Gradlinigkeit und dass sie sich
einfach holte, was sie wollte. Das hätte er mit Sina auch machen sollen. Vielleicht war es wirklich mal wieder an der Zeit,
ein neues Kapitel aufzuschlagen. Schon bei den beiden jungen
Frauen im Swinger-Club wäre er fast schwach geworden. Im
selben Moment hatte er auch schon seine Entscheidung getroffen. Er wollte die Nacht mit Clarissa verbringen, auch
wenn er sie im Prinzip nicht kannte.

Sie schien seine Gedanken lesen zu können, denn plötzlich
stand sie auf und fing an, die Knöpfe ihrer Bluse zu öffnen.

Diese Nacht würde Hessberger nicht so schnell vergessen,
denn erst am frühen Morgen kam er dazu, ein wenig zu schlafen.

Um zehn Uhr wurde er langsam wach und wollte aufstehen,
um die Frühstücksbrötchen zu holen, aber da zogen ihn zwei

Arme wieder zurück ins Bett und so musste die erste Mahlzeit des Tages notgedrungen verschoben werden.

Gegen Mittag war Adi dann nicht mehr im Bett zu halten, denn heute spielte sein OFC gegen Stadtallendorf.

Clarissa konnte es nicht fassen. „Das ist doch nicht dein Ernst? Du willst lieber zu einem unterklassigen Fußballspiel als weiter mit mir hier im Bett zu bleiben?"

Adi schaute sie kurz an. „Stimmt genau!"

Er verschwand unter der Dusche. Kurze Zeit später erschien er in Jeans und Kickers-Trikot. Er küsste sie zum Abschied auf den Mund. „Wenn du gehst, zieh einfach die Tür hinter dir zu." Und schon war er weg.

Eine gefühlte Ewigkeit später saß Frau Dr. Clarissa Wegner immer noch gänzlich unbekleidet mit offenem Mund auf Hessbergers Bett. Das hatte bisher noch kein Mann mit ihr gemacht. Und doch musste sie lächeln über diesen Kerl, der so wirklich ganz nach ihrem Geschmack war. Da sie nichts Besonderes vorhatte, beschloss sie, in die Gerichtsmedizin zu fahren, um die verschiedenen DNA-Proben durch die Datenbank zu jagen. Vielleicht lieferten sie einen entscheidenden Hinweis auf den Mörder. Sie stellte sich kurz unter die Dusche und kramte dann aus Adis Kleiderschrank ein T-Shirt heraus, das sie sich überzog. Mit einem Lächeln auf den Lippen verließ sie die Wohnung. Beinahe wäre sie vor der Haustür mit dem Fahrer eines dunklen Geländewagens zusammengestoßen, der etwas Schweres aus seinem Kofferraum bugsierte.

Samstag, 30.03.19, Stadion

Heute, beim Spiel gegen den Tabellenletzten, musste auf jeden Fall ein Sieg her. Es war eigentlich nur noch die Frage, wie hoch der Sieg ausfallen würde. Die Fans waren bester Stimmung und voller Vorfreude auf das kommende Schützenfest.

Hessberger schwamm noch auf der Euphoriewelle der letzten Nacht. Clarissa war schon eine tolle Frau. Es war das erste Mal seit vielen Monaten, dass er nicht an Sina gedacht hatte. Doch jetzt musste er sich auf das Spiel konzentrieren, denn im Block 2 wurde nicht rumgestanden und geschwätzt, sondern angefeuert und gesungen.

Es stellte sich schnell heraus, dass Stadtallendorf nicht bereit war, bei dem OFC-Konzept Schützenfest mitzumachen. Nach siebzehn Minuten passierte es und der OFC lag 0:1 zurück. Doch die 4.594 Zuschauer peitschten ihren Verein nach vorne, und das mit Erfolg, denn nur ein paar Minuten später erzielte der neue Publikumsliebling Moritz Reinhard den Ausgleich. Durch den Stadionlautsprecher tönte es laut zur Ankündigung des Torjubel-Rituals: „Tor für den OFC. Torschütze mit der Nummer 30, Moritz Reinhard – Moritz Reinhard – Moritz Reinhard. Damit haben wir einen neuen Spielstand: OFC eins – Stadtallendorf – null."

Im Verlauf des Spiels hatte der OFC noch einige Chancen, um das Spiel zu gewinnen, aber es sollte einfach nicht sein.

Adi Hessberger ging nach dem Spiel direkt zum Fan-Museum, um dort noch ein paar Biere zu trinken. Mit Thorsten Franke schimpfte er eine ganze Weile über die schlechte Chancenverwertung und das Dilemma, dass es wieder nichts werden würde mit dem Aufstieg. So langsam füllten sich die Plätze im Innenhof und immer mehr Fans kamen vorbei, um noch gemütlich etwas zu trinken.

Als Hessberger sich auf den Heimweg machte, war es schon nach zwanzig Uhr. Er lief die Aschaffenburger entlang, bis rechter Hand das Stadion lag, dann ging er auf ein paar kleinen Schleichwegen durch den Waldpark. Von nun an ging es nur noch bergab. Er musste noch die stark befahrene Rhönstraße überqueren und dann war er fast schon zu Hause. Die Haustür wurde vom Hausmeister immer erst um 21 Uhr abgeschlossen und so brauchte er keinen Schlüssel, um hineinzukommen. Als er die Treppe erklommen hatte, sah er, dass seine Wohnungstür nur angelehnt war.

Ob Clarissa noch da war? Oder hatte sie die Tür vielleicht nicht richtig zugezogen? Wohl kaum, denn welche Frau würde riskieren, dass nicht richtig abgeschlossen war? Schon gar nicht in so unsicheren Zeiten.

Vorsichtig bewegte er sich durch den Flur. Hier war niemand zu sehen, auch im Bad und der Küche Fehlanzeige. Genauso wie in seinem Schlafzimmer. Leider auch keine Spur von Clarissa. Blieb bloß noch sein Wohnzimmer. Er ging hinein und schaute dabei direkt auf seinen Wohnzimmersessel – dort saß jemand. Ihm wurde schwindelig und er musste sich an einer Kommode festhalten, um nicht das Gleichgewicht zu verlieren. Ein Schrei kam aus seinem Mund und hallte durch die ganze Etage.

*

Clarissa hatte den Tag in der Gerichtsmedizin verbracht und dabei eine erstaunliche Entdeckung gemacht. Die Tests hatten tatsächlich zu einem Ergebnis geführt, auch wenn es am Ende noch einige Fragezeichen gab. Diese Resultate wollte sie unbedingt mit Adi besprechen.

Als sie bei Adi ankam, war die Haustür noch offen und sie wollte ihn lieber oben in seiner Wohnung überraschen, als zu klingeln.

Auf der Treppe hörte sie plötzlich einen furchtbaren Schrei. Sie rannte hoch, so schnell sie konnte, fand Adis Wohnungstür offen und ihn selbst im Durchgang zum Wohnzimmer, erstarrt auf etwas blickend, das sie nicht sehen konnte.

Sie schob ihn vorsichtig zur Seite und schaute direkt in die gebrochenen Augen des Gerichtsmediziners Dr. Horst Pelzer.

Hessberger regte sich noch immer nicht. Clarissa schob den paralysierten Kommissar auf einen Stuhl. Dann ging sie zu Pelzer und fühlte sicherheitshalber seinen Puls, aber nach einer kurzen Sichtung war ihr klar, dass er schon länger als zehn Stunden tot sein musste.

Kurz danach traf Rüdiger Salzmann ein, den Clarissa sofort informiert hatte. Er kam noch vor der Spurensicherung, und stand fassungslos vor der Leiche des langjährigen Weggefährten. „Mensch, Adi, das ist ja wirklich, als ob jemand unser Team auslöschen will."

Pelzer hatte etwas in der Hand. Es war ein weißer Umschlag ohne jede Beschriftung. Darin steckte eine gelbe Karte, auf der Folgendes zu lesen stand:

* GRUSS AUS DEM JENSEITS *

Die Spurensicherung und Clarissa Wegner stimmten überein, dass der Tatort nicht mit dem Fundort der Leiche identisch war. Man hatte Fasern am Körper von Pelzer gefunden, die darauf hindeuteten, dass er in einen Teppich eingewickelt transportiert worden war. Bei der ersten Untersuchung konnte nur festgestellt werden, dass der Tod durch einen Stich in die Lunge eingetreten war. Als die Spurensicherung anfing, den Sessel zu untersuchen, hatte Hessberger den Vorschlag gemacht, dass sie das Möbel mitnehmen könnten, und er machte deutlich, dass er es nicht wiederhaben wollte. Nachdem die aufgebrochene Haustür auf Fingerabdrücke untersucht worden war, kam der Hausmeister um eine Notreparatur vorzunehmen.

Während sich die Wohnung langsam leerte, setzten sich Adi, Viola, die inzwischen auch vor Ort war, Rüdiger und

Clarissa in die Küche. Alle waren geschockt und voller Trauer wegen des Todes ihres Freundes und Kollegen. Eine ganze Weile saßen sie nur schweigend da und ließen die Jahre mit Hotte Revue passieren.

„Ich habe dazu noch einen wichtigen Hinweis", sagte Clarissa. „Heute habe ich den ganzen Tag DNA-Spuren abgeglichen. Leider waren die Proben teilweise verunreinigt, aber ich konnte eine hohe Übereinstimmung der Spermaspuren des Vergewaltigers von Selina Djukovic mit einer in der Datenbank befindlichen Person feststellen. Es handelt sich dabei um Dr. Denk, unseren Schiedsrichter-Serienmörder. Die anderen Spermaspuren waren nicht im Körper der Toten, sondern auf ihrem Körper, deshalb ordne ich sie der Veranstaltung im Swinger-Club zu. Wahrscheinlich können wir die erst mal vernachlässigen."

„Dann lebt Denk also tatsächlich noch!", rief Hessberger ungläubig.

„Vielleicht sollten wir Dr. Weiß zu diesem Thema befragen", meinte Salzmann, wofür er einen bösen Blick von Hessberger erntete. Schnell ruderte er zurück: „Auf jeden Fall sollten wir am Montag in einer großen Runde besprechen, wie wir mit den neuen Informationen umgehen und was davon der Presse mitgeteilt werden kann."

Salzmann und Dembowski machten sich auf den Heimweg, um wenigstens den Rest des Wochenendes zum Ausruhen zu nutzen. Clarissa stand noch eine Weile mit Adi zusammen, bis er fragte: „Bleibst du heute Nacht hier?"

Natürlich hatte sie das vorgehabt, aber die Umstände machten es nicht gerade einfach. „Ich würde gerne bleiben, aber ich kann nicht mit dir schlafen, wenn ich daran denken muss, dass im Nebenzimmer bis eben noch ein Toter gelegen hat. Ein wenig abgebrüht sollte man als Gerichtsmedizinerin schon sein, aber das hier ist ehrlich gesagt zu krass für meine Nerven." Sie küsste ihn auf den Mund und verließ die Wohnung.

Die plötzliche Stille wirkte beklemmend auf ihn. Dieser Wahnsinn musste ein Ende haben, schon so viele gute Menschen hatten ihr Leben verloren. Aber er wollte sich nicht einschüchtern lassen und schon gar nicht von demjenigen, der praktisch sein Leben zerstört hatte. Er würde sich voll auf den Fall konzentrieren und vor allem auf seinen Instinkt verlassen. Irgendwo musste Dr. Denk Unterschlupf gefunden haben. Um die Opfer zu entführen, brauchte er ein Fahrzeug und natürlich eine Wohnung. Wohin ging er, um Essen zu kaufen, und wie konnte er dabei unbeobachtet bleiben?

„Du kannst dich nicht ewig vor mir verstecken", murmelte er vor sich hin. „Ich kann dich förmlich spüren und ich werde dir immer dichter auf den Pelz rücken und dann wirst du für alles büßen."

ACHTUNDZWANZIG

Montag, 1.04.19, Haus von Dr. Weiß

Sina Fröhlich fühlte sich gerädert. Die Umgebung nahm sie wie durch einen leichten Nebel wahr und es schien, als ob alle Geräusche irgendwie verzögert zu ihr vordrangen. Auf ihrem Arm klebte ein Pflaster und außerdem hatte sie Abdrücke am Handgelenk, die aussahen, als wäre sie gefesselt gewesen. Beim Aufstehen überkam sie ein so starkes Schwindelgefühl, dass sie sich gleich wieder hinlegte. Ein paar Stunden später ging es ihr etwas besser und sie beschloss, einen Kaffee zu trinken. Neben dem Bett lag ein Zettel.

Hallo Liebling, ich bin im Revier und gegen 17.00 Uhr wieder zurück. Du hattest einen Schwächeanfall, deshalb habe ich dir ein kreislaufstärkendes Mittel gegeben. Ruh dich einfach ein wenig aus. Liebe Grüße, Dein Matthias

Sina konnte sich einfach nicht erinnern, was gestern passiert war. Oder war es gar nicht gestern gewesen? Auf der Suche nach einem Mittel gegen ihre Kopfschmerzen durchsuchte sie den gesamten Medikamentenschrank. Etwas versteckt fand sie eine Packung, auf der „Rohypnol" stand. Irgendetwas klingelte in ihrem Hinterkopf bei diesem Namen, aber sie kam nicht darauf, in welchem Zusammenhang sie ihn schon mal gehört hatte. Schließlich fand sie ein paar Aspirin, die dafür sorgten, dass es ihr langsam besser ging.

Nach einer heißen Dusche und einer starken Tasse Kaffee kamen ihre Lebensgeister allmählich zurück. Sie nahm noch mal den Zettel von Matthias zur Hand und las mehrfach die ersten Worte: „Hallo Liebling". Das Wort Liebling löste ein unbehagliches Gefühl in ihr aus, aber sie wusste nicht, warum. Aus Neugier fing sie an, seinen Schreibtisch zu durchsuchen. In einer der Schubladen fand sie einen USB-Stick mit einem Aufkleber, auf dem SINA zu lesen war. Mit zitternden Fingern fuhr sie den Computer hoch – zum Glück war er nicht passwortgeschützt – und steckte den Stick ein. Unzählige Nacktfotos waren dort gespeichert. Dem Auge des Betrachters blieb darauf nichts verborgen. Bruchstückhaft kreisten die Erinnerungen in ihrem Kopf, aber es passte einfach nichts zusammen. Hatte Matthias diese Fotos von ihr gemacht? Warum hatte sie dem zugestimmt? Sie konnte kaum glauben, dass diese Fotos freiwillig entstanden waren. Sie musste unbedingt mit Matthias darüber sprechen. Auch wenn er sauer sein würde, dass sie seinen Schreibtisch durchsucht hatte, sie wollte Gewissheit haben.

Spontan kam ihr die Idee, mit dem Taxi zum Krankenhaus zu fahren. Sie erinnerte sich, dass die Ärzte dort noch die eine oder andere Nachuntersuchung vornehmen wollten.

Die Schwestern freuten sich, Sina wiederzusehen, schließlich hatte sie etliche Monate dort verbracht. Eine der Schwestern konnte sich kaum zügeln vor Neugier. „Ich fand es total romantisch, dass Ihr Freund jeden Tag an Ihrem Bett gesessen und Ihnen alle Dinge erzählt hat, die ihm den ganzen Tag über passiert sind. Sie müssen doch jetzt total glücklich mit ihm sein."

„Es ist nicht so leicht, glücklich zu sein, wenn einem noch die Erinnerungen fehlen. Im Prinzip ist er mir noch sehr fremd und wir werden einfach noch mehr Zeit brauchen, um uns aneinander zu gewöhnen", antwortete Sina.

Dann kam auch schon der Arzt und begrüßte sie freundlich. Nachdem sie eine Weile über die Fortschritte ihrer Genesung gesprochen hatten, wurde sie eingehend untersucht und im Anschluss zur Blutabnahme geschickt. Die Ergebnisse würden in ein paar Tagen vorliegen, Sina hinterließ die Telefonnummer von Dr. Weiß und verließ die Klinik. Ihr Handyvertrag war während der Zeit im Krankenhaus abgelaufen und jetzt musste sie sich unbedingt darum kümmern. Die frische Luft tat ihr richtig gut und so machte sie noch einen ausgiebigen Spaziergang, bevor es Zeit für den Heimweg wurde.

Als sie die Haustür aufschloss, kam ihr Matthias schon mit einem vorwurfsvollen „Wo warst du?" entgegen.

Instinktiv verschwieg sie ihm den Krankenhausbesuch und sagte stattdessen: „Ich brauchte einfach mal ein bisschen frische Luft, weil ich etwas sehr Verstörendes gefunden habe." Sie berichtete ihm kleinlaut, dass sie im Schreibtisch den Stick mit den Nacktaufnahmen gefunden hätte, und schaute ihn fragend an.

„Ich wollte eigentlich noch etwas warten, bis ich dir die ganze Geschichte mit allen Einzelheiten erzähle, aber jetzt scheint mir doch der geeignete Zeitpunkt zu sein. Du hast mich ja schon mehrfach gefragt, woher diese Tätowierung kommt und bisher habe ich dich vertröstet, auch um dich zu schützen, aber jetzt ist es Zeit für die Wahrheit."

Matthias berichtete ihr von den Ereignissen, die vor vielen Monaten stattgefunden hatten. Wie Sina den Serienmörder Dr. Olaf Denk mittels einer Pressekonferenz beleidigt und aus der Reserve gelockt hatte. Er sprach von den eindringlichen Warnungen seinerseits, die Sina komplett ignoriert hätte. Die logische Folge sei gewesen, dass Sina das Opfer eines brutalen Überfalls wurde. Sina wurde betäubt und der Serienmörder tätowierte ihr eine Botschaft auf den Körper. Im Anschluss fotografierte er Sina nackt und in allen erdenklichen Positionen und lud diese Fotos auf einschlägige Internetportale hoch. „Ja, mein Schatz, und diese Fotos habe ich von unserem jetzt verschwundenen Polizeichef, Klaus Peter Thalbach, erhalten, um mit ihrer Hilfe ein Profil des Täters zu erstellen. Ich wollte nicht, dass im Präsidium jemand Zugriff auf diese Aufnahmen hat, deshalb habe ich sie mit nach Hause genommen."

Sina war natürlich nicht froh darüber, was damals geschehen war, aber ihre Zweifel gegenüber Matthias waren ausgeräumt. Sie gab ihm unvermittelt einen Kuss.

„Wofür war der?"

„Dafür, dass du dich im Krankenhaus so rührend um mich gekümmert hast", sagte Sina.

„Ach, du erinnerst dich also langsam wieder?"

Jetzt hatte sie sich tatsächlich verplappert. „Nein, aber in meinen Träumen kommst du immer wieder als strahlender Held ins Krankenhaus geritten, um mich zu retten."

Matthias runzelte die Stirn und dachte darüber nach, wie er auf diese Veränderungen am besten reagieren sollte. „Weißt du, mein Liebling, wir sollten jetzt noch bei einer leckeren Tasse Tee versuchen, weitere Fragmente aus deiner Vergangenheit zurückzuholen. Ich glaube, du bist langsam so weit, mit der kompletten Aufarbeitung zu beginnen." Er ging in die Küche, um Tee aufzusetzen. Während das Wasser zu kochen begann, wusch er sich im Bad die Hände. Auf dem Rückweg in die Küche hatte er ein kleines Fläschchen in der Hand. Er nahm zwei Beutel mit Früchtetee aus dem Schrank, füllte zwei große Tassen mit heißem Wasser und fügte die Teebeutel hinzu. In eine der Tassen träufelte er ein paar Tropfen Rohypnol und trug die Tassen zu Sina ins Wohnzimmer.

Nachdem sie ein paar Schlucke getrunken hatte, begannen die Tropfen langsam zu wirken. Dr. Weiß verstaute das Fläschchen wieder im Medikamentenschränkchen und holte stattdessen eine Einwegspritze, ein Desinfektionstuch und eine Packung mit der Aufschrift Midazolam heraus. Er desinfizierte die Armbeuge der betäubten Sina und spritzte ihr das Mittel. Dabei hatte er ein böses Grinsen im Gesicht. „Es ist wirklich schade, dass du dich an nichts mehr erinnern wirst, aber wir wollen doch nicht Gefahr laufen, dass du dich möglicherweise an Adi Hessberger erinnerst, in den du sehr verliebt warst – oder an unseren Streit, als ich dich ins Bett kriegen wollte. Nein, mein Schatz – das wollen wir nun wirklich nicht."

NEUNUNDZWANZIG

Montag, 1.04.19, Polizeipräsidium

Der Besprechungsraum platzte aus allen Nähten. Zusätzlich zum normalen Team, bestehend aus Salzmann, Dembowski und Hessberger, waren auch die neue Gerichtsmedizinerin Clarissa Wegner, Polizeipsychologe Matthias Weiß, mehrere Beamte aus Friedberg, Frankfurt und Seligenstadt sowie Vertreter der polizeiinternen Presseabteilung im Raum.

Hessberger skizzierte die Ereignisse der letzten Tage und fasste die traurigen Resultate zusammen. Die Überschrift seines kurzen Vortrags lautete: „Serienmörder Dr. Olaf Denk ist zurück."

Inzwischen war die Zahl der bisherigen Opfer deutlich angestiegen. Auf einem Flipchart waren sie aufgelistet:

Pensionsbetreiberin Walburga Steiner

KK Bilal Demirkan

KK Peter Nolte

Selina Djukovic

Gerichtsmediziner Dr. Jürgen Kramer

Gerichtsmediziner Dr. Horst Pelzer

Hinzu kamen die vier Opfer, die bei der Massenpanik am Wilhelmsplatz ums Leben gekommen waren, und der entführte Polizeirat, Klaus Peter Thalbach. Hessberger hatte keinerlei Hoffnung, ihn lebend wiederzusehen. Wenn man davon ausging, dass diese Befürchtung zutraf, handelte es sich um insgesamt elf Tote. Hessberger mochte gar nicht darüber nachdenken, das ganze Thema fallübergreifend zu betrachten, denn dann müssten auch noch die ermordeten Schiedsrichter und sonstigen Mordopfer des Serientäters hinzugerechnet werden. So etwas hatten die Ermittler aus Offenbach, Friedberg und Seligenstadt noch nicht erlebt.

„Mittlerweile", begann Hessberger seinen Vortrag, „haben wir einige neue Fakten:

1. Der wichtigste Aspekt ist die Tatsache, dass Dr. Denk noch am Leben ist.

2. Dr. Denk hat seine Arbeitsweise geändert: Während er anfangs seine Opfer durch einen Stich in die Lunge getötet hatte, variiert er jetzt.

3. Die Vergewaltigung unserer Kollegin Selina Djukovic deutet darauf hin, dass er neue Grenzen überschreitet.

4. Auch die Entführungen von Nolte, Pelzer und Thalbach passen nicht in sein bisheriges Handeln.

5. Aufgrund der bisherigen Tatorte gehen wir davon aus, dass er seinen Standort in einem Radius von 30 Kilometern hat."

Bei der folgenden Diskussion war vor allem die Frage, was man der Presse mitteilen sollte, höchst umstritten. Ein Teil der Beamten sprach sich dafür aus, die Journalisten vorerst nicht mit der ganzen Wahrheit zu konfrontieren, während der andere Teil lieber mit offenen Karten spielen wollte.

Viola Dembowski meldete sich zu Wort: „Ich finde, wir sollten den Medien alle verfügbaren Informationen zukommen lassen. Wir wissen, wie Olaf Denk aussieht beziehungsweise wie er letztes Jahr aussah. Das ist viel mehr, als wir bei sonstigen Mordfällen haben. Die Bilder müssen in allen Zeitungen zu sehen sein, um ihn damit aus seiner Deckung zu locken. Vielleicht finden wir so Zeugen, die uns Hinweise zu seinem Verbleib geben können. Es muss doch Vermieter oder Nachbarn geben, die vielleicht etwas gesehen haben. Außerdem können wir nur mit einer totalen Nachrichtenoffensive die Bevölkerung warnen. Tun wir das nicht und es passiert etwas, dann haben wir viel mehr Stress als mit der Tatsache, dass wir als unfähig gelten, weil uns Denk damals entkam."

Was sie sagte, hatte auf jeden Fall Hand und Fuß, das musste man ihr lassen. Da meldete sich Salzmann zu Wort. „Ich stimme Viola in allen Punkten zu, aber es würde mich doch interessieren, wie Ihre Meinung als Psychologe ist, Herr Dr. Weiß."

Bisher hatte dieser kein einziges Wort gesagt, was sehr untypisch war. Adi hatte das Gefühl, dass Weiß sich absichtlich zurückhielt, vielleicht wollte er nicht die Aufmerksamkeit auf sich ziehen. „Auch ich stimme Frau Dembowski zu, wir haben nichts zu verlieren. Denk ist komplett außer Kontrolle geraten. Es ist schon eine große Hemmschwelle zu töten, aber Polizisten zu entführen, umzubringen oder wie im Fall von Selina Djukovic zu vergewaltigen, das ist noch ein ganz anderes Level. Wir müssen davon ausgehen, dass er vor nichts zurückschreckt. Er wird weiter morden, bis wir ihn stoppen."

„Mal was anderes, können Sie uns sagen, wie es Sina geht? Wir haben länger nichts mehr von ihr gehört und fragen uns natürlich, ob ihr Gedächtnis wieder zurückkommt und ob sie in absehbarer Zeit wieder ihren Dienst antreten kann?" Salzmann sprach aus, was Adi in dieser Runde niemals zu fragen gewagt hätte.

„Frau Fröhlich ist auf dem Wege der Besserung und ganz langsam wird sie sich auch wieder an zurückliegende Dinge erinnern können. Im Prinzip sind die letzten 24 Monate betroffen. Wir können von Glück sagen, dass nicht ihre komplette Vergangenheit ausgelöscht ist. Ich konfrontiere sie jeden Tag mit kleinen Begebenheiten, wie zum Beispiel dem Fakt, dass Herr Hessberger fast jeden Tag an ihrem Krankenbett saß, oder ich erzähle ihr von den Ermittlungen gegen Dr. Denk."

Adi hätte dem Typ am liebsten eine in die Fresse gehauen, so wütend war er. Da machte er doch tatsächlich einen auf scheinheilig. Erst hatte er Sina mit einem linken Trick für sich gewonnen und jetzt kam diese barmherzige Tour.

*

Nach dem Meeting wurden im engeren Kreis die Presseberichte abgestimmt. Sie erschienen am Mittwoch und in den Wochenendausgaben sowie in allen Online-Medien, um eine möglichst hohe Streuung zu erreichen. Bereits nach vier Tagen waren 150 Hinweise aus der Bevölkerung bei der Polizei eingegangen. Leider entpuppten sich die meisten als irrelevant. Aufgrund der vielen Arbeit musste Hessberger diesmal auf die Auswärtsfahrt mit seinem OFC verzichten. Doch er ließ es sich nicht nehmen, ab 14 Uhr auf das Fanradio zu schalten. Diesmal wurden im Livestream sogar bewegte Bilder von der Partie Steinbach gegen den OFC gezeigt und so konnte er wenigstens ein paar Eindrücke gewinnen.

Lars Kissner, der Verantwortliche des Fanradios, war wieder von Anfang an empfänglich für einen Treffer der Kickers und der Fußball, der gezeigt wurde, war durchaus ansehnlich. Die Führung von Offenbach in der 37. Minute, wieder mal durch Moritz Reinhard, war vollkommen gerechtfertigt, doch leider glichen die Gastgeber in der zweiten Hälfte aus. Das Spiel war bis zum Schlusspfiff hart umkämpft und am Ende mussten sich beide Mannschaften mit der Punkteteilung zufriedengeben.

Hessberger hörte sich noch kurz die Interviews an, bevor er sich wieder an die Bearbeitung der eingegangenen Hinweise machte.

*

Sina Fröhlich lebte in einem Dauerzustand zwischen Vergessen und Erinnern. Mal glaubte sie, an die Vergangenheit anknüpfen zu können, am nächsten Tag waren ihre Gedanken wieder in einen undurchdringlichen Nebel eingebettet. Auf dem Weg zur Toilette hörte sie das Telefon klingeln, aber sie fühlte sich zu schwach, wieder ins Schlafzimmer zurückzulaufen. Wichtige Anrufe erwartete sie sowieso nicht, das hatte Zeit bis später.

Als Sina aus dem Bad zurückkam, dachte sie schon längst nicht mehr an den Anruf. Sie war viel zu müde, legte sich wieder ins Bett und fiel in eine Art Wachtraum. Immer wieder erschien ihr ein Gesicht und sie konnte sich dunkel erinnern, dass es das ihres Chefs war. Warum nur träumte sie von ihm?

*

Dr. Weiß, der das Klingeln gehört hatte, ging zum Telefon. Er rechnete seit Längerem mit einem Anruf von Hessberger, aber der verhielt sich seltsamerweise total ruhig. Jemand hatte auf den Anrufbeantworter gesprochen. Es war eine Schwester aus dem Krankenhaus, die ihr die Ergebnisse der Blutabnahme mitteilen wollte und gleichzeitig einen kurzfristigen Termin vorschlug. Weiß war bedient. Da war das Luder doch heimlich im Krankenhaus gewesen. Wahrscheinlich erinnerte sie sich inzwischen an mehr, als sie zugab. Na ja, dachte er, jetzt auf jeden Fall nicht mehr. Er löschte die Sprachnachricht.

Dr. Weiß entschloss sich zudem, die Gabe von Medikamenten vorerst einzustellen. Er wollte sich nicht der Gefahr aussetzen, dass man ihm am Ende nachweisen konnte, er habe Sina medikamentös daran gehindert, sich wieder zu erinnern. Bis jetzt war sein Plan wunderbar aufgegangen, es fehlte nur noch ein Teil zur Erfüllung.

„Aber im Prinzip", dachte er, „kommt ja auch immer das Beste zum Schluss."

DREISSIG

Montag, 8.04.19, Polizeipräsidium

Hessberger war froh, dass es übers Wochenende keine weiteren Verluste zu beklagen gab. Er empfand es als krass, dass er sich über solche Dinge Gedanken machen musste. Vor ein paar Minuten hatte Clarissa ihn angerufen, weil ihr plötzlich etwas eingefallen war. Sie erzählte ihm, dass sie morgens beim Verlassen seiner Wohnung fast mit einem SUV-Fahrer zusammengestoßen war, der etwas Großes, Unförmiges aus seinem Kofferraum gehoben hatte. Im Nachhinein konnte sie sich vorstellen, dem Serienmörder begegnet zu sein. Leider erinnerte sie sich nur an einen schwarzen Geländewagen und daran, dass der Fahrer eine große Rolle oder einen Teppich geschleppt hatte, die ihn fast vollständig verdeckte, sodass sie keinerlei Beschreibung abgeben konnte. In der Aufregung, als sie in die Wohnung kam und Adi mit dem toten Pelzer vorfand, hatte sie diesen Vorfall total vergessen.

Die Fahndung nach dem SUV wurde sofort eingeleitet. Mehrere Hinweise gingen im Präsidium ein, doch leider hatte niemand auf das Kennzeichen geachtet. Immerhin konnte die ungefähre Zeit ermittelt werden, in der das Fahrzeug vor Hessbergers Wohnung parkte. Laut Zeugenaussagen zwischen 14.30 und 15 Uhr.

So langsam fügten sich die Puzzleteile zusammen. Jede noch so kleine Information konnte helfen, Dr. Denk zu finden. Hessberger holte Viola und Rüdiger in sein Büro, um das Vorgehen zu besprechen. Rüdiger wollte sich noch mal in dem Swinger-Club umsehen, was aber erst in den frühen Abendstunden Sinn machte, und Viola sollte ihn begleiten. Vielleicht war den Gästen, die bisher noch nicht befragt werden konnten, etwas aufgefallen, was ihnen helfen würde. Außerdem war die vom Inhaber übergebene Gästekartei lückenhaft. So mancher Gast hatte es wohl mit den Personalien nicht so genau genommen. Jetzt hofften sie, über den Club-Betreiber weitere Informationen zu erhalten.

Hessberger hatte sich entschlossen, alle Unterlagen über Dr. Denk noch einmal zu sichten. Im Anschluss wollte er ins Krankenhaus fahren, um vielleicht durch ehemalige Kollegen des Mörders weitere Hinweise zu erhalten.

Hessberger schaute seine beiden Kollegen eindringlich an. „Passt auf euch auf und macht notfalls von der Waffe Gebrauch. Dieser Denk schreckt vor nichts zurück, was er leider mehrfach eindrucksvoll unter Beweis gestellt hat."

Gegen 17 Uhr fuhren Salzmann und Dembowski durch den Feierabendverkehr Richtung Seligenstadt. Sie brauchten über eine Stunde, um zu ihrem Ziel zu gelangen. Diesmal standen nur ein paar Fahrzeuge vor dem Haus, was sicher daran lag, dass die meisten Gäste des Etablissements erst zu einem späteren Zeitpunkt eintreffen würden.

Die Eingangstür war verschlossen und erst nach mehrmaligem Klingeln wurde aufgemacht. An der Tür stand ein junger Mann, um die 30 Jahre alt, dessen Gesicht seltsam künstlich wirkte. Bei näherem Hinsehen konnte man viele kleine Narben erkennen, die sich über das gesamte Gesicht zogen. Sein Lächeln wirkte freundlich, als er fragte, was er für sie tun könne.

„Wir sind von der Kriminalpolizei in Offenbach. Und wer sind Sie?" Salzmann zückte seinen Dienstausweis und hielt ihn dem jungen Mann vor die Nase.

„Ich bin der Sohn des Hauses."

„Ach so, okay. Wir möchten Ihre Gäste zu einer ehemaligen Besucherin des Clubs befragen."

Ohne weitere Diskussion ließ der Mann sie hinein und zeigte auf den Weg, der zur Treppe führte. „Ich denke, Sie finden den Weg auch ohne mich. Wissen Sie, diese Art von Partys liegt mir überhaupt nicht." Er verabschiedete sich und verschwand hinter einer der Türen.

*

Als sie den Vorhang beiseiteschoben, verstummten die beiden. Es schien, als beträten sie eine andere Welt. Viola betrachtete die Szenerie mit skeptischem Blick. Es waren vielleicht 30 Personen zu sehen, von denen niemand sie beachtete, so sehr waren alle in ihre Aktivitäten vertieft. Viola, die bisher nicht allzu viele Erfahrungen auf diesem Gebiet gesammelt hatte, war verblüfft, mit welcher Selbstverständlichkeit sich mehrere Männer eine Frau teilten, während sich eine Gruppe Frauen nur umeinander kümmerte. Das, was Viola als ganz intimes Erlebnis kannte, wurde hier sozusagen auf offener Bühne praktiziert und niemand schien sich darum zu scheren, wie viele dabei zusahen. Viola war fasziniert und abgestoßen zugleich. Sie hatte keine Ahnung, wie man sich hier auf ein Gespräch konzentrieren sollte. Gleichzeitig erschien es ihr sehr problematisch, dass man nicht wusste, wen genau man vor sich hatte. Aber es half alles nichts, sie mussten langsam in die Gänge kommen, wenn sie vor Mitternacht wieder zu Hause sein wollten.

Taktvoll warteten die Beamten, bis eine Gruppe eine Pause einlegte. Salzmann sprach sie an. Es handelte sich um zwei Männer und zwei Frauen. Den vieren schien es nichts auszumachen, hüllenlos mit den Beamten zu sprechen. Viola forderte sie aber auf, sich wenigstens mit einem Handtuch oder einem Bademantel zu bekleiden. Die beiden Beamten nahmen die Personalien auf und befragten die vier zu besonderen Vorkommnissen im Club, zu Selina Djukovic und zu verdächtigen Personen.

Einer der Männer, der sich als Geschäftsführer einer Einzelhandelskette zu erkennen gab, konnte sich nicht vorstellen, dass der Täter im Bereich der Gäste zu finden sei. „Warum sollte einer der Clubbesucher eine Frau vergewaltigen, wo er doch hier jede haben kann? Die Frauen machen hier alles mit – Dinge, die Sie sich überhaupt nicht vorstellen können, und das auch noch freiwillig. Das macht aus meiner Sicht überhaupt keinen Sinn. Wenn Sie aber trotzdem innerhalb dieses Kreises nach Ihrem Täter suchen, dann sind wir alle verdächtig. Ich habe mehrmals das Vergnügen mit der jungen Frau gehabt und fast alle Männer und die meisten Frauen auch. Ich bin sogar der festen Überzeugung, dass sie mit jedem Mann in unserer Gruppe schon sexuellen Kontakt hatte. Sie war wahnsinnig experimentierfreudig und hatte immer neue Ideen."

Gegen 22 Uhr verließen die beiden den Club mit vielen Eindrücken. Auf dem Rückweg zu ihrem Parkplatz kreisten Rüdigers Gedanken um die Aussage des Clubgasts. „Er hat recht, Viola, die Männer bekommen von den Frauen jeden Wunsch erfüllt, teilweise von mehreren gleichzeitig, warum sollte einer von ihnen der Vergewaltiger sein? Das erscheint mir wenig glaubwürdig. Vielleicht hat der Täter ihr außerhalb des Clubs aufgelauert. Was wäre, wenn er sie schon öfter beobachtet und nur auf eine geeignete Gelegenheit gewartet hat? Das Problem ist nur: Wie kommen wir ihm auf die Spur? Vielleicht sollten wir dem Inhaber und allen seinen Gästen ein Bild von Denk zeigen. Womöglich ist er sogar ein Stammgast."

EINUNDDREISSIG

Dienstag, 9.04.19, Gewölbekeller

Polizeirat Klaus Peter Thalbach war seit ein paar Tagen viel klarer im Kopf als in den letzten Wochen. Möglicherweise hatte sein Entführer das Betäubungsmittel verringert, damit er sein Ende deutlicher wahrnehmen konnte. Als ihm plötzlich jemand zur Hilfe kam, dachte er zuerst, es würde sich um einen Traum handeln, doch dann erkannte er Dr. Pelzer, der versuchte, seine Fesseln zu lösen. Als Thalbach gerade anfing, ein wenig Hoffnung zu schöpfen, wurde diese durch Pelzers markerschütternden Schrei und sein schmerzverzerrtes Gesicht jäh zerstört. Der Gerichtsmediziner fiel direkt über ihn, sodass Thalbach den Vorteil der gelockerten Fesseln nicht nutzen konnte. Bevor er überhaupt reagieren konnte, hatte Denk den sterbenden Gerichtsmediziner zur Seite gerollt und Thalbachs Fesseln wieder festgezogen.

Thalbach war fassungslos, als er erkannte, wer ihn schon so lange gefangen hielt. „Ich dachte Sie wären schon längst tot. Warum halten Sie mich hier fest? Wollen Sie ein Lösegeld erpressen?"

Doch Denk ließ ihn eiskalt auflaufen: „Leider ist jetzt nicht die Zeit für Fragen, sondern es wird Zeit, ein wenig mit Ihren Kollegen zu spielen. Ich habe da auch schon eine nette Idee. Wenn Sie versprechen, ruhig zu bleiben, wird es auch überhaupt nicht weh tun. Als Arzt habe ich natürlich die Pflicht, meinen Patienten über die nächsten Schritte aufzuklären, und das will ich nun gerne tun. Ich werde Ihnen ohne Narkose einen Daumen amputieren und weil ich Sie natürlich in die Entscheidung einbinden möchte, dürfen Sie mir sagen, welchen."

Thalbach fing an zu zittern und flehte Denk an, das nicht zu tun, aber der schaute ihn nur mit eiskalten Augen an. „Rechts oder links?"

Mittwoch, 10.04.19, Polizeipräsidium

Hessberger hatte am Dienstag noch mit Salzmann und Dembowski über die Erkenntnisse bei der Befragung im Swinger-Club diskutiert. Sie waren alle drei der Meinung, dass es eher unwahrscheinlich wäre, den Täter unter den Besuchern zu finden, zumal Dr. Denk bisher weder von den Gästen noch dem Inhaber auf den Fotos erkannt worden war. Anschließend gingen sie einigen neuen Hinweisen bezüglich verdächtiger schwarzer SUVs nach, aber anscheinend gab es einfach zu viele von diesen Fahrzeugen. Deshalb hatten sie ein weiteres Treffen für den heutigen Mittwoch anberaumt.

Während die drei zusammensaßen, klopfte die neue Mitarbeiterin für den Postempfang an die Bürotür und rief ihnen zu: „Ein Expresspaket für Sie, Herr Kommissar. Es wurde schon auf Sprengstoff untersucht."

„Kannst du es bitte aufmachen?", bat Hessberger Viola. „Aber sei vorsichtig!"

Viola öffnete das Paket und griff vorsichtig hinein, um den Inhalt herauszuholen.

Hessberger konnte sie gerade noch auffangen, als sie ohnmächtig zu Boden sank.

*

Zwei Stunden später stand Adi Hessberger mit dem Karton im gerichtsmedizinischen Institut bei seiner Freundin Clarissa. Irgendwie war die Situation zwischen ihnen ein wenig angespannt. Adi wusste nicht, ob er sie küssen oder umarmen sollte. Ihre Hand schütteln kam aber schon gar nicht infrage. Also stellte er sich einfach vor sie und sagte zur Begrüßung: „Na, wie geht's?"

Clarissa ging es wahrscheinlich ähnlich, denn sie erwiderte nur: „Hast du mir ein Geschenk mitgebracht?"

Hessberger kam ohne Umschweife zur Sache. „Wir haben dieses Paket heute per Expresspost zugestellt bekommen. Frau Dembowski hat es während unseres Meetings geöffnet und ist dabei in Ohnmacht gefallen."

Clarissa nahm es an sich und schaute hinein. In durchsichtige Plastikfolie eingewickelt lag darin ein menschlicher Daumen. Sie ging zu ihrem Obduktionstisch, zog sich sterile Handschuhe an und entfernte vorsichtig die Plastikfolie. Dann sprach sie vor sich hin, als würde sie den Autopsiebericht diktieren: „Es handelt sich um einen menschlichen Daumen der linken Hand. Größe und Behaarung weisen eindeutig darauf hin, dass es der Finger eines Mannes ist. Die fachmännische Entfernung des Fingers erfolgte durch eine Amputation, die von einem Chirurgen durchgeführt wurde. Aufgrund des Zustands würde ich sagen, dass seit der Amputation höchstens ein Zeitraum von ein bis zwei Tagen vergangen ist." Dann schaute sie Hessberger direkt an. „Mehr kann ich dir aktuell noch nicht sagen. Wir werden einen DNA-Test durchführen, vielleicht haben wir ja jemanden in der Datei, der passt. Aber wie ich dich kenne, hast du schon eine Ahnung, wessen Finger das sein könnte."

Hessberger schluckte. „Ich hoffe sehr, dass ich Unrecht habe, aber wahrscheinlich ist das der Daumen von Polizeirat Thalbach. Haben wir die Mitarbeiter unseres Präsidiums auch im Computer?"

Clarissa nickte und sagte ihm zu, die Ergebnisse schnellstmöglich zu liefern.

Hessberger verabschiedete sich. Im Gehen drehte er sich noch einmal um. „Hast du Lust, mit mir heute Abend eine Pizza essen zu gehen?"

Sie kam auf ihn zu, küsste ihn auf den Mund und sagte: „Ich dachte schon, du fragst mich nie."

*

Nachmittags gegen 16 Uhr klingelte Hessbergers Handy. Es war eine der Schwestern aus dem Krankenhaus, die Sina monatelang betreut hatte. „Ich mache mir ein wenig Sorgen um Frau Fröhlich. Wir hatten sie zur Untersuchung hier und haben unter anderem Blut abgenommen. Mehrfach haben wir ihr schon auf Band gesprochen, dass sie zur Besprechung ins Klinikum kommen soll, aber sie meldet sich einfach nicht."

Hessberger spürte, dass irgendetwas nicht stimmte, und deshalb stellte er trotz des Arztgeheimnisses seine Frage: „Gab es denn Probleme bezüglich der Untersuchungsergebnisse?"

„Leider darf ich Ihnen darüber keine Auskunft geben, sonst könnte ich meinen Job verlieren, aber es wäre wirklich gut, wenn Frau Fröhlich sich melden würde."

Er gab sich einen Ruck und holte seine Autoschlüssel, um mit Sina zu reden. Nachdem er in der Nähe des Hauses von Dr. Weiß einen Parkplatz gefunden hatte, blieb er noch eine ganze Weile sitzen. Die letzten Begegnungen mit Sina gingen ihm durch den Kopf.

Dann raffte er sich auf, stieg aus und drückte auf die Klingel. Doch auch nach mehrmaligem Läuten öffnete niemand die Tür. Er merkte nicht, dass sich ein Vorhang im Haus bewegte, als er enttäuscht zu seinem Fahrzeug zurückging.

*

Gegen 20.30 Uhr klingelte es bei Hessberger. Clarissa konnte man echt gebrauchen, da hatte sie doch tatsächlich ein paar Flaschen von Adis Lieblingsbier mitgebracht. Sie hatten sich umentschieden: Statt essen zu gehen, hatte Adi zwei Pizzen in den Ofen geschoben. Clarissa wollte zwar nicht die gute Stimmung verderben, aber Adi musste es einfach erfahren: „Der abgetrennte Daumen ist leider, wie du befürchtet hast, von Polizeirat Thalbach. Ich hoffe nicht, dass der Serienmörder uns deinen Chef jetzt scheibchenweise zusendet."

Hessbergers Schreck hielt sich in Grenzen, denn er hatte sich schon im Vorfeld mit diesem Gedanken vertraut gemacht. „Was will er uns damit beweisen? Soll es eine Machtdemonstration sein oder will er uns einfach in Angst und Schrecken versetzen? Ich mag mir gar nicht ausmalen, wie es Thalbach geht. Er weiß garantiert, dass ihn sein Entführer nicht laufen lassen wird. Und jetzt wurde ihm auch noch der Daumen amputiert. Was wird das Nächste sein? Das einzig Positive ist die Tatsache, dass Thalbach offenbar immer noch am Leben ist oder zumindest vor Kurzem noch am Leben war."

Clarissa trank noch einen letzten Schluck Bier, stand auf und ging Richtung Schlafzimmer. Unterwegs ließ sie ein Kleidungsstück nach dem anderen fallen und ohne sich umzudrehen, wusste sie genau, dass Adi ihr folgen würde.

ZWEIUNDDREISSIG

Donnerstag, 11.04.19, Haus von Dr. Weiß

Sina war so benommen, dass sie es am Vortag nicht schnell genug zur Tür geschafft hatte, als Adi Hessberger klingelte. Sie konnte nur noch am Fenster hinterherschauen, als er zu seinem Auto ging. Es war seltsam, tagsüber und auch nachts hatte sie Traumphasen, in denen er eine zentrale Rolle spielte. Als sie auf den Anrufbeantworter schaute, fand sie eine nicht abgehörte Nachricht. Es war das Krankenhaus, offenbar hatte man schon mehrfach versucht, sie zu erreichen. Heute fühlte sie sich einigermaßen gut und so beschloss sie, direkt dort hinzugehen, denn inzwischen hatte sie den immer stärker werdenden Verdacht, dass Dr. Weiß sie unter Drogen setzte. Noch immer war sie ein wenig wacklig auf den Beinen, aber die frische Luft tat ihr gut.

Im Krankenhaus musste sie nur einige Minuten warten, bis ein Arzt kam, der mit ihr die Ergebnisse besprechen wollte. „Frau Fröhlich, wir haben in Ihrem Blut eine erhöhte Konzentration von Midazolam festgestellt. Dieses Mittel führt unter anderem zu Gedächtnisverlust. Wie können Sie ohne ärztliche Anweisung ein solches Medikament einnehmen? Es ist komplett kontraproduktiv, wenn Sie Ihre Erinnerungen zurückgewinnen wollen."

„Ich weiß nichts von einem solchen Mittel. Alles, was ich einnehme, bekomme ich direkt von meinem Freund, Dr. Weiß."

Der Arzt bot ihr sofort an, die Polizei einzuschalten, aber Sina wollte dieser Sache lieber selber auf den Grund gehen. Ziemlich verstört ging sie durch den Flur, als sie von einer Schwester angesprochen wurde. „Hallo Frau Fröhlich, schön, Sie mal wiederzusehen. Richten Sie bitte ganz liebe Grüße an Kriminalkommissar Hessberger aus. Wie liebevoll der sich in den ganzen Monaten, während Sie im Koma lagen, um Sie

123

gekümmert hat, das war schon rührend für uns alle." Bevor Sina antworten konnte, war die Schwester schon wieder verschwunden.

Hatte Dr. Weiß sie die ganze Zeit belogen? Und sie hatte seine Lügen geglaubt! Auf dem Rückweg dachte sie darüber nach, wie sie mit diesen Informationen umgehen sollte. Der nächste Schritt war klar: alle Sachen packen und so schnell und so weit wie möglich weg von diesem Mistkerl.

*

Im Haus wartete Matthias Weiß schon auf sie. Sina ging wie eine Furie auf ihn los und schrie allen Frust heraus, der in ihr steckte.

Doch Weiß leugnete nicht einmal, dass er die ganze Zeit gelogen hatte. Stattdessen kam er auf sie zu, drückte etwas gegen ihre Seite und Sina spürte plötzlich einen gewaltigen Schlag, der durch ihren ganzen Körper dröhnte, bevor sie das Bewusstsein verlor.

Als sie wieder aufwachte, steckte sie in einer Art Zwangsjacke, festgebunden auf ihrem Bett. Eine Verletzung spürte sie nicht, wahrscheinlich hatte er sie mit einem Stromstoß außer Gefecht gesetzt. Ihr Mund war zugeklebt und die Augen waren verbunden. Die Panik, nicht mehr genug Luft zu kriegen, breitete sich in ihrem Körper aus. Durch eine spezielle Atemtechnik versuchte sie, wieder ein wenig Kontrolle über ihren Körper zu erlangen. Nur der Gedanke an Hessberger hielt sie davon ab, total durchzudrehen. Was hatte der Arme bloß durchmachen müssen. Noch fehlten ihr die richtigen Erinnerungen, aber dennoch verband sie mit ihm ein sehr positives Gefühl. Aber vielleicht war sowieso alles schon bald zu Ende, denn Dr. Weiß hatte deutlich eine Grenze überschritten.

Freitag, 12.04.19, Gewölbekeller von Dr. Denk

Polizeirat Klaus Peter Thalbach konnte nicht mehr aufhören zu schreien, dann fiel er in Ohnmacht. Als er wieder erwachte, hatte er einen hysterischen Anfall. Sein Entführer hatte ihm mit einem Skalpell den linken Daumen abgeschnitten, und das ohne jede Betäubung.

Denk musterte ihn geringschätzig: „Halten Sie still, damit ich Sie neu verbinden kann, wir wollen ja noch ein wenig Spaß miteinander haben. Und wenn Sie nicht artig sind, bringen Sie mich vielleicht auf ganz andere Ideen."

Thalbach biss die Zähne zusammen und blieb still. Sein Todesurteil war schon unterschrieben, nur noch nicht vollstreckt. Er hoffte, dass es schnell vorbei sein möge. Er hatte wahnsinnige Schmerzen und litt sehr unter der ständigen Einsamkeit. An das Metallbett gekettet, sah er keinerlei Möglichkeit, sein Schicksal zu beeinflussen, sonst hätte er seinem Leben selbst ein Ende bereitet. In der gesamten Zeit, die er in diesem Keller verbrachte, hatte es nur einen einzigen Hoffnungsschimmer gegeben, den Moment, als Dr. Pelzer versucht hatte, ihn zu befreien. Was danach mit Pelzer geschehen war, hatte ihm bewusst gemacht, dass er sich mit dem Tod abzufinden hatte.

„Heute haben Ihre Kollegen übrigens endlich mal wieder ein Lebenszeichen von ihrem Chef erhalten, lieber Herr Thalbach. Ich wäre wirklich gern dabei gewesen, als Hessberger das Paket mit Ihrem Daumen aufgemacht hat. Vielleicht mache ich mir den Spaß und schicke Sie scheibchenweise ins Revier. Was halten Sie davon, wenn Sie selbst entscheiden dürfen, welcher Körperteil als nächstes dran ist? Wir haben ja noch eine Menge Vorrat: zehn Zehen, neun Finger, je zwei Augen und Ohren, zwei Hände, Füße, ich glaube, da gibt es noch einiges zu tun. Alternativ hätte ich noch eine ganz tolle Idee, die Ihnen sicher gut gefallen wird. Er öffnete den Hosenknopf und den Reißverschluss von Thalbachs Jeans. Dann zog er ihm die Unterhose herunter, umfasste mit einer Hand sein Geschlechtsteil und mit der anderen sein Skalpell.

Thalbach schrie vor Schmerzen, als Dr. Denk ihm brutal die Hoden zusammenquetschte. Dann ließ sein Peiniger von dem Häufchen Elend ab und sagte: „Glück gehabt. Deine Männlichkeit wird dir noch ein wenig erhalten bleiben. Aber im Gegenzug scheint mir der kleine Finger der linken Hand kein großes Opfer zu sein."

Thalbachs Schreie hallten durch den Keller, als Denk sein Skalpell nahm und ihm den Finger abtrennte.

Denk packte das Stück Fleisch in eine Tüte und steckte sie in ein vorbereitetes Kuvert. Dann verband er den verbliebenen Stummel und sang: „Neun kleine Fingerlein, wer hätte das gedacht. Einer muss zu Adi hin, da warens nur noch acht!" Danach verließ er den Keller und machte sich auf den Weg, seine Grüße an das Polizeipräsidium Südosthessen zu versenden.

DREIUNDDREISSIG

Samstag, 13.04.19, OFC gegen Mannheim

Hessberger fieberte dem Spitzenspiel der Regionalliga Südwest schon seit Wochen entgegen. Natürlich gab es kaum noch Chancen, den Aufstieg zu erreichen, aber zumindest sollte heute ein Sieg her. Das schlimmste Szenario für einen Offenbach-Fan war, dass Waldhof in Offenbach den endgültigen Aufstieg klarmachen würde. Mehr als 4.000 Gäste aus Mannheim wurden erwartet, dazu noch etwa 7.000 Offenbacher.

Als Hessberger an diesem Morgen zu seiner Reinigung in der Bismarckstraße fuhr, war schon überall eine große Polizeipräsenz zu beobachten. Die Bieberer Straße war in beide Richtungen nur teilweise befahrbar und Hessberger brauchte für etwa einen Kilometer mehr als eine Stunde. Während der ganzen Fahrt ärgerte er sich, dass er nicht zu Fuß gegangen war. Über ihm kreisten die Hubschrauber, rechts und links standen die Polizeifahrzeuge und vor ihm staute sich eine Blechlawine. Dieser Tag fing ja schon mal sensationell an.

Als er endlich wieder zu Hause war, hatte er gerade noch Zeit, sein Trikot anzuziehen, dann musste er schon los auf ein schnelles Bier bei Elke vorm Anpfiff. In der Kickers-Hochburg standen schon viele Fans und tranken ihr Bierchen. Die Stimmung war sehr gut, alle Fans hofften auf einen Sieg. Dann ging es auf die andere Straßenseite Richtung Block 2. Die Ordner waren angewiesen, jeden Besucher genaustens zu untersuchen. Im Block 2 ging es etwas enger zu als sonst und auf der Gästetribüne, wo sich bei anderen Spielen höchstens zwanzig bis dreißig Fans aufhielten, stand eine komplette Mannheimer Wand. Schätzungsweise 4.500 Menschen hatten den Weg nach Offenbach gefunden. Beide Fanlager hatten noch nie viel füreinander übrig gehabt und das konnte man den Gesängen deutlich entnehmen.

Trotz der Rivalität war das Spiel in keiner Phase unfair. Aus Sicht der Kickers konnte man es am besten als glücklos bezeichnen. Immerhin wirkte es so, als wollten die Kickers-Spieler an allen Toren beteiligt sein: Während sie manche gute Torchance vergaben, leisteten sie auf der anderen Seite bei den Waldhofer Toren Schützenhilfe.

Nach dem Sieg des Gegners musste auch Hessberger schweren Herzens eingestehen, dass Waldhof im Spielaufbau einen deutlichen Vorsprung gehabt hatte. Zusätzlich hatten einige Offenbacher Spieler es nicht geschafft, ihr Potenzial auszuschöpfen. Am Ende unterlag man null zu vier und Hessberger versuchte es mit Galgenhumor, als er zu seinem Kumpel sagte, dass der Sieg wohl um vier Tore zu hoch ausgefallen sei. Danach ging er bei Rosi noch ein Bier gegen den bitteren Beigeschmack trinken, aber so richtig schmecken wollte es ihm nicht.

Auf dem Heimweg stellte er fest, dass er einige Anrufe in Abwesenheit erhalten hatte, weil sein Handy auf lautlos gestellt war. Er hasste es, bei OFC-Spielen gestört zu werden, schaute sich nun die Liste an und blieb an einer Nachricht hängen – es war die Nummer von Dr. Weiß. Wahrscheinlich hatte Sina angerufen. Was sie wohl von ihm wollte? Er überlegte hin und her, ob er sie zurückrufen sollte, aber so langsam kam er sich richtig blöd vor, weil er immer noch so krass unter der Situation litt. Und wollte er wirklich immer wieder mit negativen Dingen konfrontiert werden? Diese Frage hatte er sich schon viel zu oft gestellt und wenn er ehrlich war, war es das Beste, für immer mit dem Thema Sina abzuschließen. Kurz vor seiner Haustür entschied er sich aus einem Bauchgefühl heraus um und wählte die Nummer.

Samstag, 13.04.19, Haus von Dr. Weiß

Sina befand sich schon seit zwei Tagen in einer Art Dämmer-zustand. Ab und zu ging Dr. Weiß zu ihr und gab ihr etwas zu trinken oder spritzte ihr das bewährte Mittel in die Armbeuge.

Dr. Weiß hatte Hessbergers Anruf unterbrochen und schaltete das Telefon nun ganz aus. An diesem Wochenende sollte sein Plan endlich in die Tat umgesetzt werden. Die Mittel, die er injiziert hatte, waren so bemessen, dass Sina alles mitbekommen würde, aber nicht in der Lage war, sich gegen ihn zu wehren. Natürlich hätte er sie nehmen können, während sie fast bewusstlos war, aber das hätte ihm keinen Spaß bereitet. Er hatte eine komplette Kameraausrüstung aufgebaut, um seinen Triumph auch in bewegten Bildern festzuhalten. Seinem ersten selbst gedrehten Pornofilm würde niemand, auch Sina nicht, ansehen, dass irgendetwas unfreiwillig passiert war. Die Krönung war aber ein anderes Detail, das alles andere bei Weitem in den Schatten stellen würde. Wenn alles genau so ablief, wie er es geplant hatte, würde er heute ein Kind mit Sina zeugen und dann würde sie nichts mehr trennen können. Im Anschluss würde Weiß ihr wieder sein Lieblingsmedikament spritzen und mit der Zeit wäre ihr Gedächtnis endlich für immer gelöscht. Niemals würde sie erfahren, dass er eigentlich ihr Leben zerstört hatte, ganz im Gegenteil – sie wäre wahrscheinlich dankbar für alles, was er getan hatte.

Nun war es an der Zeit, die ersten Vorbereitungen zu treffen. Sina kam so langsam in den Zustand, der ihm das gewünschte Vergnügen bringen würde. Er befreite sie von den Fesseln, die jetzt nicht mehr nötig waren, und legte ihr einige Dessous aufs Bett.

„Zieh das an", forderte er sie auf.

Ohne erkennbare Regung zog sie sich aus und schlüpfte hinein.

„Leg dich in die Mitte des Bettes!", war seine nächste Ansage. Dann schaute er durch die verschiedenen Kameras, um die optimale Einstellung zu finden.

*

Als er nach dreimaligem Klingeln weggedrückt wurde, war Hessberger schwer enttäuscht. Irgendwie hatte er ein ungutes Gefühl, denn als er es wieder versuchte, hörte er nur das Besetztzeichen. Er entschloss sich, ein Taxi zu rufen, um sich nachher keine Vorwürfe machen zu müssen, dass er nicht alles versucht hatte, Sina wieder für sich zu gewinnen.

In diesem Moment klingelte sein Handy. Es war Clarissa. „Hallo Adi, ich bin schon bei dir in der Wohnung. Ich gehe jetzt mal schnell unter die Dusche und dann warte ich auf dich, bitte komm, so schnell du kannst."

Hessberger war hin- und hergerissen. Doch dann traf er eine Entscheidung.

*

Bei Dr. Weiß klingelte es Sturm. Dann trat Hessberger wutentbrannt die Tür ein und schob den im Gang stehenden Weiß einfach zur Seite. Er rannte durch das Haus, direkt ins Schlafzimmer, und erfasste sofort, dass Sina aussah, als stünde sie unter Drogen. Auf dem Nachttisch lagen Medikamente und eine Spritze. Um das Bett herum waren Kameras aufgebaut und ohne, dass man es Hessberger lange erklären musste, ahnte er, was hier vorging.

Dr. Weiß stürzte sich auf ihn und das war der größte Gefallen, den er ihm tun konnte. Adi erwischte es im Gesicht, aber dann war er nicht mehr zu bändigen und prügelte wie wild auf den Psychologen ein. Er hörte den Kiefer knirschen, als er seine Faust gegen das Kinn von Dr. Weiß donnerte. Er brach ihm mindestens zwei bis drei Rippen, bevor sein nächster

130

Treffer die Nase seines Gegners zerschmetterte. Plötzlich zerrten zwei starke Arme den völlig außer Rand und Band geratenen Kommissar von Dr. Weiß weg. „Es ist gut, Adi, er hat genug", hörte er die Stimme seines Kollegen.

Da er nicht wusste, was ihn bei Weiß erwarten würde, hatte er wohlweislich Salzmann informiert.

Hessberger atmete tief durch und wandte sich Sina zu. Sie sah atemberaubend aus, gleichzeitig war aber klar, dass sie ihn nicht erkannte.

Salzmann hatte bereits den Rettungswagen angefordert und kümmerte sich um den stöhnenden Psychologen. Es hatte ihn ziemlich böse erwischt. Der Krankenwagen bremste direkt vor der Tür.

Der Arzt, der Sina versorgte, kam anschließend zu Hessberger und sagte: „Die Frau steht auf jeden Fall unter Drogen, und das garantiert nicht freiwillig. Sie wurde schon seit Tagen gefesselt. Mein Kollege sagte mir, dass dieser Dr. Weiß böse zugerichtet wurde, waren Sie das? Wenn ja, dann scheint es auf jeden Fall Notwehr gewesen zu sein, denn Sie haben auch ganz schön was abbekommen. Ich werde vorsichtshalber ein Foto von Ihnen machen, um zu dokumentieren, dass Sie auch verletzt waren. Möchten Sie zur Behandlung mit ins Krankenhaus fahren?"

„Nein", antwortete Hesseberger. „Aber ich würde gern bei Sina Fröhlich bleiben, wenn das möglich ist."

„Wir müssen viele Untersuchungen vornehmen und wahrscheinlich wird es auf einen schnellen Entzug hinauslaufen. Wie die Frau aussieht, wurde sie schon seit längerer Zeit unter Drogen gesetzt. Tun Sie sich selbst einen Gefallen und gehen Sie nach Hause."

In diesem Moment drang Rüdigers Stimme zu ihm durch. „Dieses verdammte Arschloch. Er hat unsere Sina tatsächlich mit Medikamenten gefügig gemacht. Und wenn du wieder einigermaßen vorzeigbar bist, dann komm ins Präsidium. Dort werden wir die Straftatbestände gegen Dr. Weiß aufnehmen. Wer hätte gedacht, dass ich jemals Freude daran hätte, einen aus dem eigenen Team in den Knast zu bringen?"

*

Als Hessberger seine Wohnungstür öffnete, roch er sofort den Duft von Clarissas Parfum. Mein Gott, die hatte er total vergessen! Sie lag auf seinem Bett und schlief. Doch Hessberger hatte keinen Blick für Clarissas Körper, denn in seinem Kopf gab es nur ein Bild, und das war Sinas Gesicht.

In diesem Moment erwachte Clarissa und schmiegte sich an ihn. „Wo warst du denn die ganze Zeit?"

Hessberger erzählte ihr, was sich zugetragen hatte.

Traurig hörte Clarissa ihm zu, denn eines war ihr sofort klar geworden: Adi liebte diese Sina immer noch, er hatte nie aufgehört, sie zu lieben. Dabei hätte es durchaus etwas werden können mit Adi und ihr. Er war genau der Mann nach ihrem Geschmack, nur leider gehörte sein Herz einer anderen.

Samstag, 13.04.19, Präsidium

Rüdiger Salzmann hatte schon angefangen, die Vergehen von Dr. Weiß zusammenzufassen: Entführung, Nötigung, Freiheitsberaubung, Körperverletzung, Verstoß gegen das Betäubungsmittelgesetz oder Missbrauch von Schutzbefohlenen. Diese Straftaten fielen ihm als Erstes ein. Nach der Befragung von Sina würde wahrscheinlich noch die eine oder andere hinzukommen. Vorsorglich hatte er einen Beamten zur Bewachung von Weiß abgestellt. Nach dessen Erstversorgung im Krankenhaus sollte er sofort in Untersuchungshaft kommen.

Als Adi Hessberger endlich im Büro auftauchte, philosophierten sie noch lange darüber, was passiert wäre, wenn er nicht dazugekommen wäre. Die Kameras, die Betäubungsmittel und Sina willenlos in erotischer Wäsche, all das sprach eine eindeutige Sprache. Bei der ersten Untersuchung konnten die Ärzte eine Vergewaltigung ausschließen. Da die Medikamente auf dem Nachttisch gefunden worden waren, konnten schnell Gegenmaßnahmen eingeleitet werden. Sina würde aber auf jeden Fall mindestens eine Woche im Krankenhaus bleiben müssen.

„Wir müssen dafür sorgen, dass dieser Dreckskerl so lange wie möglich hinter Gittern landet", meinte Salzmann, als er das Protokoll fertig geschrieben hatte.

„Von mir aus am liebsten lebenslänglich", erwiderte Adi.

„Das wär zwar schön, aber ich glaub nicht dran. Er kann sich sicher einen guten Rechtsanwalt leisten und was dann rauskommt, steht in den Sternen."

Hessberger mochte sich gar nicht vorstellen, dass dieser Dreckskerl möglicherweise wieder frei herumlaufen würde. Das musste unbedingt verhindert werden.

VIERUNDDREISSIG

Montag, 15.04.19, Seligenstadt

Viola Dembowski hatte am Vormittag frei und fuhr ziellos durch die Gegend. Es war wie verhext, ihre Logik und ihr strategisches Denken blieben auf der Strecke, wenn sie an Adi dachte. Sie wollte ihm unbedingt beweisen, dass sie ein vollwertiges Teammitglied war. Wenn sie jetzt etwas herausfinden würde, das bisher niemandem aufgefallen war, wäre ihr Idol sicher wahnsinnig stolz auf sie. Genauso sicher war die Tatsache, dass Hessberger sie umbringen würde, wenn er wüsste, dass sie auf eigene Faust losging, um sich noch mal in Seligenstadt umzuschauen, besonders im Umfeld des Fundorts von Selina Djukovic. Nachdem sie angekommen war, setzte sie sich auf eine Bank in der Nähe der Fähre und ließ ihre Blicke schweifen. Die Sonnenstrahlen sorgten für ein frühlingshaftes Umfeld und doch hatte Viola ständig die tote Kollegin vor Augen. Egal wie sie die Tatsachen betrachtete, der Swinger-Club stand im Zentrum des Ganzen. Hier musste sie ansetzen, um die Vergewaltigung und den anschließenden Mord aufklären zu können. Da war einmal die räumliche Nähe und dann noch diese Verbindung zwischen den ausgelebten Fantasien von Selina und der brutalen Vergewaltigung. Das Milieu des Clubs passte einfach zu gut zu der Art des Verbrechens. Ein Instinkt sagte ihr, dass es in diesem Club einige gescheiterte Existenzen gab. Sie beschloss, die Strecke zwischen Club und Fähre zuerst mit dem Auto abzufahren und dann den ganzen Weg noch mal zu Fuß abzulaufen. Möglicherweise gab es sogar einen Schleichweg von dort zur Fähre. Wenn der Tatort der Club war – was lag näher, als die Leiche anschließend am Main zu entsorgen? Jedenfalls musste sie auch noch mal mit dem Veranstalter und Hausbesitzer sprechen.

Sie legte die Strecke mit dem Auto in weniger als zehn Minuten zurück. Dann stellte sie ihr Fahrzeug ab und machte sich zu Fuß auf den Weg. Ein unbestimmtes Gefühl veranlasste sie, sich umzudrehen. Auf einmal schienen sich kaum noch Leute auf diesem etwas abgelegenen Weg zu befinden. Sie blieb stehen und lauschte, aber ihr Herz klopfte so laut, dass es ihr unmöglich war, weitere Geräusche wahrzunehmen. Sie ging weiter, nur deutlich schneller als vorher, und blieb absichtlich abrupt stehen. Bis auf das Geräusch von zwei turtelnden Tauben war es still. Plötzlich hörte sie in ihrer unmittelbaren Nähe das Knacken eines Asts. Der Angstschweiß lief ihr in Bächen den Rücken hinunter. Sie holte ihr Handy heraus, überlegte, wen sie anrufen sollte, und rief laut: „Ist da jemand?"

In diesem Moment kam eine Gestalt auf sie zu und sagte: „Entschuldigung, ich wollte Sie nicht erschrecken, aber Sie sind doch von der Polizei aus Offenbach?"

Viola Dembowski war erleichtert. Sie steckte ihr Handy wieder in die Tasche und wollte ihm die Hand schütteln, als sie plötzlich einen wahnsinnigen Schmerz spürte. Strom jagte durch ihren Körper.

Montag, 15.04.19, Polizeipräsidium

Adi Hessberger wurde ein wenig unruhig, denn mittlerweile hätte seine Kollegin längst im Präsidium sein müssen. Es gefiel ihm überhaupt nicht, dass sie auch auf dem Handy nicht erreichbar war.

Rüdiger versuchte, ihn zu beruhigen. „Sie wird bei diesem tollen Wetter ein wenig draußen sein. Das sollten wir auch tun. Komm, lass uns noch ein Bier trinken gehen, und dann probieren wir noch mal, Viola zu erreichen."

„Du hast ja recht, aber nach den Vorkommnissen in den letzten Wochen sehe ich überall nur noch tote Kollegen vor meinen Augen. Dieser Denk hat es auf uns abgesehen und auch wenn ich unseren Polizeipsychologen nicht leiden kann, hat er wahrscheinlich recht mit seiner Annahme: Unser Serientäter wird weiter morden. Wenn ich mir überlege, wie er es anstellt, uns zu verfolgen oder uns aufzulauern, dann bekommt man fast den Eindruck, dass der Kerl überall ist. Ich habe mir mal Gedanken gemacht, wie er es schafft, so schnell vor Ort zu sein, und ich glaube, er hat sein Domizil direkt hier. Er wohnt in Offenbach und wahrscheinlich sogar in der Nähe unseres Reviers. Aber warum ist er bisher niemandem aufgefallen? Er muss sich schließlich Essen und Getränke beschaffen und wenn er seine Opfer erst einmal gefangen hält, braucht er einen schallgedämmten Raum, Keller oder einen alten Bunker. Hier in der Gegend gibt es genug alte Villen, die vielleicht noch über einen Luftschutzkeller verfügen."

Rüdiger schaute ihn fragend an. „Sollen wir tatsächlich anfangen, jedes Haus im Umkreis von drei bis fünf Kilometern zu durchsuchen?"

„Ich glaube, er ist viel näher, als wir ahnen!"

Montag, 15.04.19, Sana-Klinikum

Adi stand eine ganze Weile vor Sinas Tür, bis er den Mut fand hineinzugehen. Plötzlich stand eine Schwester neben ihm und sprach ihn freundlich an. „Hallo Herr Kommissar, das ist aber schön, dass Sie Sina besuchen kommen, ich glaube, sie wird sich sehr freuen."

Sie öffnete die Tür und schob Hessberger ins Zimmer. „Frau Fröhlich, schauen Sie mal, wen ich Ihnen mitgebracht habe."

Sina schien sich wirklich zu freuen und lächelte ihn an.

Nie zuvor war es Adi Hessberger so schwergefallen, sich an ein Krankenbett zu setzen. Er trug Schuldgefühle in sich und wusste nicht, was er sagen sollte. Ein Lächeln, das sich auf Sinas Gesicht abzeichnete, gab ihm Mut.

„Wie geht's?", fragte er zaghaft.

„Wird schon", brachte sie mühsam über die Lippen. Die beiden Worte zeigten ihm, wie anstrengend es für sie war, zu reden. „Ich wollte dir erk..."

„Nicht nötig", unterbrach er sie und legte eine Hand zärtlich auf ihren Arm. „Wir haben Zeit, viel Zeit."

Sie sahen sich lange und schweigend an und seine Gefühle liefen Amok. Sein Bauch signalisierte ihm, dass doch noch alles gut werden würde. Eine leichte Gänsehaut legte sich über seinen Rücken, wenn er daran dachte, was Sina alles durchmachen musste. Aber von jetzt an würde er nicht mehr von ihrer Seite weichen. So wahr ihm Gott und der OFC helfe.

*

Gegen 21.30 Uhr bekam Hessberger einen Anruf von Salzmann, der ihm mitteilte, dass Viola sich immer noch nicht gemeldet hatte. Bei dieser Nachricht schwante ihm Böses. Hessberger war krank vor Sorge.

Obwohl es keinen Hinweis auf ein Verbrechen gab, wurde sofort die Suche nach Viola eingeleitet. Hessberger betete, dass es eine harmlose Erklärung für ihr Verschwinden gab, aber das ungute Gefühl blieb. Gegen 23.30 Uhr wurde die Suche eingestellt, gleich am nächsten Tag sollte sie weitergehen.

Zu Hause lag er eine ganze Weile wach und versuchte sich von seinen schrecklichen Gedanken abzulenken. Er dachte über Clarissa und Sina nach. Die eine zeigte ihm ganz deutlich, dass sie ihn wollte. Bei der anderen musste er im Prinzip wieder von vorne anfangen. Und genau das wollte er. Alle seine Gefühle in einen Neuanfang stecken. Einen Neuanfang mit Sina.

FÜNFUNDDREISSIG

Dienstag, 16.04.19, Hessbergers Wohnung

Das Klingeln hörte gar nicht mehr auf. Hessberger brauchte einige Sekunden, bis er wach genug war, um an sein Handy zu gehen. „Hallo Adi, hier ist Rüdiger, ich hole dich in ein paar Minuten ab. Ich habe eine schlechte Nachricht: Wie es aussieht, wurde Viola gefunden. Tot. Am Seligenstädter Mainufer."

Hessberger legte auf und saß noch einen Augenblick wie versteinert auf seinem Bett. Bitte lass es nicht Viola sein, schickte er ein stummes Gebet nach oben. Er sprang kurz unter die Dusche und zehn Minuten später stand er unten an der Straße und wartete auf seinen Kollegen.

Nach zwei Minuten war Salzmann da und berichtete, dass eine Frau ohne Papiere gefunden worden sei, deren Beschreibung auf Viola passen könnte. Die Kripo Offenbach war verständigt worden, da es sich um denselben Fundort handelte wie bei Selina Djukovic. Salzmann hatte sofort entschieden, gemeinsam mit Hessberger hinzufahren und sich ein Bild zu machen. Beiden war die Anspannung deutlich anzumerken. Es blieb ein kleiner Funke Hoffnung, dass sich ihre Befürchtungen nicht bewahrheiten würden. Doch ihnen war klar, dass diese Chance nur rein theoretisch bestand.

Sie konnten direkt bis zum Wasser fahren, denn der Fährverkehr war aufgrund der Untersuchung des umliegenden Gebiets ausgesetzt worden. Fast an derselben Stelle, an der vor Kurzem Selina Djukovic tot aufgefunden worden war, lag ein Körper, abgedeckt mit einer Plane.

Sie wiesen sich kurz aus und gingen auf die Stelle zu. Als sie angekommen waren, schauten Salzmann und Hessberger sich an. Keiner wollte nachsehen, ob es sich wirklich um Viola handelte. Natürlich waren beide oft dabei, wenn Menschen ihre toten Angehörigen identifizieren mussten, doch diesmal waren sie persönlich involviert.

Hessberger nahm schließlich seinen ganzen Mut zusammen, packte die Abdeckung, riss sie mit einem Schwung zur Seite und schaute direkt in das Gesicht der Toten.

*

Die sympathische Kommissaranwärterin war tot. Hessbergers schlimmste Ängste hatten sich bestätigt. Der Anblick des Mädchens ließ selbst die Hartgesottensten unter den Polizisten erschaudern.

Adi legte die Plane behutsam wieder über seine Kollegin und nickte Salzmann kurz zu. Jetzt wollte er den Mörder nicht mehr nur fangen, er verspürte das dringende Bedürfnis, ihn zu vernichten.

*

Im Präsidium saßen Hessberger und Salzmann im Besprechungsraum und mussten sich eingestehen, dass sie der klägliche Rest ihres Teams waren. Alle anderen Polizisten, die hier arbeiteten, gehörten nicht zur „Familie". Die mittlerweile bundesweite Unterstützung beschleunigte zwar die Auswertungen von Hinweisen, aber es war einfach nicht das Gleiche wie die Zusammenarbeit mit langjährigen Kollegen.

In diesem Moment klopfte es und eine der neuen Empfangsmitarbeiterinnen brachte ein Paket für Hessberger. Inzwischen durchliefen Post- und Paketsendungen mehrere Sicherheitsstufen, bis sie an die Abteilungen weitergeleitet wurden. Die beiden Kollegen sahen sich kurz an. Sie ahnten, dass dieses Paket keine gute Überraschung bringen würde. Salzmann öffnete es vorsichtig und holte einen Plastikbeutel mit einem Aufkleber heraus. Darauf stand zu lesen: „Nur noch acht!"

Ohne jede Analyse wussten beide, dass es sich um einen weiteren Finger ihres entführten Polizeichefs handelte. Wenn man das Tütchen gegen das Licht hielt, war zu erkennen, dass es ein kleiner Finger war. Jetzt bekamen sie tatsächlich ihren Chef stückchenweise zurück.

*

Als Hessberger im Klinikum eintraf, sah Sina schon viel besser aus als bei seinem letzten Besuch. Er begrüßte sie mit einem Küsschen auf die Wange und sie fing gleich an zu erzählen. „Heute war mein erster Hypnose-Termin und die Ärzte sagen, ich würde sehr gut darauf ansprechen."

Hessberger war beeindruckt von ihren Fortschritten. Sie wirkte viel gefestigter und dynamischer. „Ich merke, dass es dir schon viel besser geht."

„Was mich stört, ist die gähnende Langeweile hier. Könnte ich euch nicht ein wenig bei dem Fall unterstützen? Wenn du mir eure Besprechungsprotokolle und die Bilder zusenden könntest, würde ich mir die bisherigen Fakten einmal ansehen, vielleicht fällt mir etwas auf, weil ich einen anderen Blickwinkel darauf habe."

Adi wollte ihr entgegnen, dass so etwas überhaupt nicht infrage käme, doch ihre flehenden Blicke zwangen ihn, über seinen Schatten zu springen. „Also gut, Frau Kommissarin, Sie sind wieder an Bord."

Jetzt war es an Sina, überrascht zu sein, denn sie hatte erheblich mehr Gegenwehr erwartet und die Strategie, die sie sich dafür zurechtgelegt hatte, war nun unnötig. Sie freute sich wahnsinnig darauf, wieder an einem Fall mitarbeiten zu dürfen. Es war tatsächlich schon fast ein Jahr her, dass sie geholfen hatte, Dr. Denk zu fangen, zumindest erzählten ihr das die Kollegen. Und jetzt, bei dem Debüt nach ihrem Koma, spielte der Mann, der sie fast ermordet hatte, erneut die Hauptrolle. Dieser Psychopath hatte ihr die schlimmsten und peinlichsten Momente ihres Lebens verschafft. Die Tätowierung auf ihrem Körper würde sie vielleicht für den Rest ihres Lebens begleiten, dazu kamen die Nacktbilder von ihr, die der Arzt ins Netz gestellt hatte. Wahrscheinlich hatte mittlerweile jeder Kollege, Nachbar oder Bekannte diese Bilder angeschaut. Und wie sie inzwischen durch Adi und Dr. Weiß wusste, obwohl sie sich immer noch nicht daran erinnerte, hatte Denk sie betäubt, in einen Sack gesteckt und über das Geländer der Carl-Ulrich-Brücke in den Main geworfen. Ohne Adi Hessbergers Eingreifen säße sie heute nicht hier. Er hatte sein eigenes Leben riskiert, um sie zu retten. Inzwischen hatten ihr schon so viele Menschen davon erzählt, dass sie nicht mehr genau sagen konnte, ob die fragmentarischen Bilder, die sie davon in ihrem Kopf hatte, ihre eigenen Erinnerungen oder das Resultat dieser Erzählungen waren. Aber egal, woran sie auch dachte, der Name Hessberger kam immer häufiger darin vor.

Mittwoch, 17.04.19, Frankfurt

Heute sollten die ersten Untersuchungsergebnisse zum Tod von Viola Dembowski vorliegen und deshalb wartete das verbliebene Team im gerichtsmedizinischen Institut auf das Auftauchen von Clarissa Wegner. Als sie eintrat ging Adi sofort auf sie zu und drückte sie kurz, um einen peinlichen Moment von vornherein zu vermeiden. Dann standen sie am Untersuchungstisch und die Gerichtsmedizinerin berichtete über ihre Erkenntnisse. „Frau Dembowski erlitt das gleiche Schicksal wie Frau Djukovic. Der Täter hat sie mehrfach auf brutalste Weise vergewaltigt und am Schluss erwürgt. Bei dem Fundort handelt es sich auf jeden Fall nicht um den Tatort, davon können wir mit Sicherheit ausgehen. Die DNA-Tests laufen noch, aber es handelt sich mit ziemlicher Sicherheit um denselben Täter. Frau Dembowski wurde mittels eines Strom-schlags, eventuell durch einen Elektroschocker, außer Ge-fecht gesetzt. Die Vergewaltigungen fanden statt, als sie noch lebte, und erst im Anschluss wurde sie getötet. Der Täter hat einen starken Hang zum Sadismus, weil er Dinge getan hat, über die ich genauso wenig reden möchte wie beim letzten Mord. Ihr könnt das später in meinem Bericht nachlesen. Ich bin leider keine Psychologin, aber dieser Täter empfindet gro-ße Freude daran, anderen Schmerzen zuzufügen."

Nachdem sie sich bei der Gerichtsmedizinerin bedankt hat-ten, fuhren die Kommissare wieder zurück ins Präsidium. Adis Idee, der Täter könne in der Nähe des Reviers wohnen, war damit erst einmal vom Tisch, denn es war jetzt der zweite Mord in Seligenstadt. Irgendetwas mussten sie übersehen haben. Hessberger spürte, wie sich ein Bild in seinem Kopf zusammenfügen wollte, aber noch fehlte ein entscheidender Baustein in diesem Konstrukt.

Mittwoch, 17.04.19, Offenbach

Olaf Denk liebte dieses alte Haus. Es gehörte einer uralten Dame, der Oma von einem Kumpel aus seiner früheren Ju-gendbande. Schon damals im Kinderheim hatten sie einiges auf dem Kerbholz gehabt. Der Freund hatte ihm das Haus für ein paar Monate überlassen, da seine Oma ins Altersheim gezogen war. Der nicht einsehbare Garten, die anonyme Nachbarschaft und vor allem der ehemalige Luftschutzkeller waren für seine Zwecke bestens geeignet. Dazu war die Lage wirklich sensationell, denn bis zu seinem Lieblingsort, dem Polizeipräsidium Südosthessen, waren es nur einige Hundert Meter. Wenn Hessberger etwas mehr Intuition besäße, wüsste er, dass sein personifizierter Albtraum mit ihm praktisch Tür an Tür lebte. Es war ein berauschendes Gefühl, seinem zukünftigen Opfer so nahe zu sein. Deshalb durfte auch nichts mehr schiefgehen.

Jetzt musste er zuerst einmal in den Keller, um Polizeirat Thalbach eine Aufbauspritze zu geben, denn lange würde der nicht mehr durchhalten.

Mittwoch, 17.04.19, Frankfurt

Polizeipsychologe Matthias Weiß konnte es einfach nicht fassen. Da hatte dieser Idiot von Hessberger doch tatsächlich seinen fast wasserdichten Plan über den Haufen geworfen und statt heißer Schlafzimmerspielchen mit Sina saß er jetzt in Untersuchungshaft. Er hatte zum Glück eine Einzelzelle erhalten, aber die Duschen musste er sich mit den anderen Gefangenen teilen. Als er in die Zelle geführt worden war, hatte er sich schon ein paar dumme Sprüche von seinen Mithäftlingen anhören müssen. Blieb nur zu hoffen, dass sein Rechtsanwalt es bald schaffen würde, ihn auf Kaution freizubekommen.

Die Zellentür öffnete sich, denn es war Zeit für die tägliche Körperpflege. Als Weiß die Duschräume betrat, wunderte er sich, dass überhaupt kein Wachpersonal mehr zu sehen war. Außerdem schienen die Gespräche mit einem Mal abrupt aufgehört zu haben. Ein paar wenig vertrauenerweckende Männer kamen mit gewollter Langsamkeit auf ihn zu. „Na Bulle, wie gefällt es dir hier bei uns? Sollen wir dir ein 1-A-Duscherlebnis verpassen?"

Sie waren nur noch zwei Meter von Weiß entfernt und er sah keine Möglichkeit, ihnen zu entkommen. „Ich bin kein Bulle", hört er seine eigene weinerliche Stimme, „nur Polizeipsychologe."

„Hört, hört, ein Psychologe! Dann weißt du ja am besten, wie man sich nach einer Massenvergewaltigung verhalten soll."

Zwei Hände ergriffen ihn, hielten seine Arme fest und drückten seinen Körper auf den Boden. Der Anführer der Gruppe ließ mit einem sadistischen Lächeln sein Handtuch fallen.

*

Adi Hessberger war neugierig auf Sinas Meinung zu dem Fall. Sie hatte bereits angefangen, auf ihrem Notebook die vielen Dateien zu sichten, und man konnte sehen, wie sie durch die Arbeit aufblühte.

„Na, hast du schon was gefunden?", fragte er.

Sina schüttelte den Kopf. „Ein paar Dinge möchte ich mir noch mal in Ruhe durchlesen. Doch da gibt es etwas, was ich mit dir besprechen möchte, und bitte halte mich nicht für übergeschnappt. Als unser Serienmörder sich auf die Schiedsrichter spezialisiert hatte, war uns Matthias Weiß eine große Hilfe und er hat entscheidend zur Auffindung von Dr. Denk beigetragen. Ich persönlich sähe ihn lieber tot als lebendig, aber wenn noch mehr Menschen sterben, dann ist keinem geholfen. Kannst du ihn nicht bitten, uns vom Gefängnis aus zu unterstützen? Vielleicht kommen wir so schneller an den Mörder heran. Bitte, Adi."

Hessberger war hin- und hergerissen. Natürlich hatte sie nicht ganz unrecht, aber auf der anderen Seite wollte er mit diesem intriganten Drecksack nichts mehr zu tun haben. Die minimale Chance, mithilfe des Psychologen den Fall zu lösen, gab dann schlussendlich den Ausschlag für seine Entscheidung.

Er rief Salzmann an, um ihn über diesen ungewöhnlichen Schritt zu informieren, und machte sich auf den Weg in die Justizvollzugsanstalt in Frankfurt.

*

In der Zwischenzeit rief Rüdiger Salzmann in der Direktion des Gefängnisses an, um Hessbergers Kommen anzukündigen. Einer der Vollzugsbeamten machte sich sofort auf den Weg, um den Gefangenen in den Besucherraum zu bringen. Um diese Zeit waren die Insassen beim Duschen und der Beamte fand es ungewöhnlich, dass keiner seiner Kollegen vor den Sanitärräumen stand. Als er in die Dusche hineinschaute, löste er im gleichen Augenblick Alarm aus.

*

Hessberger wurde vom Direktor der Anstalt in Empfang genommen. Dieser teilte ihm mit, es habe einen unliebsamen Zwischenfall gegeben. Mehrere Inhaftierte hätten Dr. Weiß im Duschraum zu vergewaltigen versucht und nur dem beherzten Eingreifen eines Beamten sei es zu verdanken, dass Schlimmeres verhindert werden konnte. Ab jetzt würde Weiß bei jeder Aktion außerhalb seiner Zelle unter Bewachung stehen. Er führte Hessberger in einen abgeschirmten Raum, in dem der sichtlich angeschlagene und von Schlägen gezeichnete Psychologe nervös auf einem Stuhl hin- und herschaukelte.

Adi Hessberger konnte nicht raus aus seiner Haut. „Na Herr Dr. Weiß, haben Sie sich schon ein wenig eingelebt? Wie ich hörte, sind Sie durchaus beliebt bei den Kollegen vor Ort."

Weiß schaute ihn wütend an. „Sie haben keine Ahnung, was hier los ist. Eine Gruppe von brutalen Häftlingen hat versucht, mich zu vergewaltigen. Schauen Sie sich mal die blauen Flecke an!" Er krempelte seine Ärmel nach oben.

Hessberger fixierte ihn mit einem bohrenden Blick. „Dabei ist doch Gewalt gegen andere Menschen eher Ihr Spezialgebiet. Doch ich bin nicht hier, um mit Ihnen zu plaudern, sondern möchte, dass Sie uns helfen, dem Serienmörder auf die Spur zu kommen."

„Warum sollte ausgerechnet ich Ihnen helfen wollen? Schließlich haben Sie mich hierhergebracht. Ich werde jetzt den Wärter rufen und lasse mich in meine Zelle zurückbringen. Sie können Ihren Mörder alleine fangen."

Hessberger stand auf und meinte: „Kein Problem, dann werde ich mich mal wieder ins Revier begeben. Ach, übrigens wollte ich nicht, dass es Ihnen so langweilig wird in Ihrer Einzelzelle, und da habe ich mit dem Direktor ausgemacht, dass Sie gerne auch in eine Gemeinschaftszelle gesteckt werden können. Ein paar Ihrer neuen Mitbewohner haben Sie ja anscheinend schon kennengelernt. Dann wünsche ich Ihnen noch einen schönen Tag und vor allem eine entspannte Nacht."

Bevor Hessberger die Tür erreicht hatte, hörte er Weiß' Stimme: „Okay, okay, ich werde Ihnen helfen. Dann müssen Sie aber dafür sorgen, dass ich in diesem Loch nicht mehr behelligt werde. Können Sie für meine Sicherheit sorgen?"

Hessberger nickte. „Ich werde veranlassen, dass Sie rund um die Uhr bewacht werden, aber auch nur dann, wenn Ihre Unterstützung den Fall voranbringt. Sie bekommen von mir Einblick in alle bisherigen Ermittlungsergebnisse, einen Laptop, allerdings ohne Internet, und zwei Flipcharts. Sobald Sie etwas haben, können Sie mich durch die Gefängnisleitung kontaktieren."

Hessberger machte sich auf den Weg zurück ins Revier. Dabei musste er ein wenig grinsen, denn natürlich hatte er keinerlei Befugnis, den Häftling in eine andere Zelle verlegen zu lassen, schon gar nicht nach einem solchen Vorfall. Wahrscheinlich war das Dr. Weiß wegen seines angegriffenen Nervenkostüms nicht aufgefallen, aber umso besser, denn jetzt würde er sicher alles tun, um die Ermittlungen voranzutreiben.

SECHSUNDDREISSIG

Donnerstag, 18.04.19, Aufenthaltsort von Dr. Denk

Nachdem Denk Polizeirat Thalbach mit einer Spezialspritze versorgt hatte, verließ er die Villa und machte sich auf den Weg, um ein paar Dinge zu besorgen. Mit seiner Perücke und dem falschen Bart sah er so verändert aus, dass selbst seine Mutter ihn nicht erkannt hätte, wäre sie nicht ohnehin längst tot gewesen. Das einzige Problem war sein Hinken. Natürlich hatte er keine Lust, dadurch aufzufallen, und so hatte er vor einem Einkaufsmarkt einen unbeaufsichtigten Rollator mitgehen lassen. Darin konnte er auch wunderbar seine benötigten Utensilien verstauen.

*

Weil er nicht mit der Möglichkeit rechnete, selbst beobachtet zu werden, schaute sich Denk nicht um, andernfalls hätte er vielleicht einen Schatten wahrgenommen, der sich hinter einem Strauch am Eingang des Hauses versteckt hielt.

Als Denk das Gartentor verschloss, huschte der Beobachter zu dem defekten Kellerfenster an der Rückseite des Gebäudes. Nachdem er ein paarmal an dem morschen Rahmen gerüttelt hatte, war die Öffnung groß genug, um hineinzugelangen. Er schlich durch das Haus und schaute sich vorsichtig um, bevor er die Kellertreppe hinunterstieg. Dort stand er vor einer massiven Tür, die mit mehreren Riegeln von außen gesichert war. Vorsichtig schob er einen Riegel nach dem anderen zur Seite. Es war nur ein leichtes Quietschen zu hören. Zaghaft setzte er seinen Weg fort und tastete sich ein paar Meter in das weite Gewölbe hinein, das sich hinter der Tür erstreckte. Es war totenstill und der Eindringling bereute sein Vorhaben inzwischen. Direkt vor ihm stand im Dämmerlicht eine Art Metallbett. Er trat näher heran und schaute in ein ausgemergeltes Gesicht. Genau in diesem Augenblick öffneten sich die Augen des leblosen Körpers. Der heimliche Besucher stieß einen Schrei aus und rannte hinaus. Er verriegelte die Tür und kletterte aus dem Fenster. Erst als er wieder an der frischen Luft war, wagte er, richtig zu atmen. So schnell er konnte, kletterte er über die angrenzende Mauer und verschwand im dichten Gebüsch.

*

Über die Ostertage war es relativ still im Präsidium. Sina war noch immer etwas angeschlagen, aber Adi, der sie jeden Tag besuchte, hatte zumindest das Gefühl, dass sie sich nach und nach an ein paar zurückliegende Dinge erinnern konnte. Am meisten freute es ihn, dass sie bei dem sensationellen Wetter immer wieder ein bis zwei Stunden spazieren gehen konnten.

Am Ostermontag hatte Adi ein Picknick organisiert. Gegen Mittag setzten sie sich mit einer Decke ins Gras und Adi packte alle leckeren Dinge aus, die sich in seinem Korb befanden. Es gab Croissants, Dinkel- und Laugenbrötchen, Marmelade, Nutella, ungarische Salami, Schinken, Fleischsalat, Gurken, Tomaten, Kaffee, Orangensaft, Offenbacher Bier und zum Abschluss einen leckeren Nusskuchen.

Die Zeit verging wie im Fluge und er konnte sich nicht erinnern, wann er zuletzt so glücklich gewesen war. Sie vermieden alle Themen, die mit Sinas Aufenthalt bei Dr. Weiß zusammenhingen, obwohl Adi natürlich viele Fragen durch den Kopf gingen. Doch in Wahrheit hatte er Angst vor den Antworten, die ihm wahrscheinlich überhaupt nicht gefallen würden. Ein weiteres Thema, das sie tunlichst vermieden, war die am nächsten Tag anstehende Beerdigung ihrer Kollegin Viola Dembowski.

Dienstag, 23.04.19, Neuer Friedhof

Zur Beerdigung von Viola waren viele Kollegen und Freunde auf den Offenbacher Friedhof in die Mühlheimer Straße gekommen. Auch Sina hatte sich nicht davon abbringen lassen, Adi zur Beerdigung zu begleiten. Sie hatte Viola nicht gekannt, empfand aber eine große Trauer über deren Tod. Die Sonne schien und bei Temperaturen um die 25 Grad war die Feier ein würdiger Rahmen für den Abschied von der Kollegin. Es war eine wunderschöne Zeremonie, auch wenn der Anlass so traurig war. Als sie um das Grab herumstanden, hatte jeder Polizist eine weiße oder rote Rose in der Hand, die am Ende ins Grab geworfen wurde.

Hessberger murmelte ein paar leise Abschiedsworte für Viola. Als er sich umdrehte, stand ein unbekannter Mann vor ihm, der ihm seine Hand hinhielt und herzliches Beileid bekundete. „Danke, dass Sie für Viola ein so guter Kollege waren, sie hat sehr große Stücke auf Sie gehalten, Herr Hessberger." Adi schaute in ein Gesicht, das von einem Hut und einer Sonnenbrille teilweise verdeckt war. Die Gesichtszüge wirkten seltsam starr und asymmetrisch – wahrscheinlich die Folgen eines Unfalls. „Kannten Sie Viola gut?", fragte Adi.

„Ich kannte sie wahrscheinlich besser als alle anderen hier", antwortete der Fremde. Dann verschwand er wieder in der Menge der Trauergäste.

*

Inzwischen bahnte er sich seinen Weg durch die Trauergemeinde und blieb vor Clarissa Wegner stehen.

„Mein Beileid", sagte er.

Clarissa schüttelte kurz seine Hand und ging weiter.

SIEBENUNDDREISSIG

Dienstag, 23.04.19, Aufenthaltsort von Dr. Denk

Etwa zur selben Zeit strolchte der Junge wieder durch den Garten der Villa. Vor ein paar Tagen war ihm der Schreck tüchtig in die Glieder gefahren, aber jetzt siegte seine Neugier. Er wollte unbedingt wissen, wer da unten im Keller lag. Oliver, den alle nur Ollie nannten, war neun Jahre alt. Weil seine Eltern erst vor Kurzem hierhergezogen waren, hatte er noch keine richtigen Freunde gefunden. Deshalb spielte er allein in den umliegenden Gärten. Die Villa ein paar Häuser weiter hatte etwas so Spannendes und Geheimnisvolles, dass es ihn magisch dorthin zog. Da zurzeit Osterferien waren, durfte er den ganzen Tag draußen bleiben und musste nur rechtzeitig zu den Mahlzeiten erscheinen.

Schon über eine Stunde verharrte er in seinem Versteck, als sich endlich die Eingangstür öffnete. Derselbe Mann mit Bart und langen Haaren, den er schon einmal beobachtet hatte, kam heraus. Er schob wieder eine Art Wagen vor sich her.

Der Junge wartete noch ein paar Minuten, dann schlich er sich auf seinem Geheimweg ins Haus. Als er die Kellertür entriegelt hatte, atmete er noch einmal durch und ging dann leise bis zu dem Metallbett. Diesmal wollte er nicht gleich wieder wegrennen.

Der Mann, der dort lag, hatte beide Hände verbunden und schien zu schlafen. Vorsichtig stupste er ihn an, so lange, bis er die Augen öffnete.

„Wer bist du?", fragte der Mann mit schwacher Stimme.

„Ollie, ich heiße Ollie!"

„Mensch, Ollie, verschwinde, so schnell du kannst! Er kommt bald wieder und wenn er dich erwischt, wird er dich auch gefangen halten. Lauf zur Polizei und sag denen, wo ich bin! Sag ihnen, dass du Klaus Peter Thalbach gefunden hast! Schnell! Lange halte ich es hier nicht mehr aus."

Das war ein Abenteuer, wie es bestimmt noch keiner in seiner Klasse erlebt hatte, dachte Ollie und dann verschwand er rasch.

Den Weg zum Polizeipräsidium kannte er. Da die meisten Beamten bei der Beerdigung waren, hielten nur ein paar Polizisten von anderen Revieren die Stellung.

Ollie ging mutig auf einen von ihnen zu. „Ich habe im Keller einer Villa einen Mann gefunden, der an ein Bett gefesselt ist, und ich soll Ihnen seinen Namen sagen, aber den habe ich vor Aufregung vergessen."

„Ja, mein Kleiner, das klingt mächtig spannend. Am besten, du beobachtest alles weiter und wenn noch mehr passiert, dann erzählst du deinen Eltern davon. Ich habe mir früher auch immer spannende Geschichten ausgedacht, nur leider muss ich weiterarbeiten. Also geh jetzt wieder nach draußen spielen."

Ollie wollte noch mal anfangen, doch da hatte ihn der Polizist schon durch die Tür geschoben. Jetzt konnte nur noch seine Mutter helfen, zu der er sogleich lief.

„Mama, ich habe in der alten Villa einen Mann gefunden, der an ein Eisenbett gekettet ist. Er ist verletzt und braucht dringend Hilfe."

„Wir kümmern uns gleich darum, aber jetzt wasch dir erst mal die Hände, es gibt gleich Essen."

Nach dem Mittagessen wollte Ollie noch einmal mit seiner Mutter sprechen, aber die musste ganz dringend weg. „Wenn ich zurück bin, erzählst du mir alles, mein Schatz, und so lange darfst du fernsehen."

Normalerweise durfte er nur abends eine Serie anschauen, deshalb beschloss er einfach, seine Geschichte auf nachher zu verschieben.

*

Nach der Beerdigung gingen alle Gäste noch zum Essen in die Käsmühl. Dort war es aufgrund des tollen Wetters ziemlich voll. Adi trank nur ein Bier, denn er wollte Sina anschließend wieder ins Krankenhaus bringen. Außerdem hatte er seinen schwarzen Anzug inzwischen schon zweimal durchgeschwitzt. Das Jackett konnte er nicht einmal mehr ausziehen, weil es sich förmlich mit dem Hemd verbunden hatte. Sina dagegen schien gar nicht zu schwitzen, überhaupt sah sie auch in ihrem Beerdigungsoutfit großartig aus.

Nachdem sie sich von allen verabschiedet hatten, fuhr er sie bis an den Eingang der Klinik. Zum Abschied wollte er sie auf die Wange küssen, aber sie küsste ihn mitten auf den Mund. Bevor er reagieren konnte, war sie schon verschwunden.

Einige Minuten später traf er fast gleichzeitig mit Rüdiger im Präsidium ein. Sie gingen beim diensthabenden Kollegen, Werner Opielka, vorbei und fragten, ob etwas vorgefallen wäre. „Ihr glaubt es nicht, mit was man sich als Beamter heutzutage rumschlagen muss. Da kommt doch so ein Lausbub zu uns aufs Revier und erzählt eine Räuberpistole von einem Mann, der an ein Bett gefesselt ist. Ich habe ihn weggeschickt."

Salzmann blieb wie erstarrt stehen und fragte verwirrt: „Das darf doch nicht wahr sein! Erzähl noch mal genau, was der Junge gesagt hat."

Opielka wusste nicht, ob ihn Salzmann auf den Arm nehmen wollte, aber dann versuchte er, sich genau zu erinnern, was der Bub berichtet hatte. „Er sagte, dass er im Keller einer Villa einen Mann gefunden hätte, der ans Bett gefesselt war. Leider hätte er den Namen des Mannes vergessen."

Gleichzeitig riefen Adi und Rüdiger: „Thalbach! – Mensch, was ist, wenn der Junge Thalbach gefunden hat? Gib uns die Adresse und den Namen des Jungen!"

Daraufhin breitete sich betretenes Schweigen aus.

„Du willst doch nicht sagen, dass du ihn weggeschickt hast, ohne seine Adresse aufzunehmen?"

Opielka wirkte auf einmal kleinlaut. „Ich dachte, das wäre so eine Räuberpistole von einem fantasievollen Jungen. Kann doch keiner ahnen, dass an seiner Geschichte etwas dran sein könnte."

Adi und Rüdiger ließen den Beamten einfach stehen und gingen in das Besprechungsbüro.

„Wenn der Junge Thalbach wirklich gesehen hat, bedeutet das, er lebt, und auch noch ganz in unserer Nähe. Vielleicht sollten wir jetzt doch alle infrage kommenden Villen in einem Radius von 500 bis 1.500 Metern durchsuchen, oder was meinst du, Adi?"

„Keine schlechte Idee, zumal Opielka uns den Jungen bestimmt noch besser beschreiben kann. Dann hätten wir zwei Optionen: die Villa und den Jungen. Das Problem ist nur, dass wir unseren Zeugen nicht über die Medien suchen können, sonst laufen wir Gefahr, dass unser Mörder vorab gewarnt wird. Was hältst du davon, wenn wir einfach mal ein paar Runden um den Block drehen, denn wahrscheinlich grenzt sich die Suche auf dreißig bis vierzig Gebäude ein, mehr Villen gibt es in der Gegend nicht."

Endlich hatten sie eine Spur. Die beiden machten sich sofort auf den Weg. Hessberger gefielen diese alten Villen sehr, aber heute betrachtete er sie unter dem unschönen Aspekt, ob sie als Versteck für einen entführten Polizeibeamten infrage kämen. Er ging davon aus, dass sich der Junge heimlich auf ein Grundstück geschlichen hatte, deshalb schaute er zuerst nach Häusern und Gärten, die unbewohnt wirkten. Auch das Haus, in dem Dr. Denk wohnte, landete schließlich auf dem Zettel des Kriminalhauptkommissars, zusammen mit zehn weiteren Objekten. Salzmann hatte sogar fünfzehn potenzielle Aufenthaltsorte auf seinem Block stehen.

Eine Polizistin kam den Beamten entgegen: „Ich habe gehört, ihr sucht den Jungen, der heute auf dem Revier war.

Zufällig habe ich gerade eine Zigarettenpause gemacht und gesehen, dass er hier rausgelaufen ist, als ob der Teufel hinter ihm her wäre. Er ist direkt auf das Mehrfamilienhaus dort hinten zugerannt, aber ich weiß nicht, ob er auch reingegangen ist."

„Das ist uns eine große Hilfe! Würden Sie uns begleiten?", bedankte sich Adi bei der Kollegin, und schon machten sie sich auf den Weg. Zusätzlich nahmen sie Opielka, der den Jungen kannte, zur Unterstützung mit.

An dem Haus gab es insgesamt sechzehn Namensschilder und jede Partei musste befragt werden, denn entweder wohnte der Zeuge hier oder es konnte vielleicht jemand über ihn Auskunft geben. Die meisten Bewohner waren Familien mit Kindern oder Rentner. Aufgrund der Beschreibung des Jungen nannten ihnen die Nachbarn die richtige Wohnung.

Als sie bei Ollie klingelten, schaute der gerade seine Lieblingsserie und ging deshalb nicht an die Tür. Sie kannten sowieso noch niemanden in diesem Haus und seine Mutter hatte einen Schlüssel. Außerdem hatte sie ihm verboten, die Tür zu öffnen, wenn er allein zu Hause war.

Die Beamten beschlossen, am Nachmittag noch mal nachzufragen.

*

Als Ollies Mutter heimkam, machte sie den Fernseher aus. „Jetzt geh noch ein bisschen spielen, es ist so schönes Wetter. Aber komm nicht zu spät nach Hause!"

Ollie wollte seiner Mutter unbedingt noch von dem Mann im Keller erzählen, aber sie winkte nur ab und sagte: „Heb dir diese spannende Geschichte für das Abendbrot auf, dann kann dein Papa gleich mithören". Dann schob sie ihn sanft aus der Tür.

Fünf Minuten später klingelte es. Sie dachte, Ollie hätte etwas vergessen, aber draußen standen zwei Beamte und in ihrem Kopf spielten sich sofort die schlimmsten Szenarien ab. „Ist etwas mit meinem Kind? Geht es Ollie gut?"

„Bestimmt geht es Ihrem Sohn gut, aber wir haben ein paar Fragen an Sie", sagte Hessberger in beruhigendem Ton. Er erzählte Frau Stein, die sich inzwischen vorgestellt hatte, warum die Polizei das ganze Haus befragte. „Ollie wollte mir die ganze Zeit eine Geschichte von einem Gefangenen in einer Villa erzählen, aber ich habe das für eine seiner Abenteuergeschichten gehalten. Mein Gott, wenn das wirklich stimmt, dann ist mein Sohn doch in großer Gefahr. Sie müssen sofort etwas unternehmen!"

Salzmann antwortete mit einer Gegenfrage: „Wo spielt Ollie denn normalerweise am liebsten? Können Sie uns vielleicht dort hinführen?"

Doch Frau Stein schüttelte nur den Kopf. „Wir sind ganz neu hierhergezogen und ich kenne mich in der Gegend überhaupt nicht aus. Aber ich weiß, dass mein Sohn gerne über Mauern klettert, obwohl ich es ihm verboten habe."

„Wir versuchen, Ihren Sohn so schnell wie möglich zu finden. Wenn er nach Hause kommt, müssen Sie uns sofort anrufen, denn er kann uns vielleicht helfen, unseren Kollegen zu retten", sagte Hessberger mit eindringlicher Stimme und gab ihr eine Visitenkarte mit seiner Handynummer.

Als sie wieder vor dem Haus standen, sagte er zu Salzmann: „Wir müssen bei unserer Suche sehr vorsichtig sein. Wenn uns Denk dabei beobachtet, könnten der Junge und Thalbach in große Gefahr geraten."

*

Ollie wusste genau, dass es keine gute Idee war, wieder zu der Villa zurückzukehren, aber er konnte einfach nicht anders. Nachdem er über die Mauer geklettert war, schlich er zu seinem Beobachtungsposten neben dem defekten Fenster. Als er es vorsichtig öffnen wollte, fuhr ihm plötzlich der Schreck in alle Glieder. Sein Herz raste und gleichzeitig traute er sich nicht einmal, sich umzudrehen oder zu atmen. Schritte kamen immer näher auf ihn zu.

*

Salzmann und Hessberger hatten inzwischen einige der infrage kommenden Villen ausschließen können. Jetzt blieben nur noch sieben Häuser übrig. Die beiden überlegten, ob es Sinn machen würde, alle Gebäude gleichzeitig stürmen zu lassen, aber dafür fehlte ihnen im Moment einfach das notwendige Personal. Das Einzige, das sie tun konnten, war, Zivilbeamte unauffällig im Bereich der sieben Villen zu platzieren, und damit waren die Ressourcen auch schon erschöpft. Für die Stürmung hätten sie dagegen locker 50 bis 70 Beamte gebraucht.

*

Ollie kniff die Augen zu, schickte ein stilles Gebet Richtung Himmel und hoffte, dass ihm nichts geschehen würde. Auf einmal war nichts mehr zu hören und Ollie entspannte sich ein wenig. Plötzlich spürte er einen Luftzug und im selben Augenblick krachte etwas Hartes gegen seinen Schädel. Er verlor die Besinnung.

Hinter ihm stand Dr. Denk, in der Hand eine große, blutige Holzlatte. „Um dich kümmere ich mich gleich", murmelte er vor sich hin. „Jetzt muss ich Thalbach erledigen, bevor es hier noch von anderen Besuchern wimmelt."

*

Opielka stand vor der alten Villa und hörte ein krachendes Geräusch. Er überlegte, ob er seine Kollegen informieren sollte, entschied sich aber dafür, selbst nachzusehen, woher

157

das Geräusch gekommen war. Er ging durch die Gartenpforte und sah an der Hauswand einen Mann, der sich über einen Jungen beugte. Er rannte auf die beiden zu und rief: „Polizei! Was ist hier passiert?"

„Mein Junge ist mit dem Kopf auf einen Stein gefallen und alles ist voller Blut! Können Sie den Rettungswagen rufen?"

Langsam ließ Denk die Latte hinter seinem Rücken verschwinden. Opielka hatte nur Augen für den blutenden Jungen, als er sein Handy herausholte. Er sah den Schlag nicht kommen und die Wucht riss ihn von den Beinen. Die weiteren Schläge bekam der Beamte nicht mehr mit.

In diesem Moment klingelte das Handy des Polizisten. Denk war klar, dass er verschwinden musste, und zwar schnell. Er überlegte noch einen Moment, ob es sich lohnen würde, Thalbach vorher zu erledigen, aber der war sowieso schon für sein Leben gezeichnet. Er nahm seinen Rollator und ging die Straße hinunter. Dabei kamen ihm einige Polizisten im Laufschritt entgegen, die er mit einem freundlichen Nicken begrüßte.

*

Als Opielka sich nicht vereinbarungsgemäß zurückmeldete, machten sich seine Kollegen sofort auf die Suche. Die Gartenpforte der Villa, die er beobachten sollte, stand weit offen. Als die Beamten sich umsahen, bot sich ihnen ein grauenvolles Bild: Opielka lag mit zertrümmertem Schädel am Boden und auch der blutüberströmte Ollie gab kein Lebenszeichen von sich. Die Beamten riefen sofort zwei Rettungswagen und informierten Hessberger und Salzmann, die innerhalb weniger Minuten vor Ort waren. Die eingetroffenen Ärzte kümmerten sich um Ollie und Opielka. Für den Beamten kam jede Hilfe zu spät. Ollies Puls war kaum noch wahrnehmbar. An seinem Kopf klaffte ein großer Riss und er hatte viel Blut verloren.

Als er abtransportiert wurde, war der Junge immer noch be-
sinnungslos.

Währenddessen durchsuchten Hessberger und Salzmann
das Gebäude. Drei Polizisten bewachten den Garten und die
Zugänge, da man nicht sicher sein konnte, ob Denk sich noch
irgendwo auf dem Gelände befand.

Die Einrichtung der Villa deutete darauf hin, dass eine alte
Dame hier lebte oder gelebt hatte. Hessberger vermutete, dass
Denk sich Zutritt zu dem Haus verschafft hatte und der ur-
sprüngliche Eigentümer nichts davon wusste. Im Unterge-
schoss fanden sie den Zugang zu dem früheren Luftschutzkeller. Hessberger entriegelte die Tür und leuchtete mit seiner
Taschenlampe in den dunklen Raum. Er sah ein Metallgestell,
auf dem jemand zu liegen schien, und hoffte inständig, dass es
Thalbach war. Und vor allem, dass er lebte.

ACHTUNDDREISSIG

Dienstag, 23.04.19, Offenbach, Innenstadt

Olaf Denk war gerade noch mal davongekommen. Die zentrale Lage der Villa hatte ihm viele Vorteile verschafft, doch jetzt hatte er erst mal keine Unterkunft. Auf seinem Smartphone suchte er nach Hotels und Pensionen in der Nähe und wurde schnell fündig. In der Liebigstraße gab es eine passende Unterkunft. Das Haus bot eine gewisse Anonymität und war sehr zentral gelegen. Er zahlte eine Woche im Voraus und versprach, die Anmeldeunterlagen demnächst auszufüllen. In seinem Zimmer packte er die wenigen Dinge, die er noch besaß, aus dem Rollator. Zum Glück hatte er immer einen erheblichen Vorrat an Bargeld bei sich. Als Arzt hatte er einige Jahre sehr gut verdient und dieses Geld war bei seinem Freund versteckt, der ihn in der Villa hatte wohnen lassen. Jetzt musste er nur noch ein paar Klamotten und Kosmetikartikel in der Innenstadt besorgen.

*

Hessberger konnte es kaum glauben: Auf dem Stahlbett vor ihnen lag tatsächlich sein entführter Chef, Polizeirat Klaus Peter Thalbach. Der Arzt des dritten Rettungswagens drängte sich an Adi vorbei und untersuchte Thalbach, während die Beamten vorsichtig seine Fesseln lösten.

Der Arzt drehte sich zu Adi um. „Er lebt, aber wir müssen ihn so schnell wie möglich medizinisch versorgen."

Salzmann und Hessberger wussten nicht, ob sie lachen oder weinen sollten. So groß auch die Freude über das Auffinden ihres Chefs war, so frustrierend war die Tatsache, dass ihnen Denk ganz knapp durch die Lappen gegangen war. Doch eines war gewiss: Der Mörder begann, Fehler zu machen, und jetzt gab es wenigstens Anhaltspunkte, die für die Ermittlungen immens wichtig waren.

„Die letzten Monate sind irgendwie im Zeitraffer an mir vorbeigegangen", sagte Salzmann nachdenklich. „Wir haben so viele Schicksalsschläge hinnehmen müssen, dass viele andere daran zerbrochen wären. Und jetzt, wo wir kurz davor waren, Denk endlich zu schnappen, entwischt er uns durch einen unglücklichen Zufall."

„Du hast vollkommen recht, Rüdiger, aber eines darfst du nicht vergessen: Ohne den Jungen wären die Ermittlungen nicht so weit vorangeschritten. Also lass es uns als Erfolg werten, denn jetzt musste Denk wieder raus aus seiner Komfortzone und irgendjemand wird ihn am Ende erkennen. Nur sind es einfach zu viele Opfer. Wir kommen gerade von der Beerdigung von Viola und da stirbt schon der nächste Beamte. Wir wissen auch nicht, ob Ollie Stein überleben wird. Genauso wenig ist klar, wie sich Thalbach von seiner Entführung und den Amputationen erholen wird. Wer so etwas durchgemacht hat, wird vielleicht nie wieder der Alte."

Mittwoch, 24.04.19, 10.15 Uhr, Polizeipräsidium

Salzmann, Hessberger und Sina Fröhlich saßen im Besprechungszimmer und diskutierten über die aktuellen Geschehnisse. Sina hatte sich selbst aus dem Krankenhaus entlassen und war wieder in ihre Wohnung gezogen. Das Angebot von Adi, bei ihm zu wohnen, hatte sie freundlich abgelehnt, denn sie wollte erst einmal alleine klarkommen, natürlich mit Unterstützung des Krankenhauspsychologen. Dafür würde sie Termine im Krankenhaus vereinbaren, aber keinesfalls wollte sie dort mehr Zeit verbringen, als unbedingt notwendig war. Im Prinzip war sie noch krankgeschrieben, doch sie konnte ihre Kollegen nicht im Stich lassen und die beiden Kommissare wollten keinesfalls auf ihre Kompetenz verzichten.

Rüdiger fasste für Sina den Informationsstand zusammen. „Die Anzahl unserer Opfer ist weiter gestiegen, da jetzt auch noch der Kollege Opielka hinzugekommen ist. Steiner, Nolte, Demirkan, Djukovic, Kramer, Pelzer, Dembowski, Opielka und dazu die Toten, die bei der Demonstration ums Leben gekommen sind. Von den vielen verletzten Demonstranten will ich gar nicht anfangen. Zusätzlich haben wir die Entführung von Thalbach und den schwerverletzten Ollie. Olaf Denk hat wahrscheinlich wochenlang in dieser alten Villa direkt vor unserer Nase agiert. Zum Glück sind wir mit Ollies Hilfe auf seine Spur gekommen. Mein Bauchgefühl sagt mir, dass er in der Nähe bleiben wird. Deshalb sollten wir an alle Pensionen, Hotels und Unterkünfte Bilder von Denk senden.

Sina stimmte ihrem Kollegen zu. „Wir sollten alle Informationen nutzen, die uns zur Verfügung stehen. Wenn es euch recht ist, würde ich gerne Polizeirat Thalbach im Krankenhaus besuchen und versuchen herauszufinden, ob er Dinge weiß, die uns weiterhelfen könnten. Da ich auch eine schwere Zeit hinter mir habe, finde ich wahrscheinlich einfacher Zugang zu ihm, oder was meint ihr?"

Adi war einverstanden. „Rüdiger, du besuchst Ollie im Krankenhaus. Vielleicht hat er noch mehr gesehen, als wir ahnen. Sina, du kümmerst dich um Thalbach und ich werde unserem Polizeipsychologen im Gefängnis einen Besuch abstatten. Mal schauen, was er inzwischen herausfinden konnte."

Mittwoch, 24.04.19, Justizvollzugsanstalt Frankfurt

Als Hessberger in den abgeschirmten Besucherraum kam, wirkte Dr. Weiß viel umgänglicher als beim letzten Mal. Inzwischen hatte er erkannt, dass ihm die Mithilfe an der Aufklärung des Falls deutliche Vorteile brachte. Seit dem schlimmen Vorfall in den Duschräumen stand er ständig unter Bewachung und fühlte sich einigermaßen sicher. Er hatte sich richtig ins Zeug gelegt, um sich in die Psyche des Serienmörders hineinzufinden. Interessiert hörte Hessberger zu, als der Psychologe seine Gedanken zusammenfasste. „Wir haben es mit dem Täter Olaf Denk zu tun. Er wurde im letzten Jahr durch zwei Schüsse aus Ihrer Dienstwaffe schwer verletzt, dann stürzte er über das Brückengeländer in den Main. Weil er zuvor Sina in einem Sack in den Main geworfen hatte, galt Ihre Sorge der Kollegin, die Sie am Ende auch gerettet haben. Somit ergibt sich ein Zeitraum von mindestens zehn bis fünfzehn Minuten, in dem der Täter Zeit hatte zu entkommen. Später hat man angenommen, dass Denk im Main ertrunken sei, doch seine Leiche wurde nie gefunden. Wenn wir davon ausgehen, dass er schwer verletzt war, kann er nicht weit gekommen sein. Wahrscheinlich hatte er einen Freund oder Bekannten, bei dem er Unterschlupf gefunden hat. Vermutlich hat er sich die Kugeln selbst herausoperiert. Danach musste er aber aus dem direkten Einzugsbereich verschwinden."

Jetzt war Dr. Weiß so richtig in seinem Element. „Laut Aussage eines Zeugen vom Wilhelmsplatz zieht der Täter ein Bein hinterher. Wenn er unerkannt bleiben möchte, besorgt er sich Krücken, einen Rollstuhl oder einen Rollator als Tarnung. Wenn er sich dann noch die Haare und den Bart wachsen lässt, erkennt ihn niemand mehr. Ich denke, Sie suchen einen langhaarigen, bärtigen Nutzer von Gehhilfen, der eher aussieht, als müsste man ihm behilflich sein. Mehr fällt mir leider im Moment nicht ein."

Hessberger war froh, dass er Sinas Rat gefolgt war und den Psychologen mit ins Boot geholt hatte, auch wenn er ihn von Grund auf hasste. Das Netz um den Serienmörder zog sich immer enger zu und es war nur noch eine Frage der Zeit, bis er darin hängen bleiben würde.

*

Während Hessberger mit dem Polizeipsychologen sprach, betrat Sina Fröhlich das Krankenhaus. Die fehlenden Erinnerungen kamen in kleinen Bruchstücken allmählich wieder zurück, was sie eindeutig dem hervorragenden Personal im Sana-Klinikum verdankte. Doch jetzt war sie aus einem anderen Grund hier. Jetzt musste sie stark sein. Die erbärmliche Verfassung des entführten Polizeirats spiegelte ihr eigenes Schicksal wider. Beide hatten sie seelische und körperliche Grausamkeiten erlitten. Sina empfand ein starkes Mitgefühl für Thalbach. Die lange Zeit der Entführung, die ständige Angst, umgebracht zu werden, und die Amputationen seiner Finger würden ihn von nun an sein ganzes Leben begleiten. Wie er da in seinem Bett lag, wirkte der Chef des Präsidiums sehr verletzlich.

„Hallo Herr Thalbach, geht es Ihnen ein wenig besser?", begrüßte sie ihn.

Er schaute sie mit glanzlosen Augen an, dann überschlug sich seine Stimme: „Warum hat Denk es nicht zu Ende gebracht? Warum?"

*

In der Kinderstation fragte Kriminalkommissar Rüdiger Salzmann nach dem Zimmer von Ollie Stein. Die Schwester schickte ihn auf die Intensivstation. Als er um die Ecke bog, kam ihm die völlig aufgelöste Mutter des Kindes entgegen und rannte, ohne ihn zu beachten, den Gang entlang. Auf der Station angekommen, trat ein Arzt auf ihn zu und schüttelte bedauernd den Kopf. „Leider ist der kleine Ollie bisher noch nicht wieder aufgewacht. Wir haben alles Menschenmögliche getan, um ihn zu retten, aber der Täter hat dermaßen brutal zugeschlagen, dass wir nicht absehen können, ob der Kleine überlebt." Er schüttelte Salzmann die Hand und eilte in die Richtung davon, in der Frau Stein verschwunden war. Salzmann stand da wie unter Schock. Obwohl er Ollie kaum kannte, schaffte er es nicht, die Tränen zurückzuhalten.

*

Als die drei Beamten wieder im Präsidium eintrafen, war die Stimmung auf dem Nullpunkt. Ihre Wut auf den Serienmörder war grenzenlos. Doch die neuen Informationen lenkten das Team ein wenig von der großen Trauer um die Kollegen und Freunde ab. Sie konzentrierten sich nun darauf, die neuen Erkenntnisse in ihre Ermittlungsarbeit einzubauen. Adi erzählte ihnen wie Dr. Weiß das Aussehen des Mörders beschrieb: lange Haare, Bart und vor allem die Gehhilfe, mit deren Hilfe der Flüchtende sein Hinken hervorragend verbergen konnte. Das alles klang sehr plausibel für die Kommissare. Den schlimmsten Teil hatte sich Adi für den Schluss aufgehoben. „Aufgrund der vorliegenden Informationen komme ich zu dem Ergebnis, dass es für Dr. Denk ein Premiumopfer gibt, und wenn ich mir alles so recht überlege, kann das nur einer sein – ich!

Ich habe versucht, ihn zu töten, und bin ihm bei seinen Plänen deutlich in die Quere gekommen. Die Frage ist nur: Hat er vorher noch jemand anderen im Visier oder gibt es sogar eine Todesliste?" Er hat ohnehin nichts mehr zu verlieren und sein einziges Ziel ist es jetzt noch, seinen Plan umzusetzen."

Sina wirkte total bestürzt. „Das ist ja grauenhaft, du meinst, er will seine Mordserie mit dir als letztem Opfer zum krönenden Abschluss bringen?"

„In der Tat. So sehe ich es."

„Aber was können wir bloß dagegen tun?

*

In den nächsten Tagen suchte die Polizei fieberhaft nach einem Mann, auf den Dr. Weiß' Beschreibung passte. Doch Dr. Olaf Denk war wie vom Erdboden verschwunden.

Am Samstag wollte Adi sich ein wenig Entspannung auf dem Bieberer Berg gönnen. Er hatte nicht vor, sein Leben wegen eines durchgeknallten Mörders zu ändern. Doch leider kam es anders. Zuerst machte ihm das Wetter einen Strich durch die Rechnung: Es war kalt, ungemütlich und regnerisch. Noch im Vorfeld rechnete er ganz fest mit einem Sieg seines OFC, doch trotz vieler Chancen schaffte Offenbach es nicht, auch nur ein einziges Tor zu schießen. Die Pirmasenser machten es besser und so hieß es am Ende 0:1. Auch der Spruch „Pech im Spiel, Glück in der Liebe" bewahrheitete sich für Adi nicht. Obwohl Sina einige Fortschritte machte, war sie unglaublich zurückhaltend. Adi überlegte, ob er nicht einen Fehler gemacht hatte, als er die Affäre mit Clarissa beendete. Doch er dachte nur kurz darüber nach, denn im Grunde seines Herzens wollte er nur eine Frau – Sina.

NEUNUNDDREISSIG

Montag, 29.04.19, Offenbach, Liebigstraße

Nachdem Olaf Denk geflüchtet war, hatte er sich zuerst mit Lebensmitteln eingedeckt, um mehrere Tage in seiner neuen Bleibe verbringen zu können. Auch wenn er seinen Plan schnellstmöglich zu Ende bringen wollte, war es aktuell einfach zu gefährlich, draußen herumzuspazieren. In jedem Fernsehkanal gab es alte Bilder von ihm, meist im Arztkittel, und dazu Aufrufe, sich umgehend zu melden, wenn man ihn sah. Gleichzeitig wurden seine Opfer thematisiert. Er hätte noch nicht einmal sagen können, wie viele es bisher waren. Nur eines wusste er sicher: Es waren noch nicht genug. Jetzt musste er nur noch den richtigen Zeitpunkt abwarten, um wieder zuschlagen zu können.

Sein Prepaidhandy klingelte und da es nur einen Menschen gab, der seine Nummer kannte, fragte er: „Hallo, wie geht es dir?"

Am anderen Ende der Leitung blieb es einen Augenblick still. „Du hast vielleicht Nerven, überall gibt es nur ein Thema – Dr. Olaf Denk oder der Schritt vom Mediziner zum Massenmörder. Wo hältst du dich versteckt?"

„Das musst du nicht wissen. Es reicht, wenn du meine Handynummer hast."

In diesem Augenblick kam im Fernseher, der die ganze Zeit im Hintergrund lief, eine Reportage über ihn, direkt vor der Villa, die er zuletzt bewohnt hatte. „Ich muss Schluss machen, es kommt gerade ein Bericht über mich. Ich melde mich bald wieder mit neuen Instruktionen", sagte er und legte auf.

Die Fernsehreporterin war sehr attraktiv, mit einer durchaus angenehmen Stimme berichtete sie vom letzten Aufenthaltsort des Gesuchten. Er hörte gebannt zu. „Meine Damen und Herren, Ihr Offenbacher Lokalsender OF-TV befindet sich direkt vor dem letzten Zufluchtsort des Serienmörders Olaf

Denk. Die Villa in der Körnerstraße in Offenbach diente zudem als Versteck für den entführten Klaus Peter T. Über mehrere Wochen wurde der Polizeirat gefangen gehalten und gefoltert. Noch hat uns die Polizei nicht hundertprozentig darüber aufgeklärt, wie viele andere Opfer hier versteckt wurden. Nach unseren Recherchen war auch der Gerichtsmediziner Dr. Horst P. in diesem Gebäude eingesperrt. Wahrscheinlich wäre niemand dem Täter auf die Spur gekommen, wenn nicht ein neugieriger Schuljunge heimlich auf dem Grundstück gespielt und dabei den Polizeirat entdeckt hätte. Nur diesem Zufall war es zu verdanken, dass man ihn am Ende retten konnte. Bei dem dramatischen Rettungsversuch kam leider ein Polizeibeamter ums Leben und auch der Junge musste seine Neugier fast mit dem Leben bezahlen. Der Serienmörder konnte sich rechtzeitig dem Zugriff der Polizei entziehen. Das war Adriane Schneider, live mit den aktuellsten Fakten zu einem Serienmörder, der Offenbach Stadt und Land mit seinen brutalen Morden in Atem hält."

Dr. Olaf Denk machte sich ein wenig Sorgen, weil nicht alles so lief, wie er es beabsichtigt hatte. Sein Vorgehen hatte strategische Gründe: Er wollte die restlichen Mitglieder des Hessberger-Teams in den Wahnsinn treiben. Er wollte, dass sie vor Angst keinen Fuß mehr vor die Tür setzten. Er wollte seine Macht demonstrieren. Das war Teil seines Racheplans. Hessberger hatte nicht nur seine Pläne durchkreuzt und seinen wohldurchdachten Abgang verhindert, sondern ihn auch noch zum Krüppel gemacht. Das sollte der nun büßen, und da er nachvollziehen konnte, wie der Kommissar tickte, wusste er, wie sehr er mit seinen Kollegen verbunden war. Jeder Ermordete aus dem Kollegenkreis war eine persönliche Wunde für Hessberger.

*

Im Polizeipräsidium gingen Hunderte von Hinweisen ein. Leider entpuppten sich viele Informationen als falsch. Doch auch wenn es keine Anhaltspunkte für den Verbleib von Denk gab, blieb es spannend: In wenigen Tagen schon sollte der Prozess gegen den ehemaligen Polizeipsychologen des Präsidiums stattfinden.

Sina, die Hauptbelastungszeugin der Anklage, war dermaßen angespannt, dass es kaum zu ertragen war. Sie hatte Horror davor, alles, an das sie sich erinnern konnte, vor Gericht erzählen zu müssen. An diesem Abend wollte sie sich mit Adi auf ein Feierabendbier treffen, denn sie brauchte unbedingt jemanden zum Reden. Sie gingen zusammen ins Markthaus, bestellten sich zwei Bier vom Fass, dazu Omas Rinderroulade mit Bohnengemüse und Püree.

Er merkte, wie eine längst verloren gegangene Vertrautheit zwischen ihnen sich nach und nach wieder einstellte. Irgendwann legte er seine Hand auf ihre und sie ließ ihn gewähren. Dann fing sie an zu erzählen, wie sie die Zeit im Haus von Dr. Weiß empfunden hatte. Sie wollte ehrlich sein zu Adi und ließ deshalb kaum ein Detail aus. Als sie darüber sprach, dass sie neben dem Psychologen im Bett gelegen hatte, merkte sie sofort die Stimmungsänderung bei Adi. Doch in ein paar Tagen würde sie diese Dinge vor Gericht aussagen müssen und sie wollte keinesfalls, dass er erst dort die ganze Wahrheit erfuhr.

Für Sina war es eine Art Beichte, für Adi die Hölle.

Er wusste nicht mehr, was er denken sollte, wenn er sich Sina im Bett dieses Widerlings vorstellte, andererseits war er froh über ihr grenzenloses Vertrauen, das sie eine wahnsinnige Überwindung gekostet haben musste. Die ganze Zeit brannte ihm eine Sache unter den Nägeln. Schließlich nahm er seinen ganzen Mut zusammen und fragte: „Hast du mit ihm geschlafen?"

Sina schaute ihn an. In diesem Moment wirkte sie besonders verletzlich. „Wir waren knapp davor, schließlich glaubte ich, er wäre mein Freund und Liebhaber. Ich dachte, wenn ich wieder in die Normalität einsteige, kommen auch die Erinnerungen wieder zurück. Als es dann passieren sollte, hast du wie verrückt an der Tür geläutet. Danach ist nichts mehr in dieser Richtung geschehen, zumindest habe ich nichts davon mitbekommen."

Adi brachte kaum ein Wort heraus. Er fühlte eine Mischung aus Eifersucht, Wut und verletztem Stolz. Du bist ein Idiot, dachte er. Einerseits machte er mit Clarissa rum, andererseits verurteilte er Sina. Es waren zwar zwei verschiedene Paar Schuhe, aber das machte die Sache nicht besser.

Die Freude, mit Sina hier zu sitzen, war auf einmal wie weggeblasen und er hörte sich selber sagen: „Es ist schon spät geworden, lass uns bezahlen."

Nachdem er die Rechnung beglichen hatte, begleitete er sie nach Hause. Sina wohnte in der Buchhügelallee, nicht weit entfernt vom Wetterpark. Auf dem Heimweg sprachen sie kaum ein Wort. Er brachte sie noch bis vor ihre Haustür, küsste sie kurz auf die Wange und sagte: „Verriegel die Tür gründlich und leg deine Waffe neben dein Bett, damit ich mir keine Sorgen um dich machen muss!"

Adi winkte ihr zu und wartete, bis sie im Hauseingang verschwunden war, dann machte er sich auf den Heimweg. Dabei wurde er zunehmend langsamer, weil er hin und her überlegte, ob er nicht doch noch einmal zu ihr zurückgehen sollte. Alles, was er an diesem Abend gehört hatte, ging ihm mächtig an die Nieren, doch er konnte Sina nicht dafür verantwortlich machen, dass sie belogen worden war.

Mit diesem Gedanken kehrte er um.

*

Sina stand schon im Treppenhaus, als ihr einfiel, dass sie vergessen hatte, nach der Post zu schauen. Sie öffnete die Eingangstür und begab sich zu der außenliegenden Briefkastenanlage. Viele Gedanken schossen ihr durch den Kopf. Auf der einen Seite war sie froh, dass Adi endlich die ganze Wahrheit erfahren hatte, andererseits war sie betrübt über seine Reaktion. Natürlich konnte sie ihn verstehen, aber sie brauchte jetzt Trost und keinesfalls Vorwürfe. Sie war dermaßen in Gedanken versunken, dass sie nicht merkte, wie jemand dicht an ihr vorbeiging. Plötzlich rammte er ihr etwas brutal in die Beine, sodass sie den Halt verlor. Sie schrie laut auf, stürzte und schlug mit dem Kopf auf einen Pflasterstein.

*

Adi war nur noch ein paar Meter von ihrer Wohnung entfernt, als er ihren Schrei hörte. Sina war in Gefahr! Er rannte, so schnell er nur konnte, und hoffte, dass er nicht zu spät kommen würde.

Sina lag auf dem Gehweg und jemand war über sie gebeugt. Der Mann winkte ihn heran und eine heisere Stimme forderte ihn auf, einen Krankenwagen zu rufen. Sina schien bewusstlos zu sein.

Hessberger ließ alle Vorsicht außer Acht, tippte die Notrufnummer in sein Handy und drehte sich um.

Der Stich wäre wahrscheinlich tödlich gewesen, wenn er sich nicht in diesem Augenblick bewegt hätte. So verursachte die Waffe nur einen stechenden Schmerz in seiner Schulter. Er spürte, wie das Blut aus der Wunde lief, und bekam im selben Moment den Rollator mit voller Wucht gegen die Kniescheiben gerammt.

Er sah in das Gesicht des vermeintlich alten Mannes und erkannte die vertrauten Züge von Olaf Denk.

Noch im Fallen schaffte er es, seine Waffe zu ziehen und einen unkontrollierten Schuss abzugeben. Sofort waren überall Leute an den Fenstern.

Denk schaute sich kurz um und rannte davon. Das sah grotesk aus, nicht nur, weil er dabei immer noch den Rollator vor sich herschob, sondern auch, weil er ein Bein hinterherzog.

Einer der Beobachter im Erdgeschoss kam aus dem Haus und fragte, wie er helfen könne. „Rufen Sie einen Krankenwagen und die Polizei, schnell! Sagen Sie, dass der Serienmörder eine Beamtin überfallen hat! Ich versuche, ihn zu verfolgen. Bitte kümmern Sie sich um die Frau!"

Er sprintete ungeachtet seiner Verletzung in die Richtung, in der Denk verschwunden war. An der nächsten Gabelung musste er sich entscheiden, wohin er die Verfolgung fortsetzen wollte. Er entschied sich für den Weg nach Tempelsee und erkannte nach wenigen Minuten, dass seine Entscheidung richtig gewesen war: Vor ihm stand ein Rollator mitten auf der Straße.

Während er lief, telefonierte Hessberger mit Salzmann, der mit mehreren Kollegen versuchen wollte, dem Flüchtenden den Weg abzuschneiden. Auf jeden Fall mussten sie vorsichtig sein, denn keiner wusste, ob Denk auch über eine Schusswaffe verfügte.

Die Wunde an Hessbergers Schulter begann immer stärker zu schmerzen. Lange würde er die Verfolgung nicht mehr durchhalten. In diesem Moment hörte er ein lautes Rascheln, das aus dem nahe gelegenen Wetterpark kam.

Hessberger bewegte sich so leise wie möglich, um den Flüchtenden zu überraschen. Leider gab es in diesem Park einige Möglichkeiten, sich zu verstecken, zumal die Lichtverhältnisse es nur dann zuließen, weiter als ein paar Meter zu sehen, wenn der Mond gerade durch die Bäume schien. Er schlich vorsichtig auf den Aussichtsturm zu, als er versehentlich auf einen Ast trat. Das Knacken erschien ihm so laut, dass man es kilometerweit hören konnte. Direkt danach wirkte die Stille noch viel unheimlicher. Verzweifelt lauschte er in die Dunkelheit hinein, aber es war nichts zu hören. Er schloss kurz seine Augen, aber statt der Konzentration, die er sich davon erhoffte, fühlte er nur eine große Müdigkeit. Wenn er jetzt nicht aufpasste, würde er die Besinnung verlieren.

In diesem Augenblick spürte er einen Luftzug direkt neben sich und als er sich umdrehte, traf ein heftiger Schlag seine verletzte Schulter. Die Schmerzexplosion in seinem Kopf ließ ihn nur noch Sterne sehen.

*

Ein Arzt und ein Sanitäter kümmerten sich um die verletzte Kommissarin, doch sie hatte das Bewusstsein immer noch nicht wiedererlangt. Die stark blutende Kopfwunde war zum Glück nicht lebensgefährlich, aber eine große Narbe würde Sina auf jeden Fall zurückbehalten.

Langsam schlug sie die Augen auf und schaute sich fragend um. „Wie lange war ich bewusstlos? Und wo ist der Kerl, der mich angegriffen hat?" Ihre Antwort zeigte, dass sie sich an alles erinnerte.

Ein Kollege berichtete ihr, dass der Angreifer der gesuchte Serienmörder sei und dass Kollege Hessberger gerade noch rechtzeitig eingegriffen hätte, um das Schlimmste zu verhindern. An seinem Gesichtsausdruck konnte man erkennen, dass er nicht glaubte, Hessberger sei zufällig erschienen, aber er war zu taktvoll, die Frage direkt auszusprechen.

Sina ließ sich von ihm hochhelfen und fragte in die Runde: „In welche Richtung ist der Täter geflüchtet?"

Sofort war der Arzt an ihrer Seite: „Sie gehen nirgendwo hin, außer mit mir ins Krankenhaus! Mit Ihrer Kopfverletzung ist keinesfalls zu spaßen und Sie sind nicht in der Verfassung, etwas gegen einen Serienmörder ausrichten zu können." Behutsam schob er sie zum Krankenwagen.

*

Hessberger wartete auf den nächsten Schlag, doch der kam nicht. Stattdessen hörte er Rüdigers besorgte Stimme. „Ist alles in Ordnung mit dir?"

Der Kommissar war gerade im richtigen Augenblick aufgetaucht. Er half Adi hoch, der ihm versicherte, dass trotz der blutenden Wunde mit ihm alles in Ordnung sei. Dann teilten sich die beiden auf, um Denk doch noch zu erwischen.

Hessberger überlegte, was er in einer solchen Lage tun würde. Leise näherte er sich dem Sicht- und Dunstturm. Dieser wurde in der Regel als Aussichtsplattform genutzt, man konnte hier aber gleichzeitig Informationen über das aktuelle Wetter und allgemeine Wetterrekorde erhalten. Von dort aus war der Überblick am besten und es konnte sich kaum jemand unbemerkt nähern. Der Nachteil bestand darin, dass man keine großen Fluchtmöglichkeiten hatte, außer man rutschte an den rot-weißen Stangen unterhalb der Plattform herunter.

Hessberger stieg langsam die Treppen zum Turm hinauf. Als er fast oben angekommen war, stürzte ihm Denk entgegen und brachte ihn mit der Wucht des Aufpralls zu Fall. Der Mörder warf sich auf ihn und drückte ihn mit der einen Hand auf die metallenen Stufen, während sich die andere mit einem im Mondlicht glänzenden Gegenstand seiner Brust näherte.

Hessberger wehrte sich mit aller Kraft, aber er wusste, dass er diesen Angriff nicht mehr lange würde abwehren können, seine Verletzung hatte ihn zu sehr geschwächt. Seine Muskeln zitterten und der Schweiß lief ihm übers Gesicht.

„Jetzt ist es endlich so weit", zischte ihm Olaf Denk ins Gesicht. „Leider stimmt die Reihenfolge nicht, Herr Kommissar, denn Sie sollten als Letzter drankommen. Das ist wirklich schade, denn jetzt werden Sie leider nicht mehr mitbekommen, wie ich Ihre restlichen Kollegen umbringe. Aber vorher werde ich viel Spaß mit Ihrer Kollegin haben, die heute noch mal davongekommen ist."

Er spürte, dass der letzte Augenblick nicht mehr weit war. Dieses Schwein sollte Sina nicht bekommen, lieber wollte er sich opfern. Er ließ Denks Hand mit dem Skalpell unvermittelt los und während die messerscharfe Waffe in Adis Körper eindrang, rammte er das Knie in den Unterleib seines Gegners. Er stemmte sich gegen den Mörder, der von ihm herunterrutschte, und gab ihm einen brutalen Tritt in die Seite. Denk verlor die Orientierung und stürzte die Treppe des Turms hinunter.

Das Letzte, das Adi vernahm, war das Poltern auf den Treppenstufen, dann hörte sein Herz auf zu schlagen.

*

Rüdiger Salzmann hörte die Kampfgeräusche und rannte so schnell er konnte in die Richtung, aus der sie kamen. Als er an dem Turm angelangt war, versuchte ein schwer angeschlagener Olaf Denk gerade, sich mühsam aufzurappeln. Fast hatte er es geschafft, da donnerte ihm Salzmann seine Faust ins Gesicht und schlug sicherheitshalber gleich noch ein zweites Mal zu. Er legte dem reglosen Serienmörder Handschellen an und fixierte Denk damit an einer Stange der Stahltreppe. Anschließend nahm er sein Handy, gab seinen Standort an die Kollegen durch und informierte den Rettungsdienst.

Er rannte die Stufen hinauf und fand Adi blutverschmiert auf dem Gitterrost liegend. Weder Puls noch Herzschlag waren zu fühlen, deshalb begann er mit einer Herzmassage. „Adi, nun komm schon, du kannst mich doch nicht auch noch im Stich lassen! Verdammt, fang endlich an zu atmen ... Atme!"

Nach einer gefühlten Ewigkeit kam endlich der Notarzt, doch Salzmann wollte einfach nicht aufhören, seinen Freund ins Leben zurückzuholen. Seine Verzweiflung nahm von Sekunde zu Sekunde zu. Schließlich mussten ihn die Sanitäter mit Gewalt vom Körper seines Kollegen wegzerren.

Salzmann saß noch lange allein auf dem nächtlichen Turm und ließ seinen Tränen freien Lauf.

Seine Kollegen hatten den Mörder, an Händen und Füßen gefesselt, ins Polizeipräsidium mitgenommen, die Sanitäter den leblosen Hessberger in den Rettungswagen getragen. Salzmann hatte einfach keine Kraft mehr. Ohne Adi würde nichts mehr so sein wie früher.

*

Sina Fröhlich war von den Kollegen informiert worden, dass Adi Hessberger schwer verletzt worden war und einen Herzstillstand erlitten hatte. Sofort lief sie aus ihrem Zimmer in Richtung der Operationssäle. Ein Arzt kam ihr entgegen.

„Wissen Sie, wie es dem Polizisten geht, der vor Kurzem eingeliefert worden ist?"

„Wenn Sie nicht zur Familie gehören, darf ich Ihnen leider keine Auskünfte geben", fiel die ernüchternde Antwort aus.

Sina setzte sich auf einen Besucherstuhl. Sie konnte nicht klar denken. Adi und sie hatten eine so schwierige Zeit hinter sich und jetzt, da sich alles zum Guten zu wenden schien, sollte auf einmal alles vorbei sein?

In diesem Moment setzte sich jemand neben sie. Es war Polizeirat Thalbach. Er war am Vortag aus dem Krankenhaus entlassen worden und man hatte ihn zu Hause über die Vorfälle informiert. „Adi Hessberger ist ein Kämpfer, er wird uns garantiert nicht alleine lassen. Sie müssen ganz fest daran glauben, Frau Fröhlich!

VIERZIG

Dienstag, 30.04.19, Präsidium

Thalbach schlurfte wie ein alter Mann Richtung Präsidium. Als er ankam, stellte er zuerst einmal fest, dass es nicht mehr allzu viele Kollegen gab, die er kannte. Die Mitglieder seines Teams waren entweder Opfer des Serienmörders geworden oder sie befanden sich im Krankenhaus. Inzwischen war auch Salzmann im Präsidium eingetroffen. Er steckte in einem schweren Zwiespalt. Natürlich wäre er lieber im Krankenhaus bei Adi gewesen, doch andererseits wollte er Denk so schnell wie möglich verhören. Es war nie auszuschließen, dass eine übergeordnete Stelle jetzt, da der Fall gelöst war, die Lorbeeren einheimsen wollte.

*

Salzmann stand die Überraschung ins Gesicht geschrieben, als plötzlich sein Chef vor ihm auftauchte. „Herr Thalbach, ich dachte, Sie wären noch krankgeschrieben. Wie geht es Ihnen?"

„Danke, Herr Salzmann, es ging mir tatsächlich schon besser, aber nachdem ich bis heute früh im Krankenhaus war, möchte ich zumindest mal einen Blick auf den Verhafteten werfen. Meinen Sie, ich könnte beim Verhör dabei sein?"

Salzmann konnte seinem Vorgesetzten kaum verbieten, an der Befragung teilzunehmen. „Natürlich, Herr Thalbach, ich wollte sowieso gleich mit der Vernehmung beginnen. Aber wollen Sie sich das wirklich antun?"

Polizeirat Thalbach nickte knapp und begleitete Salzmann zum Verhörraum. Olaf Denk saß gefesselt und von zwei Beamten bewacht an einem Tisch. Salzmann sagte den Beamten, dass sie nun vor der Tür warten könnten.

Denk musterte den Polizeirat mit spöttischer Miene. „Na, wen haben wir denn da? Ist das nicht unser achtfingriger Pianospieler?"

Thalbach schaute auf seine Hände mit den beiden Fingerstümpfen, blieb aber erstaunlich ruhig. Jedoch hatte er noch nie in seinem Leben einen so grenzenlosen Hass empfunden. Wortlos fixierte er sein Gegenüber.

Salzmann war schwer beeindruckt, wie sein Chef mit dieser krassen Situation umging. Keine Anzeichen von Angst, Wut oder Aggression.

Da richtete sich Thalbach an ihn: „Sag mal, Rüdiger, könntest du mir einen Kaffee bringen? Ich brauche jetzt dringend Koffein zum Nachdenken."

Salzmann trat vor die Tür und bat einen der draußen wartenden Polizisten, eine Kanne Kaffee zu ordern. In diesem Moment dröhnten drei Schüsse durch das Präsidium, gefolgt von einem markerschütternden Schrei.

*

Die Ärzte kämpften verzweifelt um das Leben von Adi Hessberger, aber es sah nicht danach aus, als ob er die Nacht überleben würde. Adi hatte keine nahen Verwandten mehr, doch dafür hatten sich mittlerweile viele Kollegen und Freunde im Krankenhaus eingefunden. Sina hatte ein Beruhigungsmittel erhalten, weigerte sich aber partout, ihren Platz zu verlassen. Als ein Arzt aus dem OP-Saal herauskam, konnte man eine Stecknadel fallen hören, so ruhig wurde es. „Da ich weiß, dass es sich um Ihren Kollegen handelt, werde ich meine Schweigepflicht einmal außer Acht lassen. Wir haben alles in unserer Macht Stehende getan und die Operation ist gut verlaufen, aber wir sind leider nicht sicher, ob er es schafft. Wir haben ihn ins künstliche Koma versetzt und jetzt bitte ich Sie alle, dass nur noch die engsten Vertrauten hierbleiben."

Alle standen unter Schock und hofften, dass Adi durchhalten würde.

*

Salzmann stürmte zurück in den Verhörraum. Thalbach stand wie versteinert da und hielt eine Waffe in der Hand. Vor ihm lag der Serienmörder, der mitsamt seinem Stuhl nach hinten umgekippt war. Auf seinem Hemd breiteten sich Blutflecken aus.

Salzmann nahm dem erstarrten Polizeirat die Waffe aus der Hand, während einer der Polizisten versuchte, Denk Erste Hilfe zu leisten.

„Er hat es verdient zu sterben", murmelte Thalbach. „Dieses Schwein, er hat es verdammt nochmal verdient."

Salzmann konnte es einfach nicht fassen: Nach all dem Leid, das der Serienmörder über ihre Abteilung gebracht hatte, schwang sich jetzt sein eigener Chef zum Racheengel auf. Salzmann war klar, was nun folgen würde. Er musste seinen Vorgesetzten verhaften. Es war keine Handlung im Affekt gewesen, sondern ein vorsätzlich geplanter Mord. Thalbach würde für diese Aktion lebenslänglich bekommen.

Die Sirenen des eintreffenden Krankenwagens rissen ihn aus seinen Gedanken. „Führt ihn ab", sagte er zu den Polizisten und wies mit einer müden Geste auf Thalbach. Da eilten auch schon die Sanitäter in den Raum. Als Denk abtransportiert wurde, schaute Salzmann einen der Mediziner fragend an. „Wird er überleben?"

Der Arzt schüttelte den Kopf. „Die Chancen sind minimal."

Salzmann dachte, wie ungerecht es wäre, wenn dieser Abschaum überleben würde und Hessberger nicht. Insgeheim wünschte er sich, dass Thalbach es gleich vor Ort erledigt hätte.

Dienstag, 14.05.19, Sana-Klinikum

Sina Fröhlich saß am Bett von Adi. Es grenzte fast an ein Wunder, dass er seine schweren Verletzungen überlebt hatte. Sina strahlte. Es sah nicht so aus, als wolle sie seine Hand jemals wieder loslassen.

Wegen Hessbergers schlechter Verfassung hatte sich niemand getraut, ihm von Thalbachs Aktion zu erzählen. Als er schließlich davon erfuhr, konnte er es kaum fassen. Das hätte er seinem Chef niemals zugetraut.

Sina berichtete ihm, was in der Zwischenzeit geschehen war. Nicht nur Hessberger hatte überlebt, sondern auch Olaf Denk. Trotz der drei Schusswunden hatte er es geschafft und jetzt befand er sich in einem Hochsicherheitstrakt in Frankfurt. Rüdiger Salzmann war zum kommissarischen Leiter der Abteilung ernannt worden und kam so oft wie möglich an Adis Krankenbett.

EINUNDVIERZIG

Mittwoch, 15.05.19, Offenbach

Es war Ruhe eingekehrt in Offenbach. Ein großes Feuer in einer Batterie-Recycling-Firma, das die Anwohner und auch die weitere Umgebung in Angst und Schrecken versetzte, ließ die furchtbaren Ereignisse der letzten Wochen für kurze Zeit in den Hintergrund treten, denn niemand wusste, wie giftig die riesige Rauchwolke war. Glücklicherweise stellten sich die Befürchtungen als grundlos heraus.

Der Serienmörder war nun keine Gefahr mehr. Die SOKO Bieberer Berg bestand nur noch aus drei Leuten, aber man konnte jetzt anfangen, die schlimmen Ereignisse aufzuarbeiten. Sina und Adi schienen auf einem guten Weg zu sein, sich näherzukommen. Nun warteten sie auf den Ausgang des Prozesses gegen Dr. Weiß, der für den nächsten Montag anberaumt war. Adi hätte Sina gern dorthin begleitet, durfte aber noch nicht das Krankenbett verlassen. Noch schlimmer war es für ihn, das letzte Heimspiel seiner Kickers gegen Homburg zu versäumen. Beim Gegner waren inzwischen einige frühere OFC-Spieler gelandet und auch weitere Kickersspieler würden den Verein demnächst verlassen. Torwartikone Daniel Endres zum Beispiel hatte viele Jahre für den OFC gespielt und bekam jetzt keinen neuen Vertrag mehr. Sie sollten natürlich gebührend verabschiedet werden. Hessberger verließ sich darauf, dass er im Fanradio nichts verpassen würde. Heimlich hatte ihm Rüdiger zwei Flaschen Bier in sein Einzelzimmer geschmuggelt und somit war er bestens vorbereitet. Da sich während des Spiels nicht allzu viel ereignete, wurde mehr über die Spielerabgänge als über die Geschehnisse auf dem grünen Rasen berichtet. Trotzdem wäre Adi zu gerne dabei gewesen. Plötzlich kam eine Schwester in sein Zimmer. Sie sah das Bier, schaute ihn strafend an und meinte nur: „Ich komme in einer halben Stunde noch mal zu Ihnen, bis dahin haben Sie es besser ausgetrunken."

Den ganzen Tag lag Adi im Bett und schaute oder hörte Fußballübertragungen. Ja, so ein Krankenhausaufenthalt hatte am Ende doch nicht nur Nachteile.

Montag, 20.05.19, Gerichtsverhandlung in Frankfurt

Sina fühlte sich extrem unbehaglich. Zum Glück fand die Verhandlung unter Ausschluss der Öffentlichkeit statt. Aber die dumme Bemerkung ihres Anwalts, dass der Rechtsanwalt des Psychologen einer der renommiertesten Strafverteidiger weit und breit sei, machte es nicht wirklich besser. Dann wurde sie als Zeugin aufgerufen und der gegnerische Rechtsvertreter nahm sie so richtig in die Mangel. Jede Aussage wurde ihr im Mund herumgedreht. Erschwerend kam die Tatsache hinzu, dass sie sich an viele Dinge nicht oder kaum erinnern konnte. Die Fragen dröhnten in ihrem Kopf. „Wurden Sie von dem Angeklagten gegen Ihren Willen entführt? Hat der Angeklagte Sie gezwungen, mit ihm zu schlafen, beziehungsweise hat er überhaupt mit Ihnen geschlafen? Wurde Dr. Weiß gewalttätig?"

Ein leises „Nein" war ihre Antwort auf alle Fragen.

„Können Sie dem Gericht bitte laut und deutlich antworten?"

„Nein, das hat er nicht getan."

„Stimmt es, Frau Fröhlich, dass Nacktfotos von Ihnen im Netz kursieren?"

Sina stotterte ein wenig: „J-j-ja, aber ich wurde betäubt. "

„Danke, ein einfaches Ja oder Nein genügt völlig."

So ging es fast dreißig Minuten lang und Sina fragte sich so langsam, wer hier Täter und wer Opfer war. Im Anschluss wurde der Arzt befragt, der die Erstversorgung von Sina vorgenommen hatte. Er ließ sich vom Gehabe des gegnerischen Anwalts nicht beeinflussen. Mehrfach schilderte er die krassen Umstände, die er im Haus von Dr. Weiß vorgefunden hatte. Der Richter fasste zusammen, dass eine Freiheitsberaubung beziehungsweise eine Entführung in diesem Fall nicht zu beweisen war, da mehrere Zeugen aussagten, dass Frau Fröhlich freiwillig in das Haus von Dr. Weiß gezogen war. Auch der Tatbestand des Missbrauchs stand auf wackligen Füßen, da sich das Opfer kaum an Einzelheiten erinnern konnte. Der Beschuldigte zeigte sich einsichtig und beteuerte, dass er mit seinen Handlungen keinesfalls die Absicht hatte, Frau Fröhlich zu schaden, und sie nur zu ihrem eigenen Schutz medizinisch fixiert habe. Doch zumindest der Tatbestand der Nötigung war laut Gericht eindeutig erfüllt.

*

Das Urteil fiel niederschmetternd aus. Das Gericht zweifelte an der Entführungsabsicht des Psychologen und auch ein sexueller Missbrauch konnte nicht ausreichend bewiesen werden. Es blieben nur der Verstoß gegen das Betäubungsmittelgesetz und Nötigung in minderschwerem Fall. Weil keine Vorstrafen gegen den Psychologen vorlagen, wurde Dr. Weiß zu einem Jahr auf Bewährung verurteilt. Das war krasser, als Sina es sich in ihren schlimmsten Träumen ausgemalt hatte. Nach dem Ende der Verhandlung ging Weiß an ihr vorbei und flüsterte ihr grinsend zu: „Na, dann können wir uns ja bald mal wieder treffen."

*

Der Gefängniswärter machte seinen letzten Rundgang des Tages und schaute in die einzelnen Zellen. Der spektakulärste Zugang in letzter Zeit war der Polizeirat aus Offenbach. Das Wachpersonal diskutierte heftig darüber, ob Thalbach nicht ein heimlicher Held sei. Einige bedauerten, dass er nicht genau genug gezielt hatte. Alle behandelten den Gefangenen mit großem Respekt, doch er schien längst jeden Lebensmut verloren zu haben. Meist wirkte er apathisch, selten sagte er ein Wort.

Thalbachs Zelle war die letzte, die der Wärter auf seinem Rundgang kontrollierte. Er fand den Gefangenen auf dem Bett liegend vor, unter dem sich eine große Blutlache ausbreitete. Sofort löste er Alarm aus und öffnete die Zelle.

Der ehemalige Polizeirat hatte sich, woher auch immer, den scharfkantigen Deckel einer Konservendose besorgt und damit die Pulsadern aufgeschnitten.

*

Sina und Adi hatten sich in den Besucherraum zurückgezogen. Dort war außer ihnen niemand. Adi merkte, wie verzweifelt Sina über den Ausgang des Gerichtsverfahrens war. Sie sprachen lange darüber und Adi meinte: „Du darfst dich von diesem Urteil nicht runterziehen lassen. Weiß hat immerhin seinen Job verloren und er wird dir nie wieder zu nahe kommen, dafür werde ich sorgen." Dann nahm er Sina in die Arme und streichelte sanft über ihren Kopf. Eine ganze Weile saßen sie so nebeneinander, ohne ein Wort zu reden, als plötzlich die Tür aufging und Rüdiger Salzmann hereinstürmte. „Es hört nicht auf, es hört einfach nicht auf! Thalbach hat sich vorhin die Pulsadern aufgeschnitten."

Sina war als Erste in der Lage zu fragen: „Hat er es überlebt?"

Salzmann zuckte mit den Schultern. „Die Ärzte kämpfen noch um sein Leben. Mir wurde versprochen, dass ich sofort informiert werde, sobald es etwas Neues gibt."

Es war ein trauriger Haufen, der in dem kleinen Besucherraum zusammensaß. Vor nicht allzu langer Zeit war ihre Welt noch in Ordnung, waren ihre Freunde und Kollegen noch am

Leben gewesen. Die Geschehnisse der letzten Wochen hatten tiefe Trauer, Albträume und schlimme Erinnerungen hinterlassen, die sie für den Rest ihres Lebens begleiten würden.

Das Klingeln von Salzmanns Handy unterbrach ihre Gedanken. Polizeirat Klaus Peter Thalbach war vor wenigen Minuten gestorben. Ihr langjähriger Chef, der immer schützend seine Hand über die ganze Abteilung gehalten hatte, hatte sich zwar an seinem Peiniger gerächt, aber weiterleben wollte er nicht. Zu furchtbar war das, was der Serienmörder ihm angetan hatte. Und er hätte eine viele Jahre dauernde Haftstrafe vor sich gehabt.

*

Einige Tage später durfte Hessberger das Krankenhaus verlassen. Sina holte ihn ab und brachte ihn nach Hause. Seine Wohnung war so sauber wie noch nie, das Bett frisch bezogen und der Kühlschrank gut gefüllt. Selbst das Bier hatte sie nicht vergessen. Er nahm sie in die Arme, um sich zu bedanken, aber nach ein paar Sekunden löste sie sich wieder von ihm. „Ich muss noch ein paar Erledigungen machen und dann schaue ich noch mal vorbei." Mit diesen Worten war sie auch schon aus der Tür.

Trotz allem schien der Funke noch immer nicht übergesprungen zu sein, dachte er traurig. Er nahm ein Bier aus dem Kühlschrank und setzte sich damit auf den Balkon. Es war beruhigend, dass niemand mehr versuchte, ihn und seine Kollegen umzubringen. Die ständige Angst, nicht nur um das eigene Leben, war auf Dauer nicht auszuhalten. Doch die vielen Toten machten ihm wahnsinnig zu schaffen und er fragte sich immer wieder, ob er den Tod von Thalbach hätte verhindern können. Die Suche nach dem entführten Polizeirat hatte einfach zu lange gedauert. Auch vermisste er Viola, Seli und Horst Pelzer, die ihm alle ans Herz gewachsen waren. Dazu kam noch seine Verletzung und vor allem seine private

Situation. Jetzt musste die Zeit für ihn arbeiten, damit aus Sina und ihm endlich ein Paar werden und ihnen die Zukunft bessere Zeiten bescheren würde – und endlich den lang ersehnten Aufstieg seines OFC in die 3. Liga.

ZWEIUNDVIERZIG

Freitag, 24.05.19, Gerichtsmedizinisches Institut

Clarissa Wegner war auf dem Weg zu ihrem Arbeitsplatz, als sie am Ende des Flurs Schritte hörte, die aus ihrem Büro zu kommen schienen. Doch es war niemand zu sehen. Auf ihrem Schreibtisch lag ein Gutschein über 20 Euro vom Eis-Kaiser in Seligenstadt. Ein gelber Post-it-Zettel klebte daran: *Heute 17.30 Uhr* ☺

Clarissa überlegte, von wem dieser Gutschein kommen könnte. Außer Adi Hessberger fiel ihr niemand ein. Zuerst verwarf sie den Gedanken, dorthin zu fahren, doch schließlich siegte ihre Neugier und auch die Lust auf einen leckeren Eisbecher. Und nicht zuletzt die leise Hoffnung, es könnte tatsächlich Adi sein.

Um 17.15 Uhr fand sie einen freien Parkplatz in der Nähe des Mainufers. Sie wollte gern ein paar Minuten früher vor Ort sein. Während sie auf den Spender des Gutscheins wartete, ließ sie die letzten Wochen Revue passieren, die auch für sie nicht einfach gewesen waren. Da war ihre unerfüllte Liebe zu Adi Hessberger, der sich für Sina Fröhlich entschieden hatte, und die Sorge um ihn, als er im Krankenhaus um sein Leben kämpfte. Auch die vielen Toten, die auf ihrem Tisch gelandet waren, hatten sie nicht kalt gelassen.

Aufgrund des fast frühlingshaften Wetters standen viele Menschen um den Eis-Kaiser herum. Clarissa entschloss sich, einen Krokant-Becher zu bestellen. Sie setzte sich damit auf eine Parkbank und während sie ihr Eis verzehrte, schaute sie sich immer wieder nach Adi um. Dann nahm sie ihr Handy und rief ihn an, aber sie erreichte nur seine Mailbox.

Was soll's, dachte sie, das Eis ist lecker, die Sonne scheint, ich gehe einfach noch ein bisschen spazieren.

Freitag, 24.05.19, Polizeipräsidium

Adi Hessberger war noch krankgeschrieben, aber es hielt ihn nichts mehr zu Hause. Als er im Präsidium ankam, wollte Rüdiger sofort seinen kommissarischen Abteilungs-Chefstuhl räumen, doch Adi meinte, er solle ruhig noch ein paar Tage die Vorgesetztenrolle genießen. Gemeinsam mit Sina diskutierten sie noch einmal über die zurückliegenden Ereignisse. Bis zur Gerichtsverhandlung von Olaf Denk würde es noch einige Zeit dauern, da die Fallakten sehr umfangreich waren. Bei den Vernehmungen hatte Denk alle Morde und auch die Vergewaltigungen gestanden.

Für Rüdiger und Sina war das Kapitel Serienmörder endgültig abgeschlossen. Sina konnte sich kaum vorstellen, dass man sich jetzt wieder banalen Diebstählen und Einbrüchen zuwenden würde. „Ich glaube nicht, dass wir jemals wieder einen so krassen Fall bearbeiten werden, und das ist auch gut so. Aber ehrlich gesagt habe ich ein wenig Angst vor der nächsten Begegnung mit Dr. Weiß. Hoffentlich lässt er mich in Ruhe. Es ist echt schwer, abends nach Hause zu laufen, ohne sich ein paarmal umzudrehen. Seit diese Dinge mit ihm und dem Serienmörder passiert sind, glaube ich immer, dass jemand hinter mir steht oder mich überfallen will."

*

Mittlerweile war die Sonne untergegangen, aber Clarissa genoss es, an der frischen Luft zu sein. Zwar hatte sie gehofft, Adi zu treffen, aber die Gelegenheit in einer schönen Umgebung spazieren zu gehen, fehlte ihr in letzter Zeit. Die Gerüche innerhalb der Gerichtsmedizin waren schon eine sehr gewöhnungsbedürftige Angelegenheit und deshalb nutzte sie jede Gelegenheit, sich draußen zu bewegen.

Es waren noch viele Menschen unterwegs, deswegen fiel ihr der Mann erst auf, als er sie ansprach.

„Entschuldigung, ich wollte Sie nicht erschrecken, aber ich habe Sie wiedererkannt. Wir waren gemeinsam auf der Beerdigung von meiner guten Freundin Viola. Darf ich mich vorstellen, mein Name ist Liam Nilsen."

Er streckte ihr die Hand entgegen und Clarissas Misstrauen legte sich, als sie sein Gesicht erkannte. „Ich war nur so in Gedanken, dass ich bei Ihrem unvermittelten Auftauchen etwas erschrocken bin. Ich heiße Clarissa Wegner."

Sie gingen ein Stück zusammen und Liam erzählte ihr von Viola und wie sehr er sie vermisste.

Clarissa berichtete von ihrer Arbeit und wie furchtbar es gewesen war, auch Viola Dembowski obduzieren zu müssen.

„Ich habe auch Kommissar Hessberger auf der Beerdigung kennengelernt und der hat sehr von ihr geschwärmt. Vielleicht würde er sich freuen, ein paar persönliche Bilder von Viola zu bekommen. Auf einem sind sie sogar gemeinsam abgelichtet. Ich wohne nicht weit entfernt von hier. Wenn Sie Lust haben, können wir eine Tasse Tee zusammen trinken und ich gebe Ihnen die Bilder mit, was meinen Sie?"

Clarissa war etwas unentschlossen, denn eigentlich kannte sie Liam überhaupt nicht, aber auf der anderen Seite war er ein enger Freund von Adis ehemaliger Kollegin. „Na dann, trinken wir eine Tasse Tee zusammen."

*

Gegen Abend sah Adi einen Anruf auf seinem Handy. Es war Clarissa. Seit er ihr mitgeteilt hatte, mit Sina zusammen sein zu wollen, fiel es ihm schwer, mit Clarissa zu reden. Er hatte Bedenken, dass sie ihm die Ohren volljammern würde. Aus seiner Sicht sollte der Kontakt nur noch auf Berufliches beschränkt bleiben. Also ging er nicht ran und drückte den Anruf weg. Später würde er ihr eine Nachricht senden. Aber nicht jetzt. Er wollte ihr nicht signalisieren, dass er noch Interesse an ihr hatte.

Samstag, 25.05.19, Wohnung Hessberger

Das Telefon klingelte ohne Unterlass. Am anderen Ende war ein Beamter aus dem Landkreis Seligenstadt, mit dem er schon einige Male zu tun gehabt hatte. „Guten Morgen Herr Hessberger, können Sie bitte dringend hierherkommen? Ich befinde mich mit meinen Kollegen direkt an der Fähre hier in Seligenstadt und wir haben ein neues Opfer."

Adi lief es eiskalt den Rücken hinunter. Er hoffte inständig, dass es niemand war, den er kannte.

Als er sich der Fähre näherte, schienen sich seine schlimmsten Befürchtungen zu bestätigen. Der Polizist kam auf ihn zu und sagte, dass das einer der furchtbarsten Anblicke sei, die er jemals zu Gesicht bekommen habe. Und dass man sich gar nicht vorstellen könne, dass die Frau noch lebe. Die Ärzte waren gerade noch dabei, die Schwerverletzte transportfähig zu machen.

Der Kommissar wollte zu ihr gehen, aber in diesem Moment ging das Blaulicht an und der Notarztwagen fuhr davon. Hessberger ging zu den anderen Polizisten. „Wer ist die Frau und was ist mit ihr passiert?"

Einer der Beamten zeigte ihm ein Foto.

„Clarissa, mein Gott, das ist Clarissa Wegner, unsere Gerichtsmedizinerin." Hessberger war so geschockt, dass seine Beine beinahe weggesackt wären. Er schaute ungläubig auf das Foto. „Denk ist doch im Gefängnis. Das kann doch nicht sein. Wer hat ihr das angetan?"

„Sie wurde brutal vergewaltigt und zusammengeschlagen. Es ist ein Wunder, dass sie überhaupt noch am Leben ist", erwiderte der Beamte mit vor Wut bebender Stimme.

Hessberger machte sich sofort auf den Weg ins Präsidium. Dort wollten auch Sina und Rüdiger hinkommen. Die drei trafen sich im Besprechungsraum und Adi berichtete, was in Seligenstadt geschehen war.

Sina konnte die Tränen nicht zurückhalten. Wie es schien, sollte der Albtraum einfach nicht aufhören.

Rüdiger traute sich als Erster, das Wort zu ergreifen. „Da Olaf Denk eingesperrt ist, handelt es sich offensichtlich um einen zweiten Täter. Dass es ein Nachahmer ist, glaube ich nicht."

Adi stimmte seinem Kollegen zu. „Ja, das ist auch meine Ansicht. Wir haben es mit einem zweiten Täter zu tun. So erklären sich auch die weit auseinanderliegenden Tatorte beziehungsweise Fundorte der Leichen. Es ist furchtbar frustrierend. Jetzt hatten wir den Fall endlich aufgeklärt und auf einmal starten wir wieder von vorne. Dass unser Häftling alle Taten gestanden hat, kann bedeuten, dass der andere Täter mit ihm in Verbindung steht. Wir sollten uns Denk unbedingt noch mal vornehmen."

Samstag, 25.05.19, Justizvollzugsanstalt Frankfurt

Rüdiger und Adi saßen Olaf Denk gegenüber, der sich einigermaßen von seinen schweren Schussverletzungen erholt hatte. Als er die beiden anschaute, verzogen sich seine Lippen zu einem bösartigen Grinsen. „Meine Lieblingskommissare, was kann ich denn für Sie tun? Es wird doch nichts Schlimmes passiert sein?"

Hessberger ignorierte die Fragen des Mörders und kam direkt zur Sache. „Wir wissen, dass Sie mit einem Komplizen zusammengearbeitet haben. Wer ist es und wo können wir ihn finden?"

„Aus welchem Grund sollte ausgerechnet ich der Polizei helfen? Da draußen ist jemand, der mein Werk vollenden wird, und ich werde hier in Ruhe sitzen, während Sie und Ihre Kollegen jede Sekunde mit dem Schlimmsten rechnen müssen. Ja, in Ihrer Haut möchte ich wirklich nicht stecken.

Schade, dass es nichts gibt, womit Sie mir drohen könnten, denn raus aus diesem Loch komme ich sowieso nicht mehr. Es freut mich, dass Sie niemals zur Ruhe kommen werden und wenn ich Ihre Angst verstärken kann, dann tue ich das gerne. Deshalb werde ich Ihnen sagen, wer mich in meinen Plänen unterstützt. Es handelt sich um meinen Zwillingsbruder, deshalb ist die DNA auch fast die gleiche. Leider ist er genauso dümmlich wie gewalttätig. Er hat in der Chronik seiner Adoptiveltern gelesen, dass es in der Familie einen Serienmörder gab, und meint jetzt, von diesem abzustammen. Der Trottel weiß nicht, dass er nur adoptiert wurde, seine Mutter war eine Nutte und sein Vater ein sadistischer Sportfunktionär. Als wir uns kennenlernten, hat er nicht einmal begriffen, dass ich nur dann sein Zwillingsbruder sein kann, wenn wir auch dieselben Eltern haben. Wahrscheinlich hat er gedacht, seine Alten hätten mich zur Adoption freigegeben. Doch auch wenn er nicht der Hellste ist, er kann unheimlich brutal sein – aber das wissen Sie ja schon. Sie müssen nur jemanden suchen, der genauso aussieht wie ich, schließlich sind wir ja Zwillinge. Und da ich ihn gut kenne, weiß ich, dass er niemals mit dem Morden aufhören wird, bis er sein Ziel erreicht hat. So und jetzt müssen Sie beide allein zurechtkommen. Ich werde keine weiteren Fragen bezüglich meines Bruders beantworten."

Hessberger wollte wenigstens noch in Erfahrung bringen, was es mit dem Offenbacher Bier auf sich hatte, und fragte nach.

Denk schaute ihn belustigt an. „Ich dachte mir, wenn ich sicher sein will, dass Sie persönlich den Fall übernehmen, muss ich Sie entsprechend ködern. Da habe ich mir dieses Bier ausgesucht, denn ich wusste, dass Sie darauf anspringen würden, und konnte Sie so auf eine vollkommen falsche Fährte locken. Am Ende war es dann fast ein Symbol für mich, wie das Z bei Zorro. Die nächste falsche Spur war das Anbinden von Herodes vor Ihrer Bäckerei. Ich wollte Ihnen ein kleines

Erfolgserlebnis gönnen. ‚Polizist findet vermissten Hund des toten Schiedsrichters.' Denk stand auf und rief nach dem Wärter. „Ach, Herr Hessberger, interessiert es Sie, warum wir die Leichen aus der Gerichtsmedizin gestohlen haben? Es hat uns unglaublichen Spaß bereitet, Sie komplett zu verwirren. Im Prinzip gab es außer den Stichwunden keine Hinweise auf mich, aber mit dem Diebstahl haben wir den ganzen Polizeiapparat so richtig zum Nachdenken gebracht. Dr. Kramer hatte leider das Pech, zur falschen Zeit am falschen Ort zu sein, denn wir wollten nur Pelzer ermorden. Hat es Ihnen gefallen, den alten Freund in Ihrem Wohnzimmersessel aufzufinden?"

Hessberger sah ihn durchdringend an. „Sie werden hier verrotten und das gefällt mir!", erwiderte er, obwohl er ihm am liebsten den Hals umgedreht hätte.

*

Als sie wieder im Büro waren, kam Sina dazu. Sie hatte es vorgezogen, Olaf Denk nicht wieder zu treffen.

„Was hat er gesagt?"

„Er hat behauptet, der Komplize wäre sein Zwillingsbruder.

„Sein Zwillingsbruder? Sollen wir ihm das wirklich glauben?"

„Es würde dazu passen, dass Clarissas Analyse der DNA-Spuren, die bei den Vergewaltigungsopfern gefunden wurden, auf Denk hindeutete. Laut Denk will sein Bruder seinen Plan vollenden – die Vernichtung unserer Abteilung."

„Wir brauchen Personenschutz, eine Bewachung rund um die Uhr, zumindest so lange, bis der Täter gefasst ist", sagte Salzmann entschlossen.

„Richtig. Also Sina, wenn du willst, kannst du bei mir wohnen – zusätzlich zum Personenschutz."

Adi rechnete mit einer abschlägigen Antwort, doch Sina stimmte sofort zu. „Sollte ich unterwegs sein, bleibt Rüdiger bei dir."

*

Während Rüdiger bei Sina blieb, fuhr Adi ins Krankenhaus, um sich zu erkundigen, wie es Clarissa ging.

Der behandelnde Arzt zeigte sich sehr besorgt über ihren Zustand. „Sie hat mehrere Rippen gebrochen, das Jochbein ist zerschmettert, aber das ist bei Weitem nicht das Schlimmste. Sie ist innerlich sehr schwer verletzt, denn der Vergewaltiger hat Dinge mit ihr veranstaltet, die ich mir noch nicht einmal vorstellen möchte. Was ich schon sicher sagen kann, ist, dass sie niemals mehr Kinder bekommen wird. Dann der Schock. Da werden die Psychologen oder Psychiater uns stark unterstützen müssen. Bisher hat sie noch kein einziges Wort gesagt."

„Darf ich sie besuchen?"

„Ich an Ihrer Stelle würde es lieber nicht tun, doch wenn Sie unbedingt wollen, dürfen Sie ein paar Minuten zu ihr."

Hessberger war geschockt, als er Clarissa sah. Unter den vielen Verbänden war sie kaum wiederzuerkennen. „Clarissa, ich bin's, Adi, kannst du mich hören?"

Ihre Augen schauten einfach durch ihn hindurch. Es war, als wäre er gar nicht im Raum. Er legte seine Hand auf ihre Schulter und in diesem Moment fing sie an, laut und durchdringend zu schreien.

„Kommen Sie!", sagte der Arzt, der neben Hessberger auftauchte, und schob ihn aus dem Zimmer.

Noch als er den Gang entlangging, konnte Adi Clarissas durch Mark und Bein gehende Schreie hören.

*

Rüdiger und Sina hatten sich in der Zwischenzeit alte Unterlagen von Denk angesehen, die vielleicht auf die Spur des Zwillingsbruders führen konnten. Denks Mutter, eine Prostituierte, war im letzten Jahr ermordet worden. Sie hatte ihre Zwillinge nach der Geburt offenbar an unterschiedlichen Stellen einfach abgelegt. Denk landete im Waisenhaus, über einen anderen Zwilling – falls er tatsächlich existierte - gab es keine Aufzeichnungen. Sina begann im Geburtenregister zu recherchieren. Unter dem Geburtsdatum von Olaf Denk gab es noch zwanzig weitere Einträge. Acht davon fielen weg, da es sich um Mädchen handelte. Zwei weitere konnten ausgeschlossen werden, weil die Betreffenden schon vor Jahren gestorben waren. Allerdings musste man einkalkulieren, dass der Auffindungstag des Säuglings nicht mit dem Tag seiner Geburt übereinstimmte. Somit kam auch der nächste Tag als Geburtsdatum in Betracht. Den Unterlagen konnte man entnehmen, in welchem Landkreis oder Stadtteil die Neugeborenen damals gelebt hatten. Familiennamen waren aus Datenschutzgründen nicht zu ersehen. Sina stolperte bei der Durchsicht über die Ortsangaben Offenbach, Frankfurt und Seligenstadt. Das waren zwar alles Städte, die mit den Morden in Zusammenhang standen, aber für die komplette Akteneinsicht mussten sie wahrscheinlich auf Handakten zugreifen. Doch dafür benötigte man viel Zeit. Zeit, die sie einfach nicht hatten.

*

Liam hatte das ganze Haus für sich. Seine Eltern waren für ein paar Tage nach Schottland geflogen und diesen Umstand wollte er nutzen, um seinen Plan umzusetzen.

Es war wie ein Wunder. So viele Jahre hatte er nichts von der Existenz seines Zwillingsbruders gewusst und dann hatten mehrere Zufälle dazu geführt, dass sie sich gefunden hatten. Gegenseitig hatten sie sich versprochen, dass ihr Kennenlernen und die gemeinsamen Treffen nur sie etwas angingen. Deshalb hatten beide diesen Umstand gegenüber Dritten bisher nicht erwähnt. Das sollte auch so bleiben, ein Geheimnis zwischen Olaf und ihm. Jetzt gab es endlich jemanden, der verstand, warum er manche Dinge tat oder tun musste.

Ihre Leben hätten nicht unterschiedlicher verlaufen können. Während Liam im Grunde genommen behütet aufgewachsen war, hatte Olaf nicht so viel Glück gehabt. Und trotzdem war er Arzt geworden. Liam fühlte sich stark zu ihm hingezogen. Er liebte seine Aura von Macht und seine Stärke, alle Ziele in die Tat umzusetzen, trotz der vielen Risiken, die es gab. Liam wusste genau, dass er noch viel lernen musste und war dazu bereit. Obwohl er schon über dreißig Jahre alt war, lebte er immer noch bei seinen Eltern. Manche hielten das für ein Zeichen der Schwäche, aber in Wirklichkeit konnte ihm keiner etwas anhaben. Da war etwas in seinem Blut, in seinen Genen, das ihn unantastbar machte. Als sein Vater mal für ein paar Tage verreist war, war Liam heimlich in sein Büro gegangen und hatte sämtliche Schubladen und Ablagen durchwühlt. In einem der Ordner, der mit „Familienchronik" beschriftet war, fand er endlich die Bestätigung dafür, warum er anders war als die Menschen um ihn herum. Er las die Unterlagen, die dort abgeheftet waren, und tauchte ein in die ihm bisher verborgene Vergangenheit seiner Familie im schottischen Fraserburgh. Als sein Vater zwei Jahre alt war, kam dessen Bruder Dennis Andrew Nilsen zur Welt. Der Vater der beiden nahm seine Umgebung nur durch einen Nebel aus schottischem Whisky wahr und so hielt sich die Trauer in Grenzen, als er die Familie fluchtartig verließ. Als die Mutter wieder heiratete, trennten sich die Wege der beiden Brüder, denn Dennis blieb bei seiner Mutter, während der andere Bruder beim Großvater aufwuchs. Als Dennis Andrew Nilsen alt genug war, ging er zur Armee und lernte dort den Beruf des Schlachters, was ihm in seiner späteren Laufbahn noch viele Vorteile bringen sollte. Er war immer schon ein Einzelgänger gewesen und der Alkohol war sein ständiger Wegbegleiter. Er wechselte immer wieder seine Jobs und besonders spannend war der Umstand, dass er einige Zeit im Polizeidienst arbeitete. Im Jahr 1978 erdrosselte er sein erstes Opfer, einen minderjährigen Jungen. Die Leiche bewahrte er einige Monate in seiner Wohnung auf. Es folgten viele weitere Morde und bei allen kam es zu Ritualhandlungen: Er zog die Leichen seiner Opfer aus und reinigte sie. Abschließend zerlegte er sie, wie er es in seiner Schlachterausbildung gelernt hatte.

Liam war wie gebannt von diesen ungeheuerlichen Geschehnissen. Er fand eine Menge alter Zeitungsausschnitte, die über den Serienmörder – seinen Onkel, dessen Name er trug – berichteten. Denn Liams zweiter Vorname war Dennis. Laut einem Bericht der lokalen Zeitung sollte ein Installateur nach den verstopften Abflüssen im Haus seines Onkels schauen. Er fand etliche Knochen in den Rohren, was ihn veranlasste, die örtliche Polizei einzuschalten. Bei einer Hausdurchsuchung machte die Polizei dann einen grausamen Fund: mehrere Säcke mit den Überresten von verschiedenen Toten. Bei seiner Vernehmung war Dennis Andrew Nilsen voll geständig und berichtete den fassungslosen Beamten von einer Vielzahl Morde und Mordversuche. Er schilderte jeden einzelnen Mord mit einer Begeisterung, als ob er froh wäre, endlich alles erzählen zu dürfen. Der anschließende Prozess dauerte nur ein paar Wochen und am Ende stand ein Lebenslänglich für den Serienmörder, der noch jahrelang die Schlagzeilen der lokalen Zeitungen füllte. Es war wieder einmal der Zufall, der zur Überführung eines Täters geführt hatte. Ohne den Installateur hätte es wahrscheinlich noch viel mehr Opfer gegeben.

Für Liam war sein Onkel ein Held. Wie gern wäre er in seine Fußstapfen getreten. Das Gefühl, über Leben und Tod zu entscheiden, die Macht, ein Leben jäh zu beenden und die Angst in den Augen der Opfer zu sehen, das war es, was er immer schon wollte.

Seine Eltern hatten versucht, ihm diese dunkle Seite seiner Familie vorzuenthalten, aber zum Glück hatte er die Unterlagen gefunden.

DREIUNDVIERZIG

Montag, 27.05.19, Hessbergers Wohnung

Adi Hessberger schlief auf der Couch und Sina in seinem Bett. Leider hatte es sich noch nicht anders ergeben und so blieb ihm nichts übrig, als abzuwarten. Da er sowieso schon länger wach war, kochte er Kaffee und deckte den Tisch, bevor er Brötchen holen ging in der Bäckerei Kress. Vor der Tür begrüßte er den Polizeibeamten, der als Personenschutz zuständig war. Als er zurückkam, hörte er, dass sie unter der Dusche war. Am liebsten wäre er einfach ins Bad gegangen, doch sein Bauchgefühl hielt ihn davon ab.

Nur mit einem Bademantel bekleidet kam Sina an den Frühstückstisch. „Oh, Brötchen und frisch gekochter Kaffee, du scheinst ja der richtige Mann zum Heiraten zu sein!"

Sie gab ihm ein Küsschen auf die Wange.

Nachdem sie gefrühstückt hatten, machten sich die beiden fertig und fuhren mit Sinas Wagen ins Präsidium. Sie parkte, obwohl es den Mitarbeitern untersagt war, direkt auf dem Parkplatz für Besucher, denn er war auch abends gut beleuchtet.

*

Im Präsidium kam es zu einem heftigen Disput zwischen Adi und Rüdiger. Während Adi noch einmal mit Olaf Denk sprechen wollte, hielt ihn sein Kollege für total bescheuert. Niemals würde Denk ihnen den Namen und Aufenthaltsort seines Zwillingsbruders mitteilen, sondern sie auflaufen lassen und lächerlich machen. Darauf konnte Salzmann gerne verzichten. Man konnte die Anspannung der beiden förmlich spüren und sie entlud sich schließlich so heftig, dass das Geschrei durch die Gänge des Präsidiums zu hören war. Selbst Sina schaffte es nicht, die Kommissare zu beschwichtigen.

Erst als Kollegen in den Raum kamen und fragten, ob alles in Ordnung sei, beruhigten sich die beiden ein wenig.

Hessberger versuchte, seinen Kollegen zu überzeugen. „Denk fühlt sich uns total überlegen. Er sitzt auf einem so hohen Ross, dass er wunderbar auf uns herabsehen kann. Der spielt mit uns Katz und Maus, aber in seiner übersteigerten Selbsteinschätzung macht er vielleicht einen Fehler und wir gelangen in den Besitz wichtiger Fakten."

Salzmann war von dem Plan zwar nicht überzeugt, aber Adis Beharren ließ ihn schließlich einwilligen.

Also beschloss Adi, dass sie zu dritt losfahren sollten. Doch Sina schaffte es einfach nicht, dem Menschen gegenüberzutreten, der für die schlimmsten Augenblicke ihres Lebens verantwortlich war. „Ich kann echt nicht mitkommen. Das halte ich nervlich einfach nicht aus, zumal ich fühle, dass seine Warnung, dieses furchtbare Tattoo, immer noch auf meiner Haut brennt. Es gibt noch genug Papierkram zu bearbeiten und zwei Beamte scheinen mir ausreichend, um mit Denk fertigzuwerden. Also verschwindet endlich."

Die beiden machten sich auf den Weg.

Ein paar Minuten, nachdem sie losgefahren waren, meldete sich der Empfang bei Sina. „Frau Fröhlich, hier hat sich ein Fahrzeughalter gemeldet, der ein Auto auf unserem Parkplatz beschädigt hat. Leider ist es ausgerechnet Ihr Wagen. Der Fahrer wartet unten."

Sina war froh, dass der Unfallverursacher nicht einfach weggefahren war. Sie lief die Treppen hinunter und ging direkt zum Parkplatz. Von Weitem erkannte sie, dass die Beifahrertür ihres Wagens mächtig eingedrückt war.

Der Mann, der ihr irgendwie bekannt vorkam, hielt ihr die Hand hin und sagte: „Es tut mir wirklich leid, dass ich so ungeschickt war, aber Sie brauchen keine Angst zu haben, für den Schaden wird selbstverständlich meine Versicherung aufkommen. Kennen wir uns nicht? Doch, ich glaube, wir haben uns kurz bei der Beerdigung meiner guten Freundin Viola gesehen. Darf ich mich vorstellen, Liam Nilsen."

Sina erinnerte sich. Das war der Mann, der nach der Bestattung kurz mit Adi gesprochen hatte.

„Sina Fröhlich", antwortete sie und schüttelte ihm freundlich die Hand.

„Wir können uns kurz in mein Auto setzen, um die Formalitäten zu erledigen", lud er sie ein. Er hielt Sina die Fahrertür auf und sie setzte sich hinein. Dann nahm er auf dem Beifahrersitz Platz und öffnete das Handschuhfach. Doch statt der Unterlagen holte er ein großes Messer heraus und drückte es gegen ihre rechte Seite, sodass sie vor Schmerz aufschrie.

„So, Frau Kommissarin, oder darf ich dich Sina nennen? Du fährst jetzt los und bitte keine Mätzchen, sonst muss ich dir richtig wehtun."

„Was wollen Sie von mir?"

Liam hatte alle Freundlichkeit abgelegt. „Du fährst jetzt Richtung Seligenstadt", fuhr er sie an, „und dann sage ich dir schon, wo es langgeht. Vielleicht interessiert es dich ja, dass ihr meinen Zwillingsbruder ins Gefängnis gebracht habt. Die Polizei hat ihn in Gewahrsam genommen und dafür habe ich dich. Ein fairer Tausch oder was meinst du?"

Nach einer knappen halben Stunde kamen sie an. Sie stiegen aus und er zwang sie durch den Garten, die Eingangstür und die Treppen hinunter, bis sie vor dem roten Samtvorhang standen. Er wies sie an, ihn beiseitezuschieben. Dahinter war ein großer Raum voller Spiegel und ungewöhnlicher Gegenstände. „Da staunst du. Deine Kollegin Seli hat hier viele Stunden verbracht und viele Männer beglückt. Da geht es dir viel besser, denn du brauchst nur einen Mann glücklich zu machen, und das bin ich. Je besser dir das gelingt, umso länger bleibst du am Leben."

Er schob sie weiter in den Raum hinein. Von der Decke hing ein Stahlseil mit zwei großen Eisenringen herab. Sie schaute entsetzt auf die vielen Geräte, als er hinter sie trat und sie mit einem Elektroschocker außer Gefecht setzte.

Als sie wieder zu sich kam, hing sie mit Handschellen an den Eisenringen. Er hatte das Stahlseil so weit heruntergelassen, dass sie sitzen oder liegen konnte. Dann machte er das Licht aus und ließ sie alleine.

*

Als Adi und Rüdiger zurück ins Präsidium kamen, war Sina nicht auffindbar. Eine Kollegin teilte ihnen mit, dass es wohl einen kleinen Unfall auf dem Parkplatz gegeben hatte und Frau Fröhlich zur Klärung der Angelegenheit runtergegangen sei. Ein Polizeibeamter hatte gesehen, wie die Kommissarin mit einem Mann vom Besucherparkplatz weggefahren war. Natürlich hatte er sich das Kennzeichen notiert.

Hessberger sah seinen Kollegen fassungslos an. „Mein Gott, wir dachten, dass Sina im Präsidium in Sicherheit ist, und jetzt ist sie verschwunden. Macht schnell eine Halterabfrage und dann schnappen wir uns den Kerl."

*

Sina hatte furchtbare Angst. Sie hatte ständig die Bilder von Seli, Viola und Clarissa vor Augen. Was würde der Vergewaltiger mit ihr anstellen? Verzweifelt versuchte sie, sich von den Fesseln zu befreien, aber das schien aussichtslos. Wenn sie Liam signalisierte, dass sie freiwillig mitmachte, dann würde er ihr vielleicht die Handschellen abnehmen. Möglicherweise gäbe es dann eine Möglichkeit zu fliehen.

In diesem Moment ging das Licht an. Es wirkte anfangs so grell, dass sie die Augen schließen musste. „Na, Sina, hast du es dir schon überlegt, wirst du brav sein und mitspielen?"

Sina versuchte, so ehrlich wie möglich zu klingen: „Ich werde alles machen, was du verlangst."

„Gut", sagte er, „dann zieh dich jetzt aus. Ich lasse das Seil so weit herunter, das du dich trotz der Fesseln ausziehen kannst, und wenn du fertig bist, werde ich dir auch die Handschellen abnehmen."

Genau darauf hatte Sina spekuliert.

Es war eine umständliche Prozedur, aber am Ende hatte sie es geschafft, sich komplett zu entkleiden. „So, jetzt kannst du mir die Fesseln abmachen", sagte sie, als ihre Klamotten am Boden lagen.

„Für wie blöd hältst du mich eigentlich? Aber ich muss sagen, du siehst wirklich toll aus. Olaf hat wirklich nicht übertrieben, als er mir von dir erzählte."

Während er mit ihr sprach, begann er die Kurbel mit der Eisenkette zu drehen, bis Sina aufrecht vor ihm stand. Langsam strich er mit seiner Hand über das Tattoo, mit dem sein Bruder sich auf ihrem Körper verewigt hatte. Dann drehte er sich abrupt um und verließ das Gewölbe.

*

Nach ein paar Minuten konnte der Halter ermittelt werden. Es handelte sich um eine Frau, Svenja Nilsen. Doch die große Überraschung war die Adresse in Seligenstadt, die ihnen bestens bekannt war. Inzwischen hatten auch die Polizeitechniker es geschafft, Sinas neues Handy zu orten. Ihr Standort schien fast mit den Fundorten ihrer toten Kolleginnen identisch zu sein. Adi befürchtete das Schlimmste. Wenn Sina etwas passierte, würde er seines Lebens nicht mehr froh werden. Doch entgegen seinen Erwartungen kam das Handysignal nicht von der Fähre, sondern aus der alten Villa mit dem Swinger-Club, in der sie schon wegen Seli ermittelt hatten.

Die Strecke dorthin legten sie in Rekordzeit zurück und Rüdiger machte eine Vollbremsung direkt vor dem Eingang. Die Tür war zu massiv, um sie einzutreten, deshalb kletterte Adis Kollege auf die Fensterbank und trat gegen die Scheibe, die in tausend Scherben zersplitterte. Er griff von außen nach der Entriegelung und öffnete das Fenster. Nach einigen Sekunden machte er von innen die Eingangstür auf.

Mit gezogenen Waffen durchsuchten sie systematisch das Haus. Durch ihre vielen gemeinsamen Einsätze konnten sie sich mittels Handzeichen verständigen und bewegten sich lautlos durch die Gänge. Salzmann deutete auf die Treppe zum Keller. Vorsichtig stiegen sie die Stufen hinab.

Als Adi den roten Vorhang beiseiteschob, sah er sofort Sina mit erhobenen Armen an einem Seil hängen. Liam hatte die Kurbel so gedreht, dass ihre Füße nicht mehr den Boden berührten. Man sah ihr an, dass sie große Schmerzen hatte. Hinter ihr stand Liam Nilsen mit einem großen Messer in der Hand.

„Lassen Sie Sina frei, dann können wir über alles reden", rief Hessberger.

„Sie sind nicht in der Lage, Forderungen zu stellen, denn sonst ist unsere liebe Sina schneller tot, als Sie denken, Herr Kommissar. Sina und ich haben uns gerade richtig angefreundet und da platzen Sie rein. Das finde ich extrem unhöflich." Mit einer schnellen Bewegung verpasste er Sina einen Schnitt an der Innenseite ihres Oberschenkels, der sie aufschreien ließ. „Sehen Sie, Herr Kommissar, was passiert, wenn jemand unhöflich ist? Sie sollten immer bedenken, dass ich die Gene eines Serienmörders in mir trage, und deshalb sollten Sie mich lieber ernstnehmen."

Hessberger musste sich zusammenreißen, um nicht loszustürmen. Im Moment hatten Salzmann und er keine Möglichkeit, den Kerl unschädlich zu machen, ohne Sina zu gefährden. Also verfolgte er eine andere Strategie: „Ich habe mit Ihrem Bruder gesprochen und der hat mir glaubhaft versichert, dass Ihr Vater zwar ein Sadist war, aber ansonsten nur ein Sportfunktionär und Ihre Mutter ist mit jedem Kerl für Geld ins Bett gegangen. Die Nilsens sind nur Ihre Adoptiveltern und somit haben Sie keinesfalls die Gene eines Serienmörders. Und jetzt lassen Sie Frau Fröhlich frei."

„Mein Bruder hatte den Plan, Sie alle zu töten, also warum es nicht jetzt vollenden? Am besten, Sie legen erst einmal Ihre Waffen auf den Boden und schieben sie vorsichtig zu mir rüber."

„Erschieß ihn, Adi, er will uns sowieso alle umbringen. Nimm keine Rücksicht auf mich und schieß einfach!", schrie Sina und schaukelte heftig an dem Seil hin und her.

Adi und Salzmann verstanden sofort, worauf sie spekulierte. Sie wollte die Kette so stark zum Schwingen bringen, dass Liam Nilsen immer wieder für einen winzigen Augenblick ohne Deckung war.

Salzmann versuchte den Mörder abzulenken, indem er sich von Adi wegbewegte.

Sina schaukelte immer stärker, aber Hessberger fehlte der Mut zu schießen, weil er Angst hatte, Sina zu treffen. Alles krampfte sich in ihm zusammen, als er sah, wie Liam mit dem Messer ausholte.

Hessbergers Schüsse hallten durch den alten Gewölbekeller, danach war es still.

„Sina", schrie er und rannte zu der Frau, die er über alles liebte. An ihrem Körper lief das Blut herunter.

Salzmann drehte die Kurbel und ließ Sina auf den Boden hinab. Hessberger stürzte sich auf den am Boden liegenden Liam. Er schien zumindest an der Schulter verletzt zu sein. Adi legte die Hände um seinen Hals und drückte zu, fester und fester. Die Adern an Liams Stirn traten hervor und er zuckte wie wild.

In diesem Moment riss Salzmann Hessberger von dem Killer weg und schrie ihn an: „Es reicht, Adi! Hör auf, das Schwein ist es nicht wert! Kümmere dich endlich um Sina, das Blut ist nicht von ihr, es stammt aus seinen Schusswunden."

Benommen kniete Adi sich neben Sina und befreite sie von ihren Fesseln. Dann legte er seine Jacke über sie.

Sina war am Ende, aber außer der Schnittwunde am Oberschenkel und den Schmerzen durch Fesselung und Aufhängen unverletzt. Das musste der Notarzt, der inzwischen eingetroffen war, Adi mehrfach bestätigen.

Sie hatte sich wieder angezogen und weigerte sich vehement, ins Krankenhaus zu fahren. Sie wollte einfach nur nach Hause.

Liam Nilsen hatte eine Kugel in die linke Schulter und eine weitere in die Hüfte abbekommen. Er würde auf jeden Fall überleben und danach für immer hinter Gitter wandern.

*

Inzwischen war es Anfang August und sommerlich warm. Das Team im Polizeipräsidium Südosthessen litt noch immer unter den schlimmen Geschehnissen und dem Verlust der vielen Menschen, die durch Dr. Olaf Denk und seinen Zwillingsbruder Liam Nilsen ums Leben gekommen oder schwer verletzt worden waren. Die beiden Mörder mussten mit einer lebenslänglichen Haftstrafe mit anschließender Sicherheitsverwahrung rechnen. Sina Fröhlich, Rüdiger Salzmann und Adi Hessberger wurden wegen ihrer besonderen Verdienste befördert und vom Polizeipräsidenten persönlich ausgezeichnet. Fröhlich und Salzmann wurden Kriminalhauptkommissare und Adi Hessberger wurde zunächst die kommissarische Leitung des Präsidiums an der Geleitsstraße übertragen. Clarissa Wegner war noch immer so stark traumatisiert, dass sie bis auf Weiteres in die geschlossene Abteilung einer psychiatrischen Klinik eingewiesen werden musste.

Einige Tage später gab es einen besonderen Moment für das ganze Präsidium. Der kleine Ollie war trotz der schlechten Prognose wieder aufgewacht und laut seinen Ärzten würde er wieder völlig gesund werden. Auch die hartgesottenen Polizisten schämten sich ihrer Tränen nicht, denn mit dieser guten Nachricht hatte keiner mehr gerechnet.

*

Adi erwachte mitten in der Nacht. Er hatte das Fenster ge-
kippt und eine leichte Brise sorgte für eine angenehme Kühle
im Schlafzimmer. In seiner Beziehung zu Sina hatte es immer
noch keinen endgültigen Durchbruch gegeben. Sie wohnte
zwar hauptsächlich bei ihm, aber abwechselnd schlief einer
der beiden auf der Couch, während der andere im Schlafzimmer übernachtete. Heute hatte er das Glück, im Bett schlafen
zu dürfen. Natürlich war es unbefriedigend, allein hier zu liegen, aber ihm war klar, dass er Sina noch Zeit geben musste.
Sie hatte so viele schlimme Dinge erlebt, die schwer zu ver-
kraften waren. Er wollte ihr dabei helfen und immer für sie da
sein. Mit diesem Gedanken schlief er ein.

Plötzlich raschelte es neben ihm. Ein warmer Körper
schmiegte sich an ihn. Er wollte sich umdrehen, doch dann
tat er einfach so, als würde er tief schlafen, und genoss die
Wärme, die Sina ausstrahlte.

ENDE

DANK

Liebe Leser, jetzt halten Sie mein mittlerweile viertes Buch in der Hand und dabei habe ich gefühlt eben erst mit dem Schreiben angefangen. Auf dem Weg vom ersten geschriebenen Satz bis hin zur Vermarktung des fertigen Buchs haben mich ein paar Menschen sehr stark unterstützt und dafür gesorgt, dass ich immer fleißig geschrieben habe. Ja, mein Verleger, Gerd Fischer, hat sicher in einem früheren Leben die Trommel auf einer Galeere geschlagen. Sehr subtil kann er dem Autor vermitteln, wie viele Wochen man beim Schreiben durch unnötige Pausen verliert. Ohne auch nur mit der Wimper zu zucken, ist er in der Lage, mehrere Tausend Füllwörter aus einem Manuskript zu streichen, und leider gehöre auch ich zu den Streichungsopfern. Das Märchen vom tapferen Schneiderlein mit sieben auf einen Streich könnte mit der Modifizierung „Das tapfere Fischerlein – Tausende auf einen Streich" in ganz neue Dimensionen vorrücken. Danke, lieber Gerd!

Mittlerweile bedauert meine Lieblingsehefrau Marie sicher, dass ein kleines Hobby wesentlich größere Ausmaße angenommen hat als gedacht. Doch immer noch macht sie gute Miene zum vielen Schreiben. Dass sie mich trotzdem ab und an mal außer Haus lässt, um Lesungen abzuhalten, dafür möchte ich ihr besonders danken.

Ja, lieber Herr Striewisch, dass Sie jetzt nicht mehr aus dieser Nummer rauskommen, tut mir schon ein wenig leid. Das war natürlich nur so dahingesagt, denn in Wirklichkeit bin ich total froh, dass Sie sich mit viel Engagement um die Buchgestaltung, Werbung, Grafik und vor allem um die Homepage kümmern.

Inzwischen hat sich ein Team von besonders geduldigen Testlesern etabliert: Danke an euch für die wirklich hilfreichen Rückmeldungen und die große Unterstützung:
Dr. Lena Lindhoff, Dr. Manfred Klasser und Michaela Schleicher.

Dank an meine Schwester, Dr. Corinna Klasser, sie hilft mir nicht nur bei medizinischen Fragen, sondern ist auch ein hervorragender Vertriebskanal.

Meine Mutter, Rita Fiedler, würde am liebsten das ganze Manuskript schon im Vorfeld lesen, aber wo bleibt dann die Spannung? So lassen wir es dabei, dass ich ihr nur kleine Passagen vorlese und dann beim spannendsten Teil stoppe. Meine Kinder Nina und Till kommen spätestens dann zum Einsatz, wenn es wieder Probleme gibt, Neuigkeiten oder Zeitungsartikel in den sozialen Medien zu verteilen. Euch allen vielen Dank für eure moralische Unterstützung.

Ja, am Anfang, beim ersten Buch, dachte ich tatsächlich, es würde beim Singular bleiben und ich würde gezwungenermaßen schreiben: „Meine Dankesworte gehen an Sie, *mein lieber Leser*", aber zum Glück kamen dann doch noch weitere Menschen hinzu, die bereit waren, ihr Geld in meine Buchprojekte zu stecken. Ich kann Sie dazu nur weiter ermutigen und Ihnen viel Spaß mit meinen Büchern wünschen.

Herzliche Grüße

Ihr Thorsten Fiedler

Der Autor

Thorsten Fiedler erblickte 1962 in Offenbach am Main das Licht der Welt. Nach den normalen schulischen Stationen mit dem Abschluss Abitur und einer Ausbildung zum Bankkaufmann folgten spannende Semester im Bereich Psychologie und Werbung.

Nach mehreren Jahren in der Automobilbranche kam das Engagement in einem mittelständischen Unternehmen, vom Einstieg als Abteilungsleiter bis zum aktuellen Status als Vorstand. Er ist glücklich verheiratet und hat zwei tolle Kinder im Alter von 21 und 23 Jahren. Nachdem sein Lebensplan mit Heirat, Kindern, Hausbau, dem obligatorischen Pflanzen mehrerer Bäume und seinen ersten drei Büchern:

- „Der Nomade im Speck" (ISBN-9783946413448)
- „Der Sattel im Speckmantel" (ISBN-9783946413882)
- „Schlusspfiff – Offenbach-Krimi" (ISBN-9783947612031)

so weit erfüllt war, fehlte noch ein weiterer, wichtiger Baustein: ein zweiter Offenbach-Krimi.

Lieblingsorte von Adi Hessberger:

Kulturhalle SCHANZ – seit über 20 Jahren

Das SCHANZ in Mühlheim am Main ist Kulturhalle, Kulturkneipe und Restaurant zugleich. Von hausgemachten Getränken über kulinarische und regionale Köstlichkeiten bis hin zum berühmt-berüchtigten Pizza-Holzofen gibt es für jeden Gast das Richtige. Neben hauseigener Verköstigung bietet das SCHANZ ein breites Angebot an kulturellen und gastronomischen Veranstaltungen im Biergarten (160 Sitzplätze) oder auch indoor im Saal.
Besonders beliebt sind Chef Tobis Pizza und die hausgemachten Limonaden von Holunder bis Waldmeister.

Öffnungszeiten:
Mo.–Mi.: 18–0 Uhr
Do.–Sa.: 19–1 Uhr, So.: geschlossen

Carl-Zeiss-Straße 6
63165 Mühlheim
Tel.: 06108/791247
Mail: service@schanz-online.de

OFC-Fanradio:

Die Macher: stellvertretend Lars Kissner
Highlight: Die Heim- und Auswärtsspiele des OFC werden weltweit im Fanradio übertragen. Wer es nicht ins Stadion oder auf des Gegners Platz schafft, kann sich mittels der kultigen Reporter des Fanradios immer auf den aktuellen Stand bringen.
Kontakt: info@ofc.de
Homepage: www.fanradio.ofc.de

FAN-Museum Offenbach

Das Kickers-Fan-Museum ist am 7.3.2007 aus einer privaten Sammlung entstanden und wächst mit jedem Ausstellungsstück weiter. Zu der Sammlung gehören einzigartige Objekte wie z. B. das Replikat des DFB-Pokals von 1970, Originaltrikots von Spielern aus den unterschiedlichsten Jahrzehnten, der über 100 Jahre alte Gründungswimpel sowie Meisterschaftswimpel aus frühen OFC-Jahren oder die Zeitkapsel, die beim Stadionneubau 2011 unter dem Kriegerdenkmal von der Bremer AG gefunden und dem Museum übergeben wurde.

Verantwortlich: Thorsten Franke
Aschaffenburger Str. 65
63073 Offenbach
Tel.: +49 69 83008777, mobil: +49 1639476928
Homepage: www.kickers-fan-museum.de
Highlight: Eintritt frei
Öffnungszeiten:
Di.: 19–22 Uhr, Sa., So.: 10–13 Uhr
Bei Heimspielen geöffnet

Das ist Offenbach

Offenbachs größte Facebook-Community mit ca. 13.000 Anhängern. Hier geht es darum, alle Schauplätze, Locations und Menschen in Offenbach im richtigen, positiven Blickwinkel darzustellen.
Verantwortlich: Dominic Leiendecker
Highlight: Bildmaterial und Clips einer Stadt mit vielen spannenden Facetten
Facebook: facebook.com/DasistOffenbach
Instagram: instagram.com/DasistOffenbach

Bäckerei Kress

Die Bäckerei Kress ist der Treffpunkt vieler Offenbacher Frühaufsteher und es kann schon mal passieren, dass die Schlange morgens länger ist als gedacht. Hier holt auch Kriminalhauptkommissar Adi Hessberger jeden Samstag und Sonntag die noch warmen, unvergleichbaren Dinkelbrötchen oder den leckeren Kuchen.
Heinrich-Heine-Straße 25
63071 Offenbach am Main
Tel.: +49 69 84849585
Öffnungszeiten:
Mo.-Fr.:6-18.30 Uhr, Sa.: 6-14 Uhr,
So.: 8-16 Uhr

Zum Bieberer Berg

Inhaberinnen: Lieselotte Hühne, Elke Suljkovic-Hühne, Heidrun Ullrich-Hühne
Highlights: Veranstaltungen und Feiern sowie der legendäre Hackbraten
Öffnungszeiten: jeweils bei Heimspielen des OFC, bei Veranstaltungen und nach Vereinbarung
Aschaffenburger Str. 120
63073 Offenbach am Main
Kontakt: +49 69 896964
E-Mail: elke-ofc@gmx.de

Wirtshaus zur Käsmühle

Ausflugslokal mitten in der Natur
Dietesheimer Straße 408
63073 Offenbach

Markthaus am Wilhelmsplatz

Das denkmalgeschützte Gemäuer und heimliche Wahrzeichen Offenbachs wurde anno 1911 erbaut und war ursprünglich als Geräteschuppen für die Marktbeschicker gedacht.
Inhaber: Eric Münch
Highlight: Maabär-Frühstück, Handkäs in allen Variationen und alles, was frisch vom Offenbacher Wochenmarkt kommt
Öffnungszeiten: Mo., Mi., Do.: 11–24 Uhr, Di., Fr., Sa.: 9–24 Uhr, So.: 11-22 Uhr
Bieberer Str. 9 b
63065 Offenbach
Kontakt: +49 69 80101883, info@markthaus.eu
Homepage: www.markthaus.eu

Leonhard-Eißnert-Park

Raum zur Erholung, für Sport und andere Freizeitaktivitäten im Grünen bietet der Leonhard-Eißnert-Park auf dem Bieberer Berg. Erst in den 1960er-Jahren wurde die Anlage zu einem echten Volkspark. Auf einem Zehntel der Fläche, insgesamt 2,5 Hektar, entstand ein Freizeitpark mit Minigolf, Erfrischungskiosk, Wasserfontänen und inzwischen auch einem Kletterpark. Seither gehört auch die Jugendverkehrsschule zum Bild des Parks. Generationen von Offenbachern, unter anderem auch Adi Hessberger, haben hier gelernt, wie sie sich im Straßenverkehr verhalten müssen. Das ist heute noch so.
Bieberer Straße auf Höhe Nr. 272
63071 Offenbach

„Verboten Gut"

vormals Offenbacher Bier von Offenbacher Stoff UG
Inhaber: Josip Budimir
Highlight: Wir lieben Offenbach. Wir lieben Bier. Also machen wir Bier für Offenbach. Welche Stadt hätte nicht gerne ihr eigenes Bier? Süffig! Herb! Heftig!
Homepage: www.offenbacher-stoff.de
Kontakt: kontakt@offenbacher-stoff.de

Gasthaus Obermühle

Obermühlstraße 63
63073 Offenbach

Wetterpark

Der 20.000 Quadratmeter große Lehr- und Erlebnispfad vermittelt an verschiedenen Stationen das Zusammenspiel von Sonne, Luft und Wasser. Wetterphänomene werden allgemein verständlich wissenschaftlich erklärt und auch sinnlich erfahrbar gemacht. Hier wird der Serienmörder nach einer Vielzahl verübter Morde endlich gefasst.

Am Wetterpark 15
63071 Offenbach
Tel.: +49 (0) 69 83 83 68 96
wetterpark@ofinfocenter.de